GOETHE

GEDE JINGXUANJI

歌 德 精 选 集

迷娘曲

[德]歌德 著 杨武能 译

河北出版传媒集团
河北教育出版社

图书在版编目（CIP）数据

迷娘曲 / 杨武能译. -- 石家庄 : 河北教育出版社, 2015.7
(歌德精选集)
ISBN 978-7-5545-1840-3

Ⅰ. ①迷… Ⅱ. ①杨… Ⅲ. ①诗集－德国－近代 Ⅳ. ①I516.24

中国版本图书馆CIP数据核字(2015)第129158号

书　　名　歌德精选集——迷娘曲
译　　者　杨武能
策　　划　杨　才　孟保青　郝建国
责任编辑　王艳荣
装帧设计　牛亚勋
出版发行　河北出版传媒集团
　　　　　河北教育出版社　http://www.hbep.com
　　　　　（石家庄市联盟路705号，050061）
印　　制　山东临沂新华印刷物流集团有限责任公司
开　　本　890mm×1240mm　1/32
印　　张　12.5
字　　数　325千字
版　　次　2015年7月第1版
印　　次　2015年7月第1次印刷
书　　号　ISBN 978-7-5545-1840-3
定　　价　28.00元

编 译 者 言

杨武能

“德国最伟大的诗人”歌德（1749—1832），是人类历史上名列前茅的大文豪和大思想家。无论哪个民族、哪个国家、哪个时代，人们只要心中还怀有对真、善、美的向往与追求，都必定会研究、翻译、出版和阅读歌德。

中国研究和译介歌德，也已经有一个多世纪。20 世纪初叶，郭沫若、宗白华、田汉等新文学的缔造者曾经许下宏愿，要将歌德的“一切名著杰作合盘翻译介绍过来”①。可惜他们生不逢时：国家贫弱，社会动荡，更加战乱连年，有良知的知识分子最紧迫的任务是为大众争温饱，为民族保独立，有几个人能坐在平静的书斋里译介歌德呢！以致直到 20 世纪中叶，译成了汉语的歌德杰作仅只零零散散的几种，离“和盘介绍”相距甚远。

1980 年代的改革开放犹如一股春风，吹醒了我国沉睡多时的文学翻译园地。特别是 1999 年歌德诞生二百五十周年，更成为译介和出版这位德国大文豪百年不遇的大好契机，国内于是一下子涌现出三套《歌德文集》；其中由笔者与著名出版家刘硕良主编的一套，收入河北教育出版社工程浩大的“世界文豪书系”，荣获我国

① 参见拙作《歌德与中国》，生活·读书·新知三联书店“读书文丛”，1991 年版，第 104～108 页。

出版界最高奖之一的“中国图书奖”。它从三套歌德文集中脱颖而出，不仅因为煌煌十四卷最具规模且装帧典雅、端庄、大气，还有更重要的一点，是它并非旧译的编纂、整合，而是专为出文集而精心选编，花大力气组织动员当时全国的歌德学者和翻译名家，齐心协力才得以成就，是一套全新的真正意义的歌德文集。毫不夸张地说，河北教育出版社这一巨献填补了百多年来中国译介歌德的空白，可谓前无古人，后待来者。

来者肯定会有。随着中国国力日增，新人辈出，新的《歌德文集》乃至《歌德全集》，过不几年定然会摆在读者面前，而且体量和气派无疑还将超过我们。在此只是瞩望新锐们下足功夫，做到精益求精，以便在获得广大读者接受、喜爱方面，也更上层楼，达到青出于蓝而胜于蓝的预期目的。

河北教育出版社 1999 年版的《歌德文集》早已“奇货可居”[①]。眼前这套《歌德精选集》规模不足它一半，特点如题名所示端在一个“精”字。从歌德遗存下来的上百卷著作中，我们只选编了六卷既具代表性又富可读性的文学杰作。它不仅可以满足广大读者尤其是文艺爱好者阅读的需要，也是家庭藏书之必备。

除了内容的“精”，翻译则力求体现本人“译者必须同时是学者和作家”的理想。拙译《少年维特的烦恼》1981 年出版后广受好评和欢迎，连年重印、再版，却碍于翻译版权当时仍为人民文学出版社专有，所以未能收进 1999 年版《歌德文集》。三十年来，它和笔者翻译的其他歌德作品不仅经受住了读者和市场的检验，而且为译者在国内外赢得了不少荣誉。特别是最可贵的德国国家功勋奖章和国际歌德研究的最高奖项“歌德金质奖章”，能授予我这个中国人，主要的原因无疑都是我对歌德的成功译介。1999 年版的

① 拙编已入藏德国魏玛等地的歌德博物馆；国内坊间偶得一见，整套售价已高至数千元。

《歌德文集》系多位译者的集体劳作，译风难免有差异，水平难免有高低。眼前的《歌德精选集》无此遗憾，翻译全部出自我一人笔下。

说几句《歌德精选集》的编排顺序——

第一卷：诗歌，因为歌德自幼写诗一直到老，始终是也首先是一位诗人；

第二卷：《少年维特的烦恼》，它是青年歌德的成名之作，影响巨大而且深远。此外还收了些体裁相近的作品，以免这卷篇幅太单薄；

第三卷：被誉为“提高了的《维特》”的《亲和力》；

第四卷：长篇小说《威廉·迈斯特的学习时代》。它不只情节曲折，场面宏大，思想内容也更丰富、广阔，可称“提高了的《维特》与《亲和力》”；

第五卷：集歌德创作和思想之大成的诗剧《浮士德》；

第六卷：《歌德谈话录》全译本。它虽为艾克曼记录、整理，却不折不扣地是歌德晚年对自己一生全面而精彩的回顾、总结。

笔者半生研究、译介歌德，而今怀着感恩的心情，把所有翻译成果编辑成《歌德精选集》，交由河北教育出版社出版，对自己的翻译生涯做个阶段性总结，并向专家同行和喜爱我的广大读者进行汇报。

2014 年金秋 10 月　德国北威州多特蒙德

总　序

人类光明未来的卓越歌者

——歌德的生平、思想和创作

在人类思想文化史的天幕上，约翰·沃尔夫冈·歌德（Johann Wolfgang von Goethe，1749－1832）无疑是一颗灿烂明亮的巨星。歌德虽然生活在两个多世纪前的德意志大地上，他的精神、思想的光辉却穿越浩瀚时空，照耀着生活于今天的我们，照耀着 21 世纪的整个人类。

对人类思想文化史作一番客观的检视、分析，像歌德一样的大哲人和大思想家实在不多；他所倡导的“浮士德精神”，可谓浓缩了肇始于 16 世纪的欧美资本主义时代的时代精神，影响不但至今犹在，并且遍及整个世界。在德国和德语国家，歌德更是像我们的孔夫子似的被看作民族精神的代表，被看作圣人。他长期生活和工作的小小魏玛城，一个多世纪以来不仅一直享有德国民族文化圣地的光荣，而且早在几年之前，已被欧盟正式确定为 1999 年的“欧洲文化之都”。

歌德一生辛勤写作，为后世留下了卷帙浩繁的作品，搜集最广的魏玛版《歌德全集》多达一百四十三卷，西方的文学史家惯于把他和荷马、但丁、莎士比亚相提并论。但是，歌德不仅仅是一位杰出的诗人和文学家，还是伟大的思想家和哲人；尽管他没有像同时代的德国杰出哲学家那样创建庞大而完整的体系，他高瞻远瞩的思想，却不只影响了一个时代和一个民族。甚至在自然科学方面，歌德也有许多在当时堪称是具有深远意义的发现和创见。

在意大利的文艺复兴时期，曾出现一批既思想敏锐、性格坚毅又学识渊博、多才多艺的艺术家和学者；一身兼为画家、诗人和数学家的达·芬奇可算其中的杰出代表。恩格斯在《自然辩证法》一书中高度评价他们，称他们为“巨人”。[①] 两百多年后诞生在落后的德意志土地上的歌德，同样是这样一位“巨人”，与达·芬奇相比毫不逊色。而且，在既高瞻远瞩又博学多才、多产而且影响深远这一点上，通观整个人类文化思想史，几乎找不到什么人可以与歌德相比。

然而，歌德并不是“神”，并不是无因和偶然地产生的“天才”，而是他所处的时代和社会的产儿。在《诗与真》的序言里，歌德自己就说过：“个人不管愿意与否，都为其时代所裹挟、所定性、所造就，可以讲，一个人只要早生或者晚生十年，从他的教养和对外影响看，都完全可能成为另一个人……”在他逝世前一个多月的1832年2月17日，歌德还告诉艾克曼：“归根结底，我们都是集体性的人物，不管我们处在什么样的地位……我绝不把我的作品仅仅归功于自己的智慧，而是还归功于除我以外向我提供素材的千千万万的事件和人物。”

故而，在阅读歌德的一部部代表作之前，在深入他的思想和精神世界之前，我们有必要先结合着叙述他的生平，概括地谈谈他生活的时代和社会，介绍一下那些在不同时期对他产生过影响的事件和人物。

一、市民之子

1749年8月28日，歌德出生在德国美茵河畔的法兰克福。其

---

① 参见《马克思恩格斯选集》第3卷，第445页。

时，德国和整个欧洲一样已经受过文艺复兴和宗教改革的洗礼，只是在为祸惨烈的三十年战争（1618—1648）之后，它不幸分裂成为三百多个小邦，与意大利、英国、法国相比在各方面都显得十分的落后了。在这个处于封建割据状态下名存实亡的所谓“德意志民族的神圣罗马帝国”，法兰克福是一座商业发达和享有一定自治权利的“帝国自由市”。

诗人的父亲约翰·卡斯帕尔·歌德是该市一位非常富裕的市民，学问也很好，只是由于出身微贱——诗人的祖父是一名裁缝——，受到贵族社会的歧视，终生未获公职，仅仅花钱从帝国皇帝处买了个皇家顾问的空头衔，在不满和愤懑之余怀着“望子成龙”的强烈愿望，十分重视对儿子沃尔夫冈的教育和培养。他内心充满对子女的慈爱和温情，外表却显出“铁一般的严峻”。

父亲的诱导和严格要求，不但使歌德在家庭教师带领下完成了一般学业，掌握了法、英、意大利以及拉丁文、希腊文和希伯来文等多种外语，而且养成阅读的爱好。歌德十岁时已开始读伊索、荷马、维吉尔和奥维德等的作品，还有《一千零一夜》、《鲁滨逊漂流记》以及德国的民间故事书《浮士德博士》等等，更是十分喜欢。这为他日后的文学创作打下了很好的基础。

另一方面，父亲郁郁寡欢的处境，也很早便引起歌德的注意，使他对世道的不公进行思考，养成了观察生活和遇事问一个为什么的习惯。1775 年 11 月，传来里斯本大地震的消息，才六岁多一点的歌德便对容许这一惨剧发生的上帝是否真如教会讲的那样仁慈、公正，产生了疑问。

诗人的母亲是该市市长的女儿，由于家境清寒而下嫁有钱的市民约翰·卡斯帕尔·歌德。她比丈夫年轻整整二十一岁，性格刚好与他相反，活泼开朗，善讲故事，早早地启发了儿子的想象力，使他对文学产生了兴趣。1757 年新年，歌德才八岁，就写了一首贺岁诗，献给自己的外祖父母。他十五岁时写的一首题为《耶稣基督的地狱之行》的诗长达一百六十行，登载在了故乡的一家刊物上，虽然他自己当时并不知情。这首诗，极有可能就是歌德最早发表的作品。

诗人还有一位非常慈祥的祖母。歌德四岁那年过圣诞节，她专门请人来给孙子孙女演了一场木偶戏，在孩子们眼前展现出一个奇异的童话世界，使小歌德产生了对戏剧的喜好，此后便尝试着自己演戏、编戏。

1756年，在德国版图上爆发了英国支持的普鲁士和俄国、法国支持的奥地利之间的七年战争。战争中法兰克福被法国军队占领，歌德的家里遂住进来一位法军少尉多兰伯爵。在近两年的时间里，通过伯爵和伯爵带到家里来的艺术家，小歌德不仅接近了绘画艺术，而且常获得赠券去看法国剧团的演出，欣赏到了狄德罗、莫里哀等的名剧。他因此对戏剧艺术更加痴迷，十一岁时已自己根据神话编写成一个剧本。

总之，从自己的家庭，歌德为后来的成长和发展获益甚多。他下面的诗句可以看作是对此作的一个总结：

父亲给我强健的体魄，
还有立身行事的谨严，
母亲给我快活的天性，
外加喜欢把故事杜撰。
曾祖父生来爱好美色，
他的幽灵也忽隐忽现；
曾祖母喜欢金银首饰，
这同样流贯我的血管。
所有因素形成
　不可分割的整体，
你能说什么是

此人禀性使然。

歌德的这一节诗不无调侃意味，但却坦率而符合实际。

二、放浪在“小巴黎”

1765年，十六岁的歌德离开家乡，遵从父亲的意愿去莱比锡大学接受正规教育，学习法学，然而他自己却对文学和造型艺术更感兴趣。在当时盛行的绮靡轻佻的罗珂珂文风影响下，他写了一些没有多少价值的抒情诗和剧本。在号称“小巴黎”的莱比锡，年轻的歌德像出笼的小鸟似的无拘无束地生活了三年，颇过了些放浪形骸的日子，法律没学好，对该校名重一时的一批文学教授，如德国启蒙运动早期的权威理论家哥特舍特和寓言作家格勒特等，也深感失望。不过，收获仍然有，那就是结识了他青年时代的第一位挚友恩斯特·沃尔夫冈·伯里施。

伯里施年轻而富有才华，却不得不以作贵族的家庭教师糊口，因而变得愤世嫉俗，脾气古怪，性格乖僻，以致最后丢掉了差事。他十分器重歌德，不仅用自己优美、工整的书法把歌德的诗汇抄成册，成为歌德流传下来的第一个诗集《安内特之歌》，还认真告诫他：“写诗这件事不意味着用鹅毛笔和墨水在荷兰纸上信手涂抹，时间、才华以及精力都很珍贵，绝不可以虚掷”。伯里施还教歌德对事、对人更多地持批判态度，同时也严格要求自己。后来歌德在《诗与真》中回忆起这位朋友时满怀感激，认为他身上有着靡非斯托的某些气质，既机智聪明，又玩世不恭和尖酸刻薄，是自己的诤友和老师。

除去伯里施这位挚友和诤友，歌德在莱比锡还结交了美术家约翰·米歇尔·施托克和亚当·弗里德利希·奥塞尔。他向施托克学铜版雕刻和蚀刻，向奥塞尔学绘画。特别是身为莱比锡画院院长的奥塞尔，更成了他艺术道路上的第一位导师，带领他接近以温克尔曼为代表的古典主义文艺美学，从而厌弃了轻佻雕琢的罗珂珂风格。

随后，年轻的歌德还专程去参观著名的曼海姆博物馆，见识了德国启蒙运动的理论家和旗手莱辛在其理论名著《拉奥孔》中谈及的古典雕塑杰作；去造访闻名遐迩的德雷斯登画廊，目睹了伦勃朗等尼德兰现实主义大画家的风采。同时，在莱比锡的剧院里，他还观赏到莱辛的著名喜剧《明娜·封·巴尔恩海姆》，以及法国喜剧大师莫里哀的代表作《伪君子》的演出，大大地开阔了眼界。

另一方面，同当时一般都放荡不羁的年轻大学生一样，歌德在莱比锡也没少干“傻事”。多年以后，他的同学回忆起这位发式独特、穿着怪异的“天才诗人”时，总忘不了讲两件事：一是他在酒馆的墙上提诗嘲笑权威教授，受到校方申斥；一是他在大庭广众之中宣扬“耶稣并非基督教的创立者”，差点引起轩然大波。

当然还少不了谈情说爱：从 1766 年开始，年轻的歌德经常光顾一家酒店，很快就迷上了店主薛恩科普夫的漂亮女儿安娜·卡特琳娜。他昵称她凯特馨，为她写了不少情诗，可后来却发现她对自己并不理解，在他与她的心理和精神之间似乎横亘着一条难以逾越的鸿沟。这可以说是十七岁的歌德第一次倾心热恋，然而从中尝到的主要是痛苦。收获也不会没有：由此产生了他第一部完整的剧作《恋人的乖僻》。这个作品虽然从形式到内容还纯粹是一部罗珂珂风的牧歌剧，却起到了使歌德恢复内心宁静的作用，让他从此有了一个解除心灵伤痛和不安的累试不爽的办法，如他许多年后在《诗与真》中所回忆：

> 就这样，我染上了一种终生不曾抛弃的癖好，就是把使我快乐和痛苦抑或激动的事情化作一幅画，一首诗，以此了结过去，纠正自己对外界事物的想法，从而获得内心的平静。生性

使然，我常常容易从一个极端跳到另一个极端，所以更加迫切地需要有这种能力。我的所有作品，都不过是一篇巨大自白的一个个片断，这本小书（指《诗与真》——作者）就是企图使我的自白变得完整的一个大胆尝试。

对于理解、认识歌德的作品乃至整个创作活动，他的这一段话都可以说是一把钥匙，有着至关重要的导向意义。

身心两个方面的恣情放纵和过度消耗，歌德终于垮了。1768年7月，他严重咯血，病倒在床，一连好多天生命垂危。不得已回到故乡，疗养了差不多一年半才算度过危机，获得康复。在养病期间，受母亲的女友封·克莱滕贝格的诱导，歌德接触到了德国路得教虔信派的原始基督教理论，读了《教会和异教徒史》和《魔法与犹太神秘哲学和接神论大全》之类的神秘主义著作，还搞了些炼金术的试验。这些看似荒唐的活动，一方面舒缓了他心灵的紧张，另一方面为他日后创作《浮士德》和《威廉·迈斯特的学习时代》积累了经历和素材，并激发了他探索自然奥秘和进行科学试验的兴趣。

三、斯特拉斯堡的春天

1770年春天，歌德病愈后到斯特拉斯堡继续学习。这座当时还属于德国的城市地处南方，与法国交界。它不仅自然风光旖旎，有一座气势恢宏的哥特式大教堂，而且也受到来自法国的启蒙思想之风更强劲的吹拂和影响。在歌德眼里，它那大教堂则是德意志民族艺术的一座伟大纪念碑。

1770年至1771年间，斯特拉斯堡的市民们常常发现在大教堂高耸入云的钟楼平台上，迎着从阿尔萨斯平野里刮来的阵阵雄风，兀立着一只振翅欲飞的雄鹰。这只鹰就是歌德！

他一次次攀登钟楼，既为了欣赏艺术和亲近自然，也为了锻炼刚在康复的体魄。他特意立在没有遮拦的钟楼平台上，为的是克服自己常常犯的晕眩毛病。他生来讨厌看令人恶心的东西，却偏偏去上解剖课。他一直怕听嘈杂的声响，却偏偏常跟在军乐队的鼓手身边行进。青年歌德就这样顽强地磨炼自己的身体、意志和性格，为的是将来能够成就一番大事业。

年轻的歌德在斯特拉斯堡身心都很快获得了健康。不过，他仍然没有多少心思去上法学课，而是把精力花在研究历史、哲学、神学和社会学，并对医学和自然科学很感兴趣。同时，学习之余，他还结识了不少进步的学者和作家。其中，与当时正在斯特拉斯堡治眼疾的赫尔德尔的邂逅和交往，更是作家和诗人歌德一生中的一个重要转折点。

赫尔德尔虽只比他长五岁，却已是大名鼎鼎的哲学家和文艺理论家，被公认为当时正在掀起的狂飙突进运动的纲领制订者。在赫尔德尔的引导、鼓励下，歌德阅读荷马的史诗、品达的颂歌等等有价值的古典作品，学习莎士比亚的戏剧，钻研荷兰哲学家斯宾诺莎的泛神论哲学，还搜集、整理民谣民歌，从而接近了文学的真正源泉，认识和理解了文艺的本质和意义，找到了自己应该学习和仿效的楷模，彻底摆脱了在莱比锡沾染的罗珂珂文风，克服了在养病期间所受的神秘主义哲学影响，思想和创作开始走上一条健康、自然和面向现实的正确道路。

不过，对于年轻的歌德来说，向赫尔德尔学习并不轻松。身体上的病痛使他的这位导师脾气变得很坏，歌德常常遭到他靡非斯托式的冷嘲热讽。平素狂傲任性的富家公子这时却表现得虚心、隐忍而有耐性，不能不认为是歌德在待人接物方面的一个近似天赋的优点和长处。正是靠着这样的优点和长处，歌德一生中有过不少的好老师和好朋友，从这些老师和朋友处得到了各个方面的教益、帮助、推动、激励，如此才终于出类拔萃，成为本文一开始说的那样一位可称举世无双的大文豪和大思想家。对这一点歌德颇有自知之明，因此自诩为“集体性的人物”。正是在他这“谦虚”中，我们越发体会到了他的伟大。

歌德，特别是诗人歌德，除了师友之外还有一个获得激励和助益的重要源泉，那就是爱情，那就是他一生中爱过的一个个女性。

在斯特拉斯堡的郊外，有一座宁静的村庄叫塞森海姆。1770年10月，大学生歌德乔装改扮后随一位同学去拜访村里的牧师布里翁，受到主人的热情接待。他先和牧师独自坐在房里交谈，谈着谈着突然眼前一亮，“好似在这乡野的天空中升起来一颗美丽耀眼的明星”，原来是牧师的小女儿弗莉德里克走进了屋子。对这位身材苗条、容貌姣好、性情温柔的农村少女，年轻的大学生一见之下就“心花怒放”，两人很快亲密起来。[①]

在返回斯特拉斯堡之后的10月15日，歌德写信给弗莉德里克倾诉了对她的爱慕，月底再次骑马去到塞森海姆，受到了姑娘一家的热情款待。这样，两个年轻人都沉醉在青春勃发的爱情里，一直到了第二年的五六月间。他们不只在塞森海姆相聚，而且同游莱茵河两岸的美丽风光，参加大大小小的聚会。在此之前，歌德虽然也曾单恋过故乡一个叫格莉琴的比他年长的女孩，也曾在莱比锡和凯特馨相恋过，但真正尝到爱情的甜蜜和幸福这却是第一次。于是，随着自然界的春天的来临，他文学创作的第一个春天也到来了！在火热的爱的激情的驱动下，歌德写了一组被称之为《塞森海姆之歌》的抒情诗，其中就有十分脍炙人口的《五月歌》、《欢聚与离别》和《野玫瑰》等等。

《塞森海姆之歌》不但是年轻诗人真情的流露、迸发，而且是他在赫尔德尔影响下向古典杰作和民歌学习的具体实践，因此有了崭新的风格和音调，既带有民族和民间的特色，也富于诗人个性的

---

① 参见《诗与真》第10卷。

音调、韵律，可以称得上是他一生创作的真正起点和里程碑。

大地多么辉煌！
太阳多么明亮！
原野发出欢笑，
在我心中回响！

万木迸发新枝，
枝头鲜花怒放，
幽幽密林深处，
百鸟啭鸣歌唱。
…………

对于年轻的诗人来说，这在《五月歌》中唱出的生命的春天和自然界的春天真是太美丽可爱啦！

然而好景不长。就在夏天到来时，歌德已渐渐疏远弗莉德里克，并在不久之后完全断绝了来往和书信联系。原因是他发现在自己和这位农村女孩之间，实在还有着教养和习俗方面的种种差异。他不得已抛弃了心爱的弗莉德里克，使这个单纯、善良的少女痛苦终生，以致再无心恋爱和嫁人。歌德自己也深感内疚；他后来一系列作品中的负心男子都遭到了严厉惩罚，少有善终，可以看作是他的自责和忏悔。

在斯特拉斯堡大学学习一年半后，为遵照父亲的愿望取得法学博士的学位，歌德完成了一篇论立法者的责任的论文，可是由于有“基督教的教义并非出自耶稣”等批判教会的提法而未获通过。作为弥补，他经特许在朋友们的帮助下进行了一场关于“法的地位”的答辩，最后总算在 8 月 6 日勉强得到一个法律博士的头衔。8 月底，歌德离开斯特拉斯堡返归故里，因为没能带回一份“正式打印的论文”而令父亲耿耿于怀。可他自己却不以为然，他在斯特拉斯堡得到的已经很多、很多。

四、狂飙突进的“旗手”

回到法兰克福，二十二岁的歌德受命成为市陪审法院的律师。但对这个职务他仍然虚与委蛇，四年中只办了二十来件讼案，令父亲颇为失望。与此同时，他却积极投身到正在兴起的狂飙突进运动中，成了运动初期的主将和旗手。

狂飙突进运动大体发生在1770至1785年的十多年间。它得名于年轻作家克林格尔的一部叫作《狂飙与突进》的剧作，可以说是此前席卷整个欧洲的启蒙运动的发展、提高和一定意义上的反拨。它反对一切现存秩序和规章的束缚，鄙弃干枯的理性，以“自然”和“天才”为其口号，实际上是要求感情自由和个性解放。它呼喊“自然”，意在否定社会生活各个方面压迫人性的陈规陋习；它的所谓“天才”，即能够充分发挥自己个性和潜能的特立独行的个人，推而广之，则主张焕发民族精神，在文艺作品乃至思想行为中反对对外国的模仿。

这样一些主张，原本包含着新兴资产阶级反对封建的意识形态和政治要求，但囿于德国的封建势力特别顽固而资产阶级格外软弱涣散的国情，狂飙突进运动缺少经济和政治动力，也很少社会群众基础，仅仅成了一场由部分二三十岁的年轻作家和知识精英参加的“文学革命”和意识形态的运动。尽管如此，这个运动仍具有全德的性质，在德国的文学和思想发展史上产生过不容忽视的巨大影响。

歌德回到故乡后即和一些年轻和富于叛逆精神的作家来往密切，在思想上自然而然地受到他们的促进和影响，使他的创作第一次突破个人生活和感情的狭小范围，增加了强烈的时代色彩。反过来，他又以自己的天才思想和作品，影响了自己周围的朋友，推动了整个狂飙突进运动的发展。

1771年10月14日，他作题为《莎士比亚命名日》的讲演，为狂飙突进运动提供了“文学革命”纲领。稍后，他用六个星期的时间创作了剧本《铁手骑士葛慈·封·伯利欣根》，不但结构一反法国古典主义“三一律”的陈规，而且塑造了一个以暴力反抗现存秩序的“最高尚的德国人”，在1773年一正式出版即引起热烈反响，被誉为狂飙突进运动的第一个重要文学成果。而歌德本人，也成了人们心目中“真正的天才”。

在故乡法兰克福的四年，年轻的歌德真可以算是意气风发，创作成果也十分丰硕。他冬季自由自在地盘旋在溜冰场上，其他季节则无拘无束地在山水和自然间徜徉和漫游，因此获得了一个“漫游者”的雅号。在不惧艰险、风餐露宿的漫游途中，他写出了一系列充满战斗豪情的漫游者之歌。此外，他这段时期创作的《普罗米修斯》、《穆罕默德之歌》、《致驭者克洛诺斯》等格调自由豪放的颂歌，更是洋溢着狂飙突进精神的天才之作。

不过，上面举的那些事迹和作品，只表现了青年歌德刚强的一面。与此同时，在邻近法兰克福的达姆施达特城，他经常参加一些以感伤为时髦的青年男女的聚会活动，自己也读英国的感伤小说，创作自然不免也受其影响。

1772年5月，歌德遵父命到威兹拉尔城的帝国最高法院实习，在那儿狂热地爱上了友人克斯特纳的未婚妻夏绿蒂·布甫，内心绝望而又痛苦。9月，他终于接受好友默尔克的忠告离开了威兹拉尔，却久久不能忘情于自己的心上人。后来，又遇上一些其他刺激，特别是听到威兹拉尔一个公使馆的青年秘书为单恋朋友之妻而绝望自杀的消息，歌德就再也控制不住自己的情感，用仅仅四周的时间写成了书信体小说《少年维特的烦恼》，再次以写作医治心灵的伤痛，获得心灵的解脱。这部小说在1774年的秋季书展上与读者见面，当即引起巨大的轰动，使年仅二十四岁的歌德成了当时德国乃至全欧最享盛誉的作家，成了狂飙突进运动的杰出代表和无可争议的“旗手”。

然而，这位“旗手”很快便扔下手中的大旗，离开狂飙突进运动中志同道合的朋友，因为他已多少觉察出，德国的腐败现实远非一场缺少群众基础的文学运动所能改变。同时还有一个更直接的原因：在法兰克福，他不幸又爱上银行家的小姐丽莉，并且和她订了婚；可这是一场痛苦多于欢乐的爱情，也促使他努力挣扎着想要逃脱。结果，软弱的市民青年维特为逃离腐朽庸俗的社会和“返归自然”而开枪自杀了，强悍的铁手骑士也在监狱里高呼着“自由，自由”含恨死去，歌德自己却顽强地活下来，决心逃离故乡法兰克福，去探索另外一条改变现实的道路。

1775 年 11 月，歌德终于丢下他十分讨厌的律师工作，也没有如他父亲希望的去意大利学习考察，而是乘上刚继位不久的卡尔·奥古斯特公爵派来的马车，动身去了魏玛。

五、恪尽职守的枢密顾问

萨克森-魏玛-埃森纳赫公国约有十万居民，面积仅 36 平方英里，只是三百多分裂的德意志小邦中的一个。它的首府魏玛居民还不足六千，是一座非常宁静的小城。在卡尔·奥古斯特年满十八岁主持政事前，公国有十七年之久一直由他寡居的母亲安娜·阿玛利亚治理。公国虽然小得可怜，但宫廷的设施、排场、礼仪一样也不缺少，一点都不马虎，而且长期主政的女公爵醉心文艺，在自己小小的宫廷里先后礼聘了为数不少的有影响的作家和艺术家，她儿子也继承了这个传统。歌德去魏玛的时候，著名作家魏兰特、诗人兼作曲家封·艾因西德尔和封·塞肯多夫，以及以“童话之父”著称的穆佐伊斯和《堂吉诃德》的德译者弗·伯尔图赫等已在那里。以后，经歌德举荐，又来了赫尔德尔等文艺界的名流。

不论对歌德个人或是对魏玛甚至对整个德国文化的发展，他之应邀前往魏玛，都是一件意义巨大和影响深远的事情。此事阴差阳错而终于成功，可以说是命运的安排。魏玛决定了伟大诗人歌德二十六岁以后的整个人生旅程，歌德则帮助小小的魏玛成了辉耀古今的德国文化圣地，成了全欧洲乃至全世界的文化名城。

初到魏玛，歌德还仅仅是做客，除了陪年轻好动、任性贪玩的奥古斯特公爵骑马野游，参加组织宫中的娱乐活动，就没有什么正事。可是，随着时间的推移，比歌德年轻十岁的公爵和他越来越亲密，对他越来越言听计从。歌德本人呢，也为魏玛浓重的文艺气氛所深深吸引，并且发现公爵年纪虽小，却不无抱负，本质就像是“尚在发酵中的名贵的酒”，将来定会有所作为。住到次年 2 月，歌德已写信给法兰克福的朋友：“我可能要留在此地尽心竭力地起一些作用，时间长短则全凭命运安排。即使只有几年，也总比待在家里极欲有所作为却无所事事要好……公爵对国事满怀热忱，我完全了解他，对许多事情因此完全放心。”①

这段话表明，歌德留在魏玛的初衷确实是想“有所作为”。随着年龄的增长和阅历的丰富，他慢慢抑制住狂热的激情，增加了务实的精神。“有所作为”在他不只意味着施展自己的才能，实现自己的社会理想和抱负，也是一种道德的考验和成长的需要。而小小的魏玛公国，在当时可以讲比较开明，正好让命运安排给歌德作他接受考验和实现理想、抱负的试验场。

1776 年 6 月，歌德正式就任魏玛宫廷的枢密顾问之职，从此便政务缠身，渐渐地把公国的大至外交、军事、财税、林务、矿业、水利、交通，小至防火条例的制定和宫中游乐活动的安排组织等等事情，都通通管了起来。他在两年多以后写道：“我事情多得一塌

① 转引自 Peter Borner “Goethe” S. 55，Rowohlt Verlag.

糊涂……繁忙的压力对心灵大有好处；压力解除了，心灵是可以更加自由地享受生活。但一个人无所事事、舒舒服服，却再可悲不过，最美好的馈赠也会令他生厌。”又隔了两年多，他写信给友人说：“我的天性逼迫我从事各式各样的活动，即使在最小的村庄和一座荒岛，我同样必须勤勤恳恳，否则便活不下去……”①

在魏玛从政的这些年，歌德也确实努力作了些改革，但都只能是小修小补，既不能根除大的制度弊端，对他所同情的农民和手工业者也爱莫能助。相反，他倒为无聊的琐事和应酬耗费了不少时间、精力，并且不得不违心地在许多事情上委曲求全，一改自己狂放不羁的本性而变得谨小慎微。尽管如此，歌德仍不免遭到宫中善于搬弄是非和钩心斗角的男女的攻击、暗算。再说，魏玛实在太小了，他在这里的所作所为，也无补于改变德国鄙陋的现实。

当然，收获也不可忽视。亲身参政扩大了歌德的人生阅历，使他这个市民青年不但对宫廷和贵族社会有了深刻认识，对民间的疾苦也多了几分了解，为他日后的创作特别是写《浮士德》积累了重要素材。此外，由于分管矿业和林业，他对矿物学、植物学都有所钻研，同时还花了不少业余时间研究骨骼学、解剖学、数学、光学和颜色学等等，并且有了一些在当时来说是重要的发现，促进了他具有唯物主义倾向和进化论色彩的世界观的形成。也可以说，歌德在魏玛的特殊环境和地位上，更快地成熟起来，进入了自己人生的另一个同样十分重要的境界。

然而文学创作却大受影响，作品比前四五年少了许多，已开始的《浮士德》、《埃格蒙特》、《托夸多·塔索》等剧本都没有完成，仅写了一些抒情诗。这些诗中的相当一部分，是他写给封·施泰因夫人的。对这位比自己年长七岁的七个孩子的母亲，歌德有着十分复杂的感情，称她是个“了不起的女人”，相信自己和她是“前世

---

① 转引自 Peter Borner “Goethe” S. 57，59，Rowohlt Verlag.

夫妻”，命中注定了他要受她“温柔的魔带的羁绊”。事实上，封·施泰因也是歌德在魏玛留下来的一个原因。总的看来，他俩之间的关系少了青春期的爱情狂热，多的是心灵的契合。而且，在两人中应该说是封·施泰因夫人起主导作用，是她影响歌德，使他的内心发生了根本的变化，不但做到了忠于职守、克己奉公，连立身处事也慢慢变得冷静和节制。这些变化自然也反映在创作中，例如著名的诗歌《神性》、《人的局限》、《水上精灵歌》、《对月》等等，就少了狂飙突进的澎湃激情，多了成年人细致深入的人生思考。

在魏玛一住十年，整天忙于政务和宫廷酬酢的歌德终于感觉累了，烦了。1786 年 9 月 3 日凌晨，他事先没有通知他称作“小巢”的魏玛的任何人，便改扮成一个画家（亦说商人），化名“缪勒”，离开他正在那儿疗养的卡尔斯巴得温泉，朝着他从童年时代起就十分向往的南方古国意大利奔去。

六、重获新生

意大利不只有温暖的阳光，热情的人民，更是有着丰富的古代文化遗存的文艺复兴发祥地，历来被欧洲的文化人和艺术家视为自己“根”之所在。歌德的父亲就曾为提高修养到意大利游历，并留下了一部游记。歌德于魏玛出走之前两年写了长篇小说片断《威廉·迈斯特的戏剧使命》，里边有一个神秘的女孩迷娘，她唱的一首内涵丰富、感人肺腑的怀乡曲，实际上就道出了诗人自己对意大利的热烈恋慕和向往。

“在古国的土地上，我感到欢欣而又快乐”——“我青年时代的所有梦想眼下全都变成了活生生的现实”——感到像“每天都在脱一层皮”似的经历着“脱胎换骨的变化”，整个人“从内心深处彻底改变了”，获得了“新生”。类似这样的句子，在他到意大利后写的书信、游记和作品中，真叫比比皆是。难怪歌德流连忘返，在这个阳光明媚的南国一住一年零九个月。

在这段时间里，他不但遍游威尼斯、佛罗伦萨、罗马、那不勒斯等文化名城，踏访庞贝古城等处的废墟、遗址，观赏、临摹古希腊古罗马和文艺复兴时期的艺术珍品，而且也了解民情风俗，亲身参加天性乐观的意大利人民的各种节庆活动，特别是1788年2月的罗马狂欢节更给他留下了终生难忘的印象。他还广交艺术界的朋友，提高艺术鉴赏力和修养，自己作画达一千余幅之多。他还渡海前往西西里岛，悉心考察研究岛上的亚热带植物，在巴勒莫的植物园里为自己提出的植物形变论找到了宝贵的实证，即他所谓的“原植物”。他甚至冒险三度攀登有名的维苏威火山，一直走到火山口边上，直接观察“那冒着蒸汽的、发出咝咝声的地狱的大锅”。总之，到了意大利的广阔天地里，歌德一下子又变得年轻、大胆和充满朝气了，与湫隘的魏玛宫中那位圆滑老练、“谨小慎微”的枢密顾问相比真是判若两人。

在文学创作方面，歌德也恢复了活力，完成了反映16世纪尼德兰人民革命的悲剧《埃格蒙特》，把《伊菲格尼在陶里斯岛》的散文初稿修改成了诗剧，《浮士德》和《托夸多·塔索》的写作也有进展。

当然还有热烈的爱情。歌德在罗马等地曾和不止一个活泼爽朗的意大利女子相恋、同居，其中一个被他耐人寻味地戏称作“浮士蒂娜”。他晚年完成的《意大利游记》是他重要的自传性作品，全面记录了他在这个南方古国的经历和感受。他在回魏玛后不久写成的《罗马哀歌》不乏大胆的性爱描写，充满他对与浮士蒂娜等爱侣缠绵相处的幸福回忆；是她们使他恢复了青春的爱的活力。

> 啊罗马，你诚然大如一个世界，可是没有
> 爱情，世界不成世界，罗马不叫罗马。

如此放肆的对爱的呼喊，表明意大利之旅使歌德完全恢复了本性，获得了新生，也重新找到了他作为诗人的自我。因此在不得不准备返回魏玛的前两周，他竟然每天一想起要离开意大利，都会像个孩子似的哭泣。

七、家庭生活

1788年6月，歌德回到魏玛，坚决辞去大部分官职，只担任宫廷剧院总监，兼管矿业和耶纳大学的一些事务，以便专心从事写作和科学研究。在两三年里，他完成了诗剧《托夸多·塔索》、长篇动物叙事诗《列那狐》、《罗马哀歌》和《威尼斯警句》。最后这两部组诗，也反映了他个人生活中的一件大事，即与二十三岁的制花女工克里斯蒂娜·乌尔庇乌斯的邂逅、相爱与结合。

克里斯蒂娜·乌尔庇乌斯虽出身微贱，相貌平平，却活泼大方，朴实善良。歌德回魏玛后的一天在花园中散步时与她偶然相遇，不久便成为事实上的夫妻，拿歌德自己的话来说就是："我结婚了，只是没有举行仪式而已"。

可是对于堂堂大臣和贵族歌德——他已在1782年由帝国皇帝约瑟夫二世封为贵族，回魏玛后仍保留着在枢密院里的职位——，与一个出身下层又缺少教养的女工不明不白地生活在一起，在那个时代真是有失体统的冒失举动，因此遭到了魏玛宫中包括封·施泰因夫人在内的男男女女大肆攻击。虽然他俩在第二年的圣诞节便有了一个儿子，却一直等到七八年后的1806年才正式结为夫妻。克里斯蒂娜一共为歌德生了五个子女，但活下来的仅长子奥古斯特一人。这个平凡的女子对歌德忠心耿耿，平时任劳任怨地操持家务，后来在拿破仑入侵德国时期，她有一次甚至不顾自己的安危，挺身保护了受到闯进家里来的法国士兵威胁的丈夫。然而，她却长期受着贵族社会的歧视，即使在正式结婚以后仍然被排斥在社交生活之外。歌德在魏玛也十分孤独，自然对她充满眷恋和感激之情，在不少作品里留下了对她的纪念，而其中最为人熟知的就是1813年附在一封信里寄给她本人的那首题作《找到了》的小诗。

1816年6月6日，歌德夫人在满五十二岁那天与世长辞，正卧病在床的诗人欲哭无泪，写了四行挽歌对她表示哀悼：

太阳啊，你想冲破乌云，
放出光芒，却白费力气。
随她我失去了生命的
　全部获得，唯有哀泣。

就这样，歌德失去了与自己相伴最久的亲人。而且一生当中，除了少年时代，他可以说都在忙于事业，没有享受到多少亲人的温暖和家庭的幸福。他小时候最亲密的妹妹早在1777年就夭折了，父亲也在五年后逝世。母亲虽然比较长寿，活到了1808年，可是自到魏玛后歌德却难得和她见面。连爱子奥古斯特也在四十岁时死在了他的前头。总之，歌德的家庭生活不能算幸福美满。

八、进化与革命

歌德在莱比锡上大学时，即产生了对自然科学的兴趣，到魏玛后便没有停止过自然科学的研究，并不断取得一些在当时来说并非不重要的成果，还出版了数量可观的论文和专著。上文已谈到他关于"原植物"的发现。他据此提出"植物形变论"，并于1790年发表了一篇长达一百二十三节的论文。在这篇文章里，他试图证明植物从低等到高等全一个样：所有的果、花、叶、茎都进化、发展自唯一的一个基本器官，即种子。在此之前，他曾在自己兼职的耶纳大学研究比较解剖学，并于1784年3月发现了人类的腭间骨——

以前人们认为只有动物才有腭间骨——，从而证实了他关于一切生物都有相同的“原形态”和“亲缘关系”的设想。歌德在自然科学特别是植物学、动物学方面的发现和观点，使他成了欧洲在达尔文之前主张进化论的先驱。在观察自然界时，他因此始终坚持唯物的和进化的宇宙观；这在18世纪无疑相当的进步和可贵。

可是另一方面，歌德观察社会问题也机械地搬用进化的观点，因此便成为一个改良主义者；他在魏玛从政时的所作所为，即是很好的证明。特别是对待法国大革命的态度，更暴露了伟大诗人歌德在政治思想方面的这一根本缺陷。

1789年7月14日，巴黎革命民众攻陷象征封建统治的巴士底狱，揭开了世界历史新的一页。消息刚传到德国，所有的进步作家、学者和知识分子无不感到欢欣鼓舞，歌德也不例外。他在1790年3月3日写信给朋友雅可比说，“法国大革命对于我同样是一场革命”，并亲手画了一棵“自由树”。可是，一当雅各宾党暴力革命和专政的实情渐渐为外界所了解，一当革命开始向着莱茵河以东蔓延，除了赫尔德尔、福尔斯特等少数思想特别进步者以外，德国的知识分子几乎全吓坏了，对革命的态度来了一个一百八十度的大转弯；歌德也是如此。如果说，对于他们中的大多数人，这正好表现了德国现实不可救药的鄙陋，表现了资产阶级极端的软弱，那么，对于歌德个人，还应该看到是他受进化论宇宙观和改良主义政治思想影响的结果。

正因为歌德信奉缓慢但有序的进化和改良，对革命中出现的暴力和“混乱”现象便感到厌恶。他甚至讲，他“宁可犯不公正的罪过，也不愿容忍混乱”，并称这是他的本性。1825年4月27日，他在与艾克曼谈话时为自己对法国大革命的态度辩护，说：“我憎恨一切暴力颠覆，是因为它带来的好处和毁掉的充其量相等而已。……我非常高兴看到任何使我们预见到未来远景的改良……任何使用暴力的跃进都令我心里反感，因为它不符合自然。”

出于以上的思想根源，歌德很快就对法国大革命抱着冷眼旁观的态度，随后又写了《大科夫塔》、《市民将军》、《激动的人们》等一些戏剧和诗歌，以宣扬反对暴力革命和主张改良的观点，在自己的著作中留下了不光彩的篇页。

不过，歌德也并非一些人所攻击的那样是“公侯的奴仆”甚或革命的敌人。他自己讲，他“同样不是专制统治的朋友”，并相信每次革命“都不能归咎于人民，而都是政府的咎错所造成”。因此，1792 年奥地利和普鲁士联军进攻法国，妄图推翻革命政权，实现封建复辟，次年又围攻在法国革命影响下成立了德国历史上第一个共和国的美因茨城，这两次战役歌德虽然都随其时已当上普鲁士将军的卡尔·奥古斯特公爵一起亲临前线，成了改变世界历史的重大事件的见证人，并在后来把它们记录在《随征法国记》和《围攻美因茨》这两部自传性的作品里，但他对战事本身却毫不感兴趣。他在战场上很想念家里的爱妻幼子，并且仍旧专心做自己的自然科学研究和试验。他甚至认为“安静地坚守在工作室里，细心地照料科学和文艺的圣火”，以使“和平来临时不至于缺少万不可缺的普罗米修斯之火”才是他的职责，也是他度过政治动乱的“黑夜”的最佳办法。[①] 他这样说也这样做，在法国大革命开始后的一些年，他确实为自然科学的研究倾注了更大的热情，耗费了更多的精力和时间。

九、挚友席勒

歌德和另一位当时与他齐名的德国大诗人兼剧作家弗里德利希·席勒（Friedrich Schiller，1759—1805）早已认识，但由于误解，彼此在很长一段时间里却敬而远之。直到 1794 年 7 月底，他俩

① 参见 Peter Boerner：“Goethe”，S. 88.

在耶纳的一次自然科学讨论会后作了深谈，才开始结下亲密的友谊。1799年，为加强与歌德的合作，席勒放弃在耶纳大学的教职，迁居到了魏玛。

两位大诗人结下友谊，正如歌德说的是一件极其“幸运的事”。它不只帮助歌德摆脱了旅居意大利归来后的精神孤立状态，不只使他的创作生命开始了狂飙突进时期以来的第二个春天，也不只让席勒的创作和思想发展得到了同样的促进，还造就了整个德国文学长达十年之久的成果辉煌的古典时期。

歌德和席勒先是密切配合，在1795和1796年共同写出了四百多首叫作“赠辞”的针砭时弊的短诗，紧接着又你追我赶地创作了大量流传后世的叙事谣曲，致使1797年成了德国文学史上著名的“叙事谣曲年”。正是在席勒的经常鼓励和督促下，歌德把原本大量花在自然科学研究上的时间和精力重又集中于文学创作，终于完成了早在大学时代便已开始创作的《浮士德》的上卷、长篇小说《威廉·迈斯特》的第一部即《威廉·迈斯特的学习时代》和叙事长诗《赫尔曼与多萝特亚》，使自己的文学声名再次鹊起。

与此同时，在歌德的帮助下，席勒也完成了他后期的戏剧代表作《华伦斯坦》三部曲、《奥里昂的少女》、《玛利亚·斯图亚特》、《墨西纳的新娘》和《威廉·退尔》等。其中特别是《威廉·退尔》，连题材也是歌德主动让给席勒的：为了支持朋友的创作，歌德不仅放弃以瑞士人民争取自由的斗争为内容写一部叙事长诗的计划，而且将自己在瑞士实地搜集的背景材料都提供给席勒，这样才使从未到过瑞士的席勒在剧中把当地的自然风光、人情风俗描绘得真实生动，给读者和观众留下难以磨灭的印象。①

除了可见的作品，两位大诗人在思想上的交流和相互启迪，更

① 参见艾克曼辑《歌德谈话录》，朱光潜译，人民文学出版社，1978年版，第144～145页。

取得了影响深远的成果。他们在歌德领导的魏玛宫廷剧院排演自己和莎士比亚等的剧作，以验证共同追求和发展的古典主义风格。他们一道提出以审美教育来完善人性和改造社会的理想，在德国的美学发展史上占有了一席之地。通过这些努力，小小的魏玛进一步成为整个德国的文化中心，又吸引了许多在国内外享有盛名的作家、学者和艺术家，如哲学家费希特、谢林、黑格尔，地理学家和语言学家洪堡兄弟，作家、诗人和文艺理论家扬·保尔、蒂克、诺瓦利斯和施莱格尔兄弟等等；还有俄国大诗人普希金和匈牙利杰出的钢琴家李斯特，也曾旅居魏玛，在这个小城中留下了影响和足迹。魏玛作为德国文化圣地的影响经久不衰，甚至远远地超越德国的国界，至今仍受到了整个欧洲乃至世界的崇仰。

人们说，自 1794 年起，歌德生活中很少有什么事与席勒没有关系。可是在 1805 年的 5 月 9 日，受尽贫病煎熬的席勒猝然与世长辞。自己也正卧病的歌德事后闻讯大为悲恸，说他因此失去了自己“生命的一半”。从此他对什么都不再有心思，并于生前就做好了安排，死后要与自己的好友同穴而葬。

在席勒亡故后的十年里，本已鹤立鸡群的歌德在魏玛更形孤单，真如失去了生命一半似的经常闹病。加之对拿破仑战争中动乱的时世感到厌憎，遂产生了迟暮的念头，主要作品《浮士德》和《威廉·迈斯特》都写不下去，却开始搜集资料准备写回忆录和自传。

歌德比席勒整整年长十岁，两人的性格、气质、出身、经历、地位以至世界观和思想方法等等本来都有很大的差异，但却在渴望光明、追求真理、发扬人道和繁荣德国文学的共同奋斗目标指引下走到一起，结成了亲密无间的友谊，相互帮助、砥砺、相辅相成，至死不渝，实可传为世界文化史上的一大佳话。

十、憧憬东方　胸怀世界

从席勒逝世至1814年的十年间，欧洲社会急剧动荡。先是随着法军战胜普鲁士、奥地利而宣告了“德意志民族的神圣罗马帝国”彻底崩溃和消亡，德国境内的一些小邦也纷纷瓦解，建立起了一个受拿破仑保护的“莱茵联盟”；在这个过程中，一些地方随之实行了程度不等的改革。接着，一部分德国爱国知识分子发动了反对法国占领的所谓民族解放战争，并与俄国的封建势力结盟，终于彻底战败已经称帝的拿破仑，使整个欧洲大陆出现了反动复辟，德国更笼罩在一片黑暗中。

当时，已年逾花甲的歌德作为新兴资产阶级的改良主义思想家，尽管对法国革命引起的社会动荡心存反感，却崇拜拿破仑这位叱咤风云的英雄人物，一度把恢复和建立秩序的希望寄托在他的身上，既不肯参加反法的所谓民族解放战争，更厌恶封建复辟。为逃避眼前这混乱而可悲的现实，歌德一开始把目光转到了往昔，闭门阅读德国中世纪的史诗，欣赏中世纪的绘画，随后干脆把视线移向他认为是和平、宁静的东方，因此而研究起阿拉伯、印度和中国的文学和哲学来，并从中吸取到了思想和创作的营养。

北方、西方和南方分崩离析，
宝座陷塌，王国战栗。
逃走吧，逃向纯净的东方，
去呼吸宗法社会的清新空气！

歌德置于《西东合集》开头的这四行诗，极其生动、概括地描述出了当时整个欧洲急剧动荡和危机四伏的情景，以及诗人自己对眼前的现实无比厌烦和急欲规避的心态。

在此期间，歌德又经历了两次爱情。单恋十六岁的少女米娜·赫尔茨丽卜的痛苦，使他在六十岁时仍以当年写《维特》时差不多的激情，在 1809 年仅仅用七个星期，就写成了含义深沉的长篇小说《亲和力》。而 1814 年与玛丽安娜·维勒美尔的幸福相爱，则更加有力地拨动了他心中的诗弦，使他在 1814 年开始创作《西东合集》。

《西东合集》是歌德晚年乃至一生最重要的一部诗作，内容和风格都明显地受了阿拉伯文学、特别是 14 世纪波斯诗人哈菲兹的影响，题名便说明它是一部由西方作者写的富于东方思想情趣的诗集。它共收长短不等、体裁各异的诗歌二百五十多首，依题材分为十二篇，主要歌颂人生、爱情、美酒，有的抒情，有的叙事，有的富于哲理，有的充满讽喻。在诗中，歌德自己变成了阿拉伯歌者哈台姆，哈台姆美丽的情人苏莱卡则是聪慧而富有诗才的玛丽安娜·维勒美尔的化身。和在现实生活中一样，他俩心心相印，纵情唱和，相处的时间虽然不长，却带给诗人极大的幸福。

《西东合集》于 1819 年出版。接着，歌德又继续完成他的《意大利游记》和《诗与真》等自传性的作品。

1823 年，年已七十四岁的歌德做了一生中最后一次旅行。在波希米亚（现属捷克）的玛利亚温泉，他又不幸地堕入了情网，对一位年方十九岁的少女乌尔莉克·封·莱维佐夫产生了难以抑制的爱情，并且不顾一切地向她求婚。结果当然只能令他失望、痛苦。不过就是这最后一次带来不幸与伤痛的热烈爱情，使歌德很快写成了著名的《爱欲三部曲》。用这个以《玛利亚温泉哀歌》为核心的组诗，老诗人对自己多恋的一生进行了深入的思考和总结，表达了对于爱欲的割舍和断念之情。

在克服了这感情的最后一次危机，战胜了由感情危机造成的身心病痛之后，年老的诗人很快又拿起笔来继续写作，而且比什么时候都更加勤奋，从而迎来了文学生涯的最后一个丰收季节。

除去阿拉伯文学，歌德从1813年开始一直到1827年，还大量阅读中国的文学作品和有关中国的书籍，如《好逑传》、《花笺记》、《百美图咏》和选收有《今古奇观》若干篇小说的《中国详志》等，并且从中得到启示，不只写成富有中国情致和格调的组诗《中德四季晨昏杂咏》和其他作品，而且在1827年1月31日在和艾克曼的谈话中，作出了“世界文学的时代就要来临”的光辉预言。

以上所述，不管是拒绝参加从狭隘的爱国主义立场出发反对拿破仑的所谓解放战争，还是放眼遥远的东方，研读阿拉伯、印度和中国的文学并认真向其学习，还是在人类历史上第一个明确地提出关于“世界文学”的思想，都表明歌德尽管身处狭小湫隘的魏玛，胸怀却无比广阔，眼光却无比高远。也就难怪他会成为一位“世界公民”①，会写出《浮士德》这样具有世界意义和影响的不朽杰作，会受到整个进步人类的爱戴和崇仰。

十一、智慧的最后结论

在自己生命的最后八年，夫人、儿子和几乎所有的好友都已先他离开人世，歌德似乎别无寄托，心思完全集中在了自己的文学事业上。1829年完成了《威廉·迈斯特的漫游时代》，1831年《浮士德》第二部大功告成。这两部倾注了他毕生心血的杰作——前者断断续续写了五十年，后者写了六十年——在问世之初虽不为时人所理解和重视，却无疑是伟大的诗人和思想家歌德留给后世和全人类最宝贵的财富。

《威廉·迈斯特的学习时代》（1796）和《威廉·迈斯特的漫游时代》尽管情节联系不甚紧密，但主人公基本相同，主题思想前后一致，因此被视为一部卷帙浩繁的长篇小说的上下两个部分。写的

① 参见 Peter Boerner：“Goethe”，S. 122，129.

是一个商人家庭出身的青年在社会上长见识、受教育、掏经验的成长和发展过程，借以表达作者歌德本人的教育主张和社会理想。在德语文学里，它是所谓“教育小说”或称“修养小说”、“发展小说”的最重要代表。

诗剧《浮士德》的内涵更加丰富，情节更加复杂。它与《威廉·迈斯特》有一个共同点，都是借写一个人的发展、追求来探讨人生的价值和理想；不同点只在于它的主人公浮士德博士活动范围更广，从天堂到地狱，从眼前的德国到古希腊，不像威廉·迈斯特始终生活在德国的现实社会。基于此，这两部作品的表现手法也大不一样：从主要倾向看，《浮士德》主要是浪漫主义的，《威廉·迈斯特》主要是现实主义的。

《浮士德》的主人公一生自强不息，经历了对知识、对感官享受、对权势荣华、对“美”的一次次追求，一次次失望，终于在为大众谋福利的事业中获得满足，找到了“智慧的最后结论”，即：

只有每天争取自由和生存的人，才配享受自由和生存。

浮士德的这种积极进取、永远向上、不断追求的精神，应该说是我们人类赖以生存、发展、进步的最伟大和最可贵的精神。他在年满百岁和失明以后所预见的人类未来，在当时虽然带有空想社会主义的性质，却光明而又美好，同样能给人们以信心和鼓舞。难怪革命导师马克思、恩格斯、列宁都非常喜欢读《浮士德》，在自己的著作和讲话中经常援引它的诗句和情节；难怪诗人海涅要称《浮士德》为“德国人世俗的圣经”，革命文艺理论家弗郎茨·梅林要誉它为“现代诗歌的王冠”，还有人要把它视为“欧洲自文艺复兴以来三百年历史的总结”，“人类光明灿烂前景的壮丽颂歌”，等等。到了现代，“浮士德精神”已成为自强不息、积极向上、永远追求等人类伟大精神品格的代名词，在全世界激励和鼓舞着一代又一代的后来人。

歌德自己在八十三年的漫长一生中，像浮士德博士一样经历了许多重大的社会历史事件，身边也常有从正面或反面帮助他、激励他的这个那个人物；像浮士德博士一样在个人的生活、思想和感情上饱尝悲欢，在探索之路上同样常常误入歧途，但终于都回到正道，一步一步地前进。时代造就了歌德，歌德也影响了时代。这位在思想文化的世界中为人类开辟出大片沃土的诗人，这位人类光明未来的伟大歌者，他在孜孜不倦地劳作一生之后，于 1832 年 3 月 22 日在魏玛家中与世长辞了。他的辞世，也意味着德国思想文化史上整整一个时代，即以他为核心和命名的“歌德时代”的终结。

临终之前，伟大的诗人和思想家歌德对守护在旁边的人最后说的，据传仍是一句极富哲理和象征意义的话：“多要一些光！”

是啊，多要一些光！这既是人类未来的伟大歌者歌德本人一生的向往和追求，也是他对后世的嘱托和希望。从歌德逝世至今已过去一百八十多年，世界比他在世时的 18 世纪、19 世纪应该说已光明多了，在许多方面都有了进步，但是离浮士德和威廉·迈斯特的理想社会仍然还很远，还需要人类像浮士德那样孜孜不倦地继续争取和奋斗！

目　录

即兴诗

丽莉之歌及其他

在魏玛头十年的诗作

“丽达之歌”及其他

自然诗、哲理诗及其他

西东合集

暮年的抒情诗

译　序

诗人歌德：前无古人　后乏来者

约翰·沃尔冈夫·歌德（Johann Wolfgang Goethe，1749—1832）一身兼为文学家和思想家，即使在自然科学领域内，也取得了同时代人无法忽视的成就，对于文学创作，他更表现出了多方面的天赋和才能，因此常与文艺复兴时期博学多才的“巨人”相提并论和媲美，堪称是世界文学史上的一位大文豪，世界文化史上的一位大思想家。然而，大文豪和大思想家歌德首先是一位诗人，特别是杰出的抒情诗人，虽然他的《浮士德》和《少年维特的烦恼》等作品，不论过去或现在都更加为人熟知，都在文学史上占据着更加显要的地位。

在长达七十余年的创作生涯中，歌德不仅写下了各种题材和体裁的长短诗歌两千五百多篇，其中有大量可以进入世界诗歌宝库的明珠、瑰宝，而且他的整个创作都为诗所渗透。例如《浮士德》本身便是一部诗剧，《少年维特的烦恼》更被公认为以散文和书信形式写成的抒情诗。歌德曾将自己一生的事业比成一座金字塔。在这巍峨宏大的金字塔的塔尖上，放着一个花环，这花环，按照法国大作家罗曼·罗兰的说法，就是用歌德自己的抒情诗编成的。对于诗人歌德来说，这个评价可谓中肯而又崇高。

从纵横两个方向上放开眼界来加以考察，歌德作为诗人可谓出类拔萃，异常伟大。德国的或者说德语的诗歌创作，是由于他才发展到空前的高峰，才真正受到了世界的重视。与他同时代的欧洲各国诗人，没有几个取得了可以与他比肩的成就，难怪英国大诗人拜伦要尊他为“欧洲诗坛的君王”，并以能与他交换作品为荣；难怪海涅要视他为统治世界文坛的三巨头之一的抒情诗巨擘，与作为小说巨擘的塞万提斯和戏剧巨擘的莎士比亚并立。也就是说，歌德的诗歌创作不仅在德国，而且在整个欧洲乃至全世界都产生了巨大影响。

从八岁时作第一首献给外祖父母的贺岁诗算起，歌德毕生从事诗歌创作。他的诗歌不仅数量惊人，而且有以下突出的特点和优点：1. 它们思想深刻博大，为此我们可以举出他的《普罗米修斯》、《神性》、《重逢》和《幸福的渴望》以及诗剧《浮士德》中的许多片断作为例证；2. 它们题材丰富广泛，几乎反映了社会人生的方方面面；3. 它们情感之自然真挚，为此您不妨细细品味一下他的《五月歌》、《漫游者的夜歌》、《迷娘曲》和《玛丽温泉哀歌》等抒情诗；4. 它们风格多彩多姿，不仅有早年的牧歌体、民歌体、颂歌，还有中年时代独创的短诗和从意大利借用来的哀歌和十四行诗，不仅有晚年阿拉伯风的《西东合集》以及中国情调浓郁的《中德四季晨昏杂咏》，还有数量同样不在少数的格言诗和叙事谣曲，等等。如此长的创作时间，如此大的数量，如此众多的优点，而所有这些因素又都通通都集中在了一个人身上，我真想说，像歌德这样的抒情诗人，真是前无古人，后乏来者！

进入 20 世纪以来，歌德的诗歌先后经过马君武、苏曼殊、王光祈、郭沫若、冯至、梁宗岱、张威廉、钱春绮等前辈的译介[①]，逐渐到我国流传开来，并且受到了广大读者的喜爱和重视。郭沫若、梁宗岱和冯至等前辈先后将他与我们的屈原、李白、杜甫相提

① 约在 1902 或 1903 年，马君武第一个用文言翻译了歌德的抒情诗《米丽容歌》（今译《迷娘曲》）。前此包括笔者在内的一些著述和歌德诗选中，都根据《南社刊丛·马君武诗稿》的排字错误以讹传讹，把“容”字误为了“客”，特借此机会慎重更正。

并论，足以证明即使在欧洲以外的更广大的世界上，即使在他逝世一个多世纪之后，歌德同样仍然受到极少有人能与之相比的崇敬。

那么，是什么条件造就了伟大诗人歌德？他的出现偶然吗？

选译歌德诗歌的工作终于结束了，心中释然、怡然、畅然，于阖上眼睛稍事休息之时不由坠入了遐思。适才，我仿佛流连于一座花园，那么广大辽阔，那么生机勃勃，好似世界各地的名花异卉在这儿争妍斗艳，满园姹紫嫣红，芳香扑鼻；繁花丛中固然也这儿那儿长着几棵杂草，却无损整个花园的美丽和神奇，倒使它显得真实和自然。须知培植这座花园的歌德也是人，不是神。我这个更加平凡的人徜徉园中，东挑西选，采摘来了自以为是最美丽的各色各样的花草，准备把它们送给自己的友人……

就像自然界的花园需要种子、土壤、养料和阳光，歌德诗歌的大花园也少不了它们。

生活，就好比一座取不尽、用不竭的种子仓库。歌德享年八十三岁，一生经历了德国、欧洲乃至世界历史上的许许多多重大变革，诸如德国的狂飙突进运动和欧洲的启蒙运动，法国大革命和继之而来的欧洲封建复辟，北美的独立和巴拿马运河的开凿，等等等等。歌德自称这对作为诗人和作家的他，是一大便利。确实，享有高龄的歌德人生阅历之丰富，体验之深刻，都非那些虽说才华横溢却英年早逝的大诗人可比。翻开一部世界诗歌史，面对荷尔德林、海涅、拜伦、普希金、里尔克等等断命的天才，我们会发出多少的感叹，心生几多的惋惜！

歌德一生几乎没有停止过诗歌创作。把自己的思想情感用艺术化的、凝练的诗的语言和形式表现出来，从孩提时代开始，就已成了他生存的一大需要。在七十多年的漫长文学生涯中，歌德的诗歌之泉几乎从未干涸、枯竭，而是自自然然地涌溢、流淌，虽然有时也会出现滞塞和中断的危机，但危机终究会被克服，迎来一个又一个新的生意盎然、流水欢歌的春天。尤其让人惊叹的是，常常甚至是在写信和创作小说、剧本的过程中，歌德的诗泉会突然喷涌出来，使正在写的散文一下提高为了诗——他赠给封·施泰因夫人的许多诗和著名的颂歌《普罗米修斯》，都是这样产生的。1823 年 9 月 18 日，歌德对他的秘书艾克曼讲：

> 我全部的诗都是即兴诗，它们被现实激发，在现实中获得坚实的基础。我瞧不起空中楼阁的诗。

这段话很好地道出了歌德的生活与诗歌创作的关系。事实上，歌德的诗歌几乎没有哪一首不是反映着他的一段生活经历，反过来，他的所有重要生活经历又无不在诗中得到了凝聚和升华。

歌德人生阅历之丰富，实非常人可比。他出身市民，后来却封了贵族；他既是诗人、作家，又担当着魏玛宫廷的多种要职；他一生热衷于科学研究和试验，还酷爱漫游和旅行，至于在文艺作品里神游，在幻想遐思中徜徉，更是自小养成的习惯。所有这些，都在歌德的诗歌中得到表现，使他诗的内容题材变得异常丰富。特别是他一生多恋，从十七岁至七十四岁，先后倾心于十多位女性，而每一次恋爱，都使他给后世留下一大批动人的情诗，其中实在不乏传世的杰作和精品，如脍炙人口的《塞森海姆之歌》、《罗马哀歌》、《西东合集》和《爱欲三部曲》，等等。

是的，我的老师冯至先生说得对，一部按产生的时间顺序编排的歌德诗选，也就是一部歌德的生活史或者说一部诗传。

歌德不仅长寿和阅历丰富，他的诗歌也不局限于对它们作记录和整理。他还如此热爱生活，对爱、对美、对光明、对事业的追求还如此执着；从这些执着的追求中，又产生出许多的成功与失败、欢乐与痛苦——这些，都在歌德心里引发了理性的思考，同时化作诗的感兴，催出诗的萌芽。也就是说，对歌德这样一位内心充满爱的追求者，生活的种子仓库才会慷慨地敞开大门，任其拣选、索取。难怪，歌德对艾克曼说：

> 世界是那样广阔丰富，生活是那样丰富多彩，你不会缺乏作诗的动因。但是写出来的必须全是应景即兴的诗，也就是说，现实生活必须提供诗的机缘，又提供诗的材料。一个特殊具体的情景通过诗人的处理，就变成带有普遍性和诗意的东西。我的全部诗都是应景即兴的诗……①

这段话，道出了歌德创作遵循的一个重要美学原则，是他入世的人生观在美学思想中的折射，表明他是生活宝库的自觉而积极的发掘者。正因此，歌德以他七十多年的生命写成的数以千计的诗歌，加在一起便构成了一个纷繁复杂、五光十色的大千世界：宇宙的恢宏深邃，自然的仁慈博大，时代的风雷雨电，人生的幸福痛苦，还有爱情的离合悲欢，统统得到了表现。正因此，歌德的成功之作才那么情真意切，自然感人，内涵深沉、丰厚。

敏锐的天性、良好的教养和悠久的民族文化传统，是歌德诗歌大花园肥沃的土壤。

歌德出生于富裕市民的家庭，从小受到爱好文艺的父母的熏陶，加之资质聪明、生性敏感，八岁时便为向外祖父母祝贺新年而做了第一首长二十多行的诗。稍长，他已从父亲的丰富藏书中读到了前辈诗人们的作品，尤其喜爱中世纪的工匠诗人汉斯·萨克斯和其时正风靡德国的抒情诗人克罗卜斯托克。十六岁时到莱比锡大学学法律，受罗珂珂风影响，写下了不少绮靡轻佻的爱情诗，但同时也接触到了温克尔曼和莱辛的美学理论和诗歌理论。1770 年到地

① 引自艾克曼辑《歌德谈话录》，朱光潜译，人民文学出版社，1978 年版，第 6 页。

处德法边境的斯特拉斯堡继续学习，这是歌德一生发展的第一个重要转折点。在这儿，他不仅受到来自国境另一边的自由思想之风的吹拂，感到神清气爽，而且有幸结识了赫尔德尔。在赫尔德尔引导下，歌德不仅认识了荷马、品达、“莪相”，读了他们的史诗、颂歌和哀歌，而且开始搜集民歌民谣，从而在古代和民间两个方面找到了诗歌清澈纯净、永不枯竭的源头。德国的近代文化、文学和诗歌，一般地讲是建立在古日耳曼、希腊罗马和希伯来这三大传统之上的。从小熟读《圣经》的歌德，随着年龄的增长，特别是经过在莱比锡和斯特拉斯堡的生活和学习，全面地接近和继承了传统，便使诗的花朵在肥沃的土壤里健康而茂盛地开放起来。音韵优美自然而富民歌风的《塞森海姆之歌》和《丽莉之歌》，节奏有力、气势雄壮的《普罗米修斯》等颂歌，还有色调典雅、绚丽、浑厚的《罗马哀歌》等等，都是歌德学习传统的重要成果。

纵观德国的民族文化，迄于近代，明显地以哲学、音乐、诗歌见长；而仔细观察，我们又会发现三者在各种文化表现形式中相互影响，相互融合，相互渗透。拿诗歌来说，便常常以哲理为底蕴或者说灵魂，以音乐——以富于音乐美的语言为外形，或者说羽翼。特别是丰富深刻的哲理内蕴，更为德语诗歌传统的一个重要特点。在歌德的诗歌创作中，这个特点也表现得格外充分。不但他咏叹宇宙、人生的诗如《致驭者克洛诺斯》、《漫游者的夜歌》、《神性》、《水上精灵歌》、《遗嘱》和《守塔人之歌》等等，有着深邃的哲理；爱情诗如《二裂银杏叶》、《重逢》和《致维特》亦然。就说《重逢》吧，它把歌德与自己情人玛丽安娜之间的离合悲欢，把男女之间的爱情，放在世界形成和万物产生的大背景和大框架中，从宇宙观的高度来加以观察和阐释。认为正像光明与黑暗的一分一合，产生了世界与万物，原本便“相依相属”的男女一旦“双聚在一起，相爱相恋”，也创造了幸福与欢乐，创造了美好的世界。因此诗中说，“世界的创造者是我们”，是热烈而真诚相爱的人，而非上帝或者阿拉伯人的阿拉。真不知世界还有没有另一首诗，能把男女之爱写得如此崇高神圣，如此气势恢宏，如此哲理深刻、丰富。还有那首《幸福的渴望》，也生动形象、言简意赅地讲明了“死与变”的深刻人生哲理。例子不胜枚举。从这个意义上讲，诗人歌德也是个善于哲学思辨的地道德国人，在自己的诗歌创作中很好地继承和发扬了德国民族文化的传统。而诗人加哲人，文学家加思想家，这正是歌德在世界诗坛上出类拔萃，成为“诗国中的哲人”，一句话，是歌德之为歌德的本质特征。

歌德不仅很好地继承了传统，还乐于和善于借鉴、学习，善于创造和创新。借鉴和学习，为他抒情诗的大花园摄取了充足而多样的养料，使它开出千姿百态的花朵，长满奇葩异卉。创造和创新，则不只使歌德诗苑中的品种更加丰富多彩，而且赋予了它们永远蓬勃、鲜活的生命力和无穷无尽的生机。

在歌德之前，德语诗歌的创作无论内容或形式，可以说都相当的贫乏，在世界诗坛上几乎没有什么地位。除了向自然、清新的民歌学习，年轻的歌德能从本民族的前辈诗人如汉斯·萨克斯和克罗普施托克那儿继承的东西，事实上是不多的。因此，向外国诗人学习，就显得更加重要。不用讲歌德怎样从古希腊罗马学习颂歌体（Ode）和哀歌体（Elegie），从意大利学习十四行诗（Sonette），从英国学习叙事谣曲（Ballade）等等，这对于欧美的诗人来说也许算不了什么。我们只需看一看他是如何热诚而成功地向处于其他文化圈中的阿拉伯和中国学习的吧。

在歌德的全部诗歌中，《西东合集》（1814～1815）可以算得上是最辉煌和引人注目的一部，无论从质或者量方面，我以为它都达到了空前绝后的高峰。这样一部杰作，正是他向 14 世纪的波斯诗人哈菲兹（Hafis）学习的收获。在《西东合集》中，歌德不仅让哈菲兹作他东方之旅的精神向导，与他比赛作诗，而且自己也变成了一个阿拉伯商人和歌者。整部诗集不仅富有阿拉伯请调、气氛、风格，而且充满着东方的哲理、智慧。

再如我们比较熟悉的组诗《中德四季晨昏杂咏》(1827)，它也是歌德有意识地学习中国诗歌的结果。歌德曾长时间地关注中国文化和文学，特别是在1814年前后读了大量中国的作品和有关中国的书籍。在上述组诗产生之前不久，他又读了《好逑传》、《玉娇梨》、《花笺记》等我国明代小说以及诗歌《百美新咏》。在组诗中，歌德不仅学习、模仿中国古诗的格调与意境，而且自己也变成了一个陶情诗酒、寄身林泉的中国士大夫。等等这些，都说明歌德的胸怀是多么博大，思想是多么开明，多么善于从其他民族吸取、引进有益于自己的东西。向世界其他民族的优秀文化传统学习，则不仅仅丰富了歌德诗歌的形式和内容，而且自然地表现出最伟大的德国诗人对别的民族及其文化的尊重，同时使他的诗中常常洋溢着可贵的人道精神和人类意识。后面这一点，似乎可以说就是歌德的诗歌能超越时代和国界，在全世界流传，为全人类珍视的根本原因。

当然，歌德之能成为歌德，不只因为他善于继承、借鉴、学习，更重要的是他还善于和勇于在继承、借鉴的基础上，永不满足地探索，大胆地创造和创新。他什么原有的诗体、格律都要尝试一下，但又从不满足和局限于任何一种体裁和格律。这样，他的笔下就产生出德语诗歌的上百种新的格律样式，以致“令人担心他七十年的诗歌创作几乎穷尽了德语语言和诗歌格律的一切变化和可能；正像他从前辈那儿继承到的东西很少一样，他的后继者也没给德语诗歌的表现形式增加多少新意。”在艺术形式的丰富多彩这一点上，歌德同样可以讲是超群出众，无论古今都很少有人可与比拟。

尽管歌德诗歌的思想内容和艺术形式不断地发展变化，创造创新，尽管他的创作力有时旺盛，有时衰退，但其精神、资质始终如一，总能让人感受、体会到歌德诗歌的一些个本质特点。凭借这些特点，歌德的诗歌创作构成一个整体，构成一个阳光灿烂的世界，而他的每一首哪怕再短的诗，也像一滴水一样反映着七色的阳光和整个世界。然而，要给这些特点以明确的界定和描摹，又几乎不可能；不但不可能，而且常常还会弄巧成拙，顾此失彼，造成对歌德诗歌的损害。因为诗人歌德太博大，太复杂，太深邃。

我把时代的影响放在最后来讲，是因为我认为它格外重要。对歌德的诗歌大花园，时代的影响就犹如花木生长和兴旺所不可缺少的雨露和阳光。歌德生活在一个急剧动荡的时代。他虽然身处鄙陋落后的德国，狭小湫隘的魏玛，却亲历或亲眼看见了法国大革命、拿破仑战争、日耳曼民族的神圣罗马帝国瓦解、美国独立以及建造第一台火车头和动工开凿巴拿马运河等一系列历史事件，时刻关心着自然科学的进步和发展。拿歌德自己的话来说，这对他是一个极大的便利。还不止此。歌德生活的时代，本身应该说就是一个十分有利于诗歌，特别是抒情诗发展的时代。

16 至 18 世纪，欧洲经受了文艺复兴、宗教改革、启蒙运动的洗礼，人们的肉体和精神已在很大程度上摆脱了神的束缚。待到歌德于 1770 年前后登上文坛，正值狂飙突进运动在德国兴起。这个文学运动是上述反封建的思想解放运动的继续和发展，在要求人性的发扬方面走得更远。它崇尚天才，皈依自然，高唱“个性解放”、“感情自由”，反对一切束缚人的制度、规章、教条和它所谓干枯的理性。对于德国诗歌特别是抒情诗的勃兴来说，狂飙突进的时代气氛可谓一个十分难得的条件。正是在“个性解放”、“感情自由”的呐喊声中，在“天才”时代的阳光照耀下，很快成为这个运动初期的旗手和主将的青年歌德才自然地放开喉咙，尽情歌唱，唱出了《五月歌》，唱出了《伽尼麦德斯》，唱出了《普罗米修斯》等激烈奔放、气势磅礴的人性和自然的赞歌。

继狂飙突进运动而兴起的欧洲浪漫主义运动，“重主观而轻客观，贵想象而贱理智，诉诸心而不诉诸脑，强调神秘而不强调常识，既反对新古典主义的清规戒律，也反对后来兴起的现实主义的直白”。[①] 这样的思想倾向，应该说是“个性解放”和“感性自由”的主张的扩展和深化，同样适宜于以情感为生命的诗歌特别是抒情诗的蓬勃生长。事实上，在浪漫主义风靡欧洲大约一百年间，便涌现了拜伦、雪莱、雨果、贝朗瑞以及海涅、裴多菲等杰出的诗人；而在以前和以后，在新古典主义和现实主义抑或自然主义时期，称雄文坛的则更多的是戏剧家和小说家。歌德虽与德国本身的浪漫派格格不入，但思想和创作都深受时代风尚的影响。不说他那天上地下、神奔鬼突、任想象自由驰骋和充满神秘气氛的《浮士德》，就讲他中、后期的主要抒情诗《罗马哀歌》、《西东合集》和《爱欲三部曲》吧，也无不闪射着奇异的浪漫主义的精神光彩。歌德生性聪颖，敏感好学，具有强烈的事业心和创新精神，本身可称是一位个性鲜明突出的“天才”。但是，很难设想，在一个感情受到窒息、个性受到禁锢、天才受到压抑的时代——不管窒息、禁锢和压抑它们的是宗教，是道德礼仪规范，是“干枯的理智”，还是畸形发展的物质文明和机器——歌德的诗歌之泉仍然能涌流得如此激越，如此欢畅，他诗歌的百花园能如此美不胜收，欣欣向荣，能如此长久的保持色泽香味，流传后世，一代一代！

综上所述，丰富的人生阅历和体验，良好的文化教养和久远的诗歌传统，积极而富有成效的学习、借鉴和不断创造、大胆创新，崇尚个性、放纵感情和思想解放的时代，再加上本人的秉性、气质与才华，多种主客观有利因素幸运地聚合在一起，为德国、为欧洲、为人类造就出了歌德这样一位杰出的诗人。遗憾的是，这样幸

---

① 刘半九《德国的浪漫派和海涅的〈论浪漫派〉》，见《论浪漫派》，人民文学出版社，1979 年版。

运的遇合在世界文学史上实不多见，歌德也就只能像高高站在奥林匹斯山上的宙斯一样，成为一位孤独者。他不但在精神和形式两个方面集欧洲古典诗歌特别是抒情诗之大成，而且标新立异，唱出了自己的音调（像他的《漫游者夜歌》可谓得诸天籁的千古绝唱），并融进了东方的和音。不用与平庸之辈进行比较，就说产生于歌德前后的杰出诗人克洛卜斯托克、席勒、海涅乃至拜伦、雪莱吧，他们在丰富与深刻方面都还与歌德或多或少地存在差距。正因此，我又想重复本文开头提出的一个观点：绝代大文豪歌德首先是一位杰出的诗人。

选译和评析歌德的诗歌，真是一件既艰苦又愉快的工作。正像在一座神奇的花园中挑选、采摘和移植最艳丽可爱的花卉，园子很大，五光十色，花团锦簇，真令人眼花缭乱，要不是循着先前的赏花人和采花人——他们在国内是郭沫若、冯至、钱春绮等前辈，在国外则为 E・Trunz 和 H・A・Korff 等先生——的足迹，我很可能迷失在花丛中，顾此失彼，左右为难，进退失据。这个集子虽总共只选收了歌德的诗歌三百多首，但各种题材、体裁都努力照顾到了，当然，尽管如此，仍不免有遗珠之憾，只好随着岁月的流逝、能力和经验的增长，而不断地进行增补和完善了。

至于我采摘和移植的方法是否得当，编排和翻译的原则是否正确，是否会损害花朵的姿容、香味和色泽，自己却不能说很有把握，虽然在下手之前也考虑再三，未敢轻率。我的总原则是以我国广大读者的欣赏与接受为重，力图比较忠实地传达出原诗的思想内涵，尽量地再创原诗的情调、意境和韵味，在格律形式上却只求一个“似”字。但这些仅仅是我自己的希望和追求，实际效果如何却心中无数。译诗之难远胜于移花。作为译者，我始终怀着一颗忐忑不安然而真诚的心，等待着专家和读者的品评和指正。

早年的抒情诗

从八岁时给外祖父母写第一首祝贺新年的诗开始，到 1770 年他二十一岁赴斯特拉斯堡继续上大学，可以算作歌德诗歌创作的第一个时期。这期间他写诗全凭自己的爱好、天赋和灵感，没有明确的指导思想和适合的榜样楷模，内容多半还比较浮泛、虚夸，有的甚至带逢场作戏的性质，形式则受当时流行的安那克瑞翁诗派和罗珂珂风格的影响，绮靡纤巧，缺少真情实感和清新自然的意趣。

尽管如此，从歌德早年的抒情诗中仍选了若干首，以便读者对这位天才诗人起步阶段的情况也多少有所了解，好进而掌握他诗歌创作发展的脉络和全貌。

序 诗

这是一幅世界图景，
人们说它美妙绝伦：
它简直就是座杀人场，
也像间单身汉的卧房，
它几乎像一家歌剧院，
像学生们在纵酒欢宴，
它近似于诗人的头脑，
像珍贵的古玩很稀少，
它还像已作废的钞票，
样子看上去绝顶美好。
(朋友，请忍住别笑！)①

每当诗人提起笔写诗，
总受到某个动机驱使。
天下英豪包括亚历山大，②
也受欲望驱使你讨我伐。
因此我哪儿都签上大名，

① 括号中引的是古罗马诗人贺拉斯的拉丁文诗句。
② 亚力山大大帝（Alexander der Grosse，前356—前323），历史上有名的征服者。

不乐意将来默默无闻。[①]

艺爱好者　歌德
1765年8月28日
于美茵河畔的法兰克福

贺　岁　诗[②]

——喜迎1757年新年致尊敬的和至爱的外祖父母

高贵的外公！
　　　　新的一年已经来临，
我禁不住要尽自己作为孙儿的义务和职责，
向您敬献上这些出自我纯洁的心中的诗句，
它们尽管十分蹩脚，却一片真诚。
愿上帝更新年辰也更新您的幸福，
愿新的一年始终使您快乐、如意，
愿您身体健康，永远像雪松挺立，
愿您好运常伴，时时和处处；
愿您的家宅始终是吉祥之地，
愿您继续顺利执掌市政大权，[③]
愿健康陪伴着您，永远永远，

① 这首诗虽以调侃口气写成，却也道出了年仅十六岁的歌德对于社会人生和诗歌艺术的看法，因此放在本诗选的开头权且作为序诗。

② 这是出自歌德笔下的第一首诗，其时他年方八岁，值得注意的是最后一句已表现出了未来的大诗人的充分自信。诗题系译者所加。

③ 歌德的外祖父时任法兰克福市的市长。

所有财富之中，健康数第一。

尊贵的外婆！
　　　　　　新年伊始
在我胸中唤起一片温柔的感情，
让我同样要对您表达感激之情，
用这也许没有行家愿读的歪诗；
它们在您的耳里虽不动听，
我的祝愿却出自拳拳爱心。
今天必须祝愿你吉祥康宁，
愿上帝一如既往地保佑您。
愿他永远满足您所祈所愿，
继续欢度一个又一个新年。
今天您收到的只是我试笔之作，
这笔将不断磨炼，越来越灵活。

致我的母亲[①]

已经很久，没有给你写信，
没有向你致以问候，可是
　别心生疑惑，以为儿子对你
　应有的深情，已从胸中溜走。
不，就像那巨岩永远

① 诗成于 1767 年 5 月，歌德当时十八岁，正在莱比锡上大学。此诗无韵，朴实稚拙，但感情真挚。

　深深地埋在河床里，
无论是河水用激浪冲刷，
还是以柔波将它轻抚、
淹没，都动摇不了它，
我对你的深情也长存于胸，
一样不怕生活的激流
　用痛苦将它狠命抽打，
或以欢乐静静抚弄它，
遮盖它，妨碍它，使它
　不能迎着太阳昂起头，
承受周遭阳光的反射，
并时时表现儿子对你的挚爱。

给安涅苔[①]

古时候，诗人通常
　以神或缪斯或友人的姓名，
命名自己的作品，却没谁
　让他的爱人享有这份荣幸。
安涅特恩啊，你对于我[②]
　是神是缪斯也是友人，
是我一切的一切，干吗

① 歌德早年的诗歌集《安涅苔》（1896 年正式出版于魏玛）的序诗。安涅苔系歌德在莱比锡上大学时的恋人安娜·卡特琳娜·薛恩科普夫的代称。

② 安涅特恩，安涅苔的爱称。

我就不该用你可爱的名字，
作我的诗集的题名？

致 睡 眠[1]

你常用你的罂粟
强迫神们阖上眼目，
扶乞儿登上王座，
带牧人走向他的牧姑；
听着：今天我不要你
为我把梦境编织，
我求你，亲爱的，
给我最好的服务。

我坐在心上人身旁，
她的美目诉说着渴慕，
在令人嫉妒的绸衫下，
能感到她的酥胸起伏。
我贪婪的双唇啊，
忍不住想把它亲吻，
可是唉——我必须忍住：
那边上坐着她的老母！

① 附于1767年5月寄给妹妹的信中。被认为是一首典型的安那克瑞翁风格的抒情诗：更多地述诸感官而非爱情，好用比喻，注重结构的首尾呼应，等等。安那克瑞翁（Anakreon）是生活于公元前6世纪至前5世纪的希腊抒情诗人，作品以歌颂醇酒美人为主要内容，歌德早年的诗曾受其影响。

今晚我又与她在一起。
噢，快进来撒罂粟，
施展你的羽翼的魔力，
让灯光蒙上灰白的纱幕，
让她母亲酣然睡去。
姑娘动情的温软的身体
　悄悄沉入我的怀抱，
就像她妈倒在你的怀里。

新婚之夜

在远离喜庆的卧室里，
坐着忠心、忧心的小爱神，
怕胡闹的宾客施诡计，
破坏新房里的安宁、恬静。
婚床前烛焰淡似白银，
闪烁着神秘、神圣的光辉，
缭绕的香烟满室氤氲，
让你们饱享新婚的滋味。

当驱赶宾客的钟声敲响，
你的心跳是何等剧烈！
你渴望吻那美丽的嘴唇，
它马上将默许你一切！
你急不可耐地进行准备，

为了带领她进入天国；
守夜人手里擎着的火炬，
也变暗变小，行将熄灭。

你热吻着她没有个够，
她的胸和脸剧烈地起伏！
她的严厉变成了颤抖，
大胆行事乃是你的义务。
爱神急忙帮助她宽衣，
可速度赶不上你的一半；
他于是便狡猾地回避，
并且紧紧闭上他的双眼。

幸 福 与 梦

你常常在睡梦中看见
　我们被领着走向祭坛，
你做新娘，我做新郎；
醒来我便趁你不注意
　偷偷吻你，一次又一次，
把你蜜似的嘴唇饱尝。

感受着最纯洁的幸福，
心中充满无尽的欢娱，
良辰美景却飞快逝去。
幸福的感受又有何用？

热吻和春梦一般消逝，
一切欢乐也与吻相同。

安涅苔致她的爱人[1]

我见多里斯与达摩特恩相依而立，
他拉着她的手，满怀情意；
两人久久四目相对，
还环视周围，看父母可在监视自己，
一发现没有任何人，
便立刻——够了，他俩我俩原本一样的。

良　宵[2]

我乐意离开这幢小屋，
这里栖息着我的美人；
随后我轻轻迈开步子，
走进一座荒寂的森林。
月光穿透暗黑的橡树，
西风拂动夜的阴影。

---

① 长短句交替系安那克瑞翁诗体的特征之一。
② 也是歌德在莱比锡上大学时的作品，收入其处女作《新歌集》（1770）。

白桦撒播最甜美的芳香，
频频向她鞠躬致敬。

漫步在清凉的密林中，
一阵快意攫住我的心，
多么美丽、甜蜜的夜啊，
它真个是令人销魂！
欢快幸福哟难以消受！
老天，我情愿还给你
　一千个这样的良夜，
只要我今夜伴着心上人。

年轻姑娘的心愿[①]

嗨，我要有个新郎，
那才真正叫好！
不是吗，孩子将
　呼喊我妈妈，
上学啊，缝补啊，
我再不需要。
还好发号施令，
有女仆可责骂，
派她去找裁缝，
衣服立刻取到。

---

① 1768年为弗莉德里克·奥塞尔而作，也收入《新歌集》。

还可溜溜达达，
爱去舞会就去，
再也不用等候
　咱那爸妈发话。

欢　　愉[①]

变幻无常的蜻蜓
　围绕着泉水飞舞；
这戏水的浪子，
像一只变色龙，
时而亮时而暗，
时红时蓝时而又发绿——
我真想看清它的颜色，
噢，在它的近处！

小东西从我面前逃走，
飞上静静立着的柳树。
逮住了！逮住了！
我得以仔细观察它，
发现原是凄惨的青绿。
分析自己欢愉的人，你走着同样的路！

---

① 诗成于 1767 年，反映了歌德早年便有观察和分析自然界事物的兴趣。

变　换①

我躺在溪中的砂石上，四周多明亮！
我张开双臂，迎接滚滚而来的水波，
它多情地扑进我充满渴慕的胸膛。
随即便轻浮地流向下游，此刻
　又有第二个水波接近我，爱抚我，
我体验到了变换的愉快和欢乐。

然而，多可悲，你就如此
　将短暂人生的宝贵光阴蹉跎，
只为那最爱你的姑娘把你忘却！
呵，唤回它们吧，从前的时光！
第二个姑娘的嘴唇尽管甜蜜，
可最会接吻的仍旧是第一个。

① 歌德在莱比锡上大学时所作，最初收在未出版的诗集《安涅苔》中，后发表于《新歌集》。

致路娜[1]

你这黎明之光的姐妹，[2]
你这哀婉柔美的化身，
轻雾用缥缈的银辉
　将你迷人的脸庞包围。
你用轻轻的脚音，
从昼伏的洞穴中惊起
　凄然辞世的灵魂，
还有成群夜鸟，还有我。

你居高临下，巡视
　广阔无垠的原野。
请容我与你亲近，
让痴心汉幸福陶醉！
让漂泊远方的骑士
　透过玻璃窗的阻隔，
窥见他入眠的爱人，
享受宁静的快慰。

我如此一饱眼福，

① 诗成于歌德因病休学，从莱比锡刚回到故乡法兰克福的时候。收入《新歌集》时题名《致月亮》，为避免与后成的《对月》混淆而改现名。

② 黎明之光，即曙光。在希腊神话里，曙光女神厄俄斯和月神路娜同为提坦巨人许佩里翁与忒伊亚生的女儿。

减轻了远别的痛苦。
我要采集你的光辉，
使目光更加敏锐。
她的四周越来越明亮，
她玉体裸存，安然沉睡。
像恩底弥翁曾将你吸引，[①]
她同样叫我心神迷醉。

① 希腊神话传说：月神塞勒涅爱上了俊美的牧人恩底弥翁，夜夜到山中和他相会。宙斯应月神要求使他永远处于睡眠状态，以永葆青春。

狂飙突进时期的诗作

德国的狂飙突进运动（1770—1785）因克林格尔的剧本《狂飙突进》而得名，是启蒙运动等欧洲历史上一系列反封建的思想解放运动的发展和继续。它主张个性解放、感情自由，崇尚天才，热爱自然和处于自然状态下的人（如儿童和农民），反对一切形式的对于人和人性的束缚。受他在斯特拉斯堡结识的思想家和文艺理论家赫尔德的影响，歌德成了这一运动前期的主将。和他的小说《少年维特的烦恼》和剧本《铁手骑士葛兹·封·伯利欣根》一样，他这一时期的诗歌也洋溢着狂放不羁的精神。

塞森海姆之歌①

我是否爱你，我不知道②

我是否爱你，我不知道。
一当我瞅见你的脸，
一当我望见你的眼，
我的心便没有任何烦恼。
上帝知道我是多么幸福！
我是否爱你，我不知道。

① 塞森海姆是当年尚属德国的斯特拉斯堡城近郊的一个宁静村庄。1770 年至 1771 年，年轻的歌德在斯特拉斯堡上大学时，曾与村里的牧师布里翁的女儿弗莉德里克热烈相爱，但后来却又与她不辞而别。他在此过程中写了不少抒情诗，被后世统称为《塞森海姆之歌》。它们真挚感人地记录了歌德从热恋到离弃这一转变过程中的种种情感：踌躇与焦虑，幸福与欢乐，悔恨与内疚……写这些抒情诗的时候，歌德已在赫尔德指导下搜集和学习民歌，阅读荷马、品达和莎士比亚，并以他们为自己创作的榜样。在《塞森海姆之歌》里，歌德第一次唱出了自己的音调，找到了自己的独特风格：质朴、自然、真挚、热烈，有的诗明显地带有民歌风。特别是其中的《五月歌》和《原野里的小玫瑰》等，不仅在德语国家脍炙人口，而且成了世界抒情诗宝库里的瑰宝。因此可以说，《塞森海姆之歌》是歌德诗歌创作的第一个重要成果，第一块里程碑。

② 约成于 1770 年秋，表现了诗人刚认识弗莉德里克·布里翁时矛盾复杂的心情。

我很快就来，可爱的姐妹……[1]

我很快就来，可爱的姐妹，
冬天枉费心机，把我们
　禁闭在温暖的室内。
我们要围着火炉坐定，
用一切办法取乐消遣，
像天使般相爱相亲。
我们要编许多小小花环，
我们要扎花束一捆一捆，
就像那些小孩子们。

我眼下心情好像天使……

我眼下心情好像天使：
嬉戏中我便赢得了她的心，
她已心甘情愿做我的人。
命运啊，你已赐我这等喜事，
请让明天也一样如意称心，
并教会我配得上她的品行。

---

① 这是1770至1771年冬天歌德用诗的形式给弗莉德里克·布里翁写的信。

彩绘的缎带[1]

小小的花朵，小小的叶片，
年轻而善良的春之神，
他们手儿轻灵地给我撒在
　一条缎带上，那么多情。

西风，请用翅膀托起它，
将它绕在我心上人的衣裙！
她这么装扮着走到镜前，
会满怀欣喜，无比高兴。

她看见自己在玫瑰丛中，
也像玫瑰一般鲜艳、年轻。
只要看一眼我就满足了，
亲爱的人儿，我的生命！

体验一下这颗心的感受吧，
把手伸给我，别难为情，
但愿联结我俩的这条纽带，
它不像玫瑰花带一般柔嫩！

① 约成于1771年春，其时在德国的男女青年中时兴互赠彩绘的缎带，歌德将此诗连同数条彩带一起赠送给了弗莉德里克·布里翁。

欢聚与离别[①]

我的心儿狂跳，赶快上马！
想走就走，立刻出发。
黄昏正摇着大地入睡，
夜幕已从群峰上垂下；
山道旁兀立着一个巨人，
是橡树披裹了雾的轻纱；
黑暗从灌木林中向外窥视，
一百只黑眼珠在瞬动眨巴。

月亮从云峰上俯瞰大地，
光线是多么愁惨暗淡；
风儿振动着轻柔的羽翼，
在我耳边发出凄厉的哀叹；
黑夜造就了万千的鬼怪，
我却精神抖擞，满心喜欢：
我的血管里已经热血沸腾！
我的心中燃烧着熊熊烈焰！

终于见到你，你那甜蜜的
　目光已给我身上注满欣喜；

---

① 作于1771年春天，成功地使用反衬的手法，写出了诗人渴望见到爱人的急切而火热的心情，以及相聚的幸福和离别的悲哀。

我的心紧紧偎依在你身旁，
我的每一次呼吸都为了你。
你的脸庞泛起玫瑰色的春光，
那样的可爱，那样的美丽，
你的一往情深——众神啊！
我虽渴望，却又不配获取！
可是，唉，一当朝阳升起，
我心中便充满离情别绪：
你的吻蕴藏着多少欢愉！
你的眼饱含着多少悲凄！
我走了，你低头站在那儿，
泪眼汪汪地目送我离去：
多么幸福啊，能被人爱！
多么幸福啊，有人可爱！

醒来吧，弗莉德里克

醒来吧，弗莉德里克，
快将这黑夜驱走，
你那明眸的一瞥，
能将它变为白昼！
群鸟的轻轻鸣啭
　发出了深情呼唤，
我亲爱的姊妹啊，
已是你醒来的时候。

是你的诺言不神圣，
还有我的安宁？
醒来吧！不可原谅：
你仍然酣睡沉沉！
听，夜莺今天不再
　倾诉它心中的苦闷，
因为可恶的睡魔
　仍将你紧紧攥在手心。

晨曦显出柔顺，
用纯净的光线
　映红了你的卧室，
却未能将你唤醒。
天空越是明亮，
你睡得越是深沉，
头枕在姊妹胸前，
胸中有颗爱你的心。

见你静静睡着，美人啊，
一串甜蜜的泪珠
　涌出了我的眼睛，
我几乎变成了盲人。
面对这景象谁能
　无动于衷，心情平静，
就算他从头到脚
　全是用冰块凿成！

也许你在梦中看见了，

幸福啊，我的形象！
它睡意蒙眬，用诗句
　咒骂众缪斯女神。
它的面孔，你瞧，
时而绯红，时而苍白；
睡魔已经离开它，
可它仍然不能苏醒。

在睡梦中你耽误了
　倾听夜莺的歌唱，
作为惩罚你得听
　我这蹩脚的诗章。
韵脚像沉重的车轭
　压迫着我的胸膛，
我最美的缪斯女神啊，
你，你仍然沉睡在床上。

五　月　歌[①]

大地多么辉煌！
太阳多么明亮！
原野发出欢笑，
在我心中回响！

---

① 这首诗还有一个题名叫《五月节》（Maifest）。

万木迸发新枝，
枝头鲜花怒放，
幽幽密林深处，
百鸟鸣啭歌唱。

欢呼雀跃之情，
充溢人人胸襟。
啊，大地，啊，太阳！
啊，幸福，啊，欢欣！

啊，爱情，啊，爱情，
你明艳如朝霞！
啊，爱情，啊，爱情，
你璀璨如黄金！

你给大地祝福，
大地焕然一新，
你给世界祝福，
世界如花似锦。

啊，姑娘，啊，姑娘，
我是多么爱你！
你深情望着我，
你是多么爱我！

我热烈爱着你，
犹如百灵眷爱
　那歌唱和天空，

那朝花和清风。

我热烈爱着你，
是你给我青春，
是你给我欢乐，
是你给我勇气

去唱那新的歌，
去跳那新的舞。
愿你永远幸福，
如你永远爱我。

狐 死 皮 存①

午后，我们年轻人
　坐在阴凉地里休息，
这时阿摩来与我们
　玩狐狸死了的游戏。

朋友们都高高兴兴
　陪着各自的宝贝儿；
阿摩一口吹熄火炬，

① 狐狸（Fuchs）皮毛火红，因此也被用来称火焰。狐狸死了的游戏，一如诗中所描述，类似于我们击鼓传花的游戏。诗题《狐死皮存》即游戏过程中所唱的一支民歌的歌名。这首诗约作于1771年夏天，地点为塞森海姆。最后两节诗更加明白地点出，诗中的火是由爱神阿摩点燃的情火。

说道：接住，这儿！

火炬眼看就要灭掉，
我们赶紧把它传递，
大伙儿都急急忙忙
　把它塞到别人手里。

多丽莉斯面带讥诮，[①]
把火炬传递给了我，
我的指头刚碰上它，
它便腾起熊熊烈火，

灼伤了我的眼和脸，
还引燃了我的心胸，
在我的头顶上更惨，
火焰已经快要合拢。

我企图把火焰扑灭，
然而它却燃个不停，
这狐狸不但没死掉，
在我手里倒挺精神。

① 多丽莉斯乃假拟的女性名。

灰暗、阴郁的早晨……[1]

灰暗、阴郁的早晨
　笼罩着可爱的田地，
我周围的整个世界
　全都深藏在浓雾里。
温柔的弗莉德里克啊，
让我回到你的身旁！
我的阳光，我的幸福
　全在你青眼的一瞥。

在那树干上，你的芳名
　和我的名字相偎相依，
狂风已吹得树皮发白，
我们的欢乐全已逝去。
那碧草如茵的牧场
　像我的脸色一般阴郁，
它们见不到太阳光，
我见不到你——弗莉德里克。

我即将走到葡萄田中
将酸涩的果实摘取，

① 此诗的情调和意境和《五月歌》形成了鲜明的对比，预示着诗人和弗莉德里克·布里翁的热恋将以悲剧告终。

周围一片生机盎然，
葡萄新酿已在涌溢。
可走进这空漠的凉棚，
我又想，哎，要是她在这里！
我将给她送去葡萄，
她——会给我什么呢？

我是多么想念你啊……[①]

我是多么想念你啊，
小天使！只有梦中，
只有梦中你才和我亲近！
虽然那时我同样苦难深重，
要为保护你与妖魔搏斗，
醒来呼吸还困难得要命。
我是多么想念你啊，
多么渴望得到你啊，
即使是在噩梦里呀也成！

① 成诗时间不详，但仍被看作是《塞森海姆之歌》的一首。表现了诗人离开爱人后的痛苦心情。

野玫瑰[1]

少年看见玫瑰花，
原野里的小玫瑰，
那么鲜艳，那么美丽，
少年急忙跑上去，
看着玫瑰心欢喜。
玫瑰，玫瑰，红玫瑰，
原野里的小玫瑰。

少年说：我要摘掉你，
原野里的小玫瑰。
玫瑰说：我要刺痛你
叫你永远记住我，
我可不愿受人欺。
玫瑰，玫瑰，红玫瑰，
原野里的小玫瑰。

轻狂的少年摘下了
　原野里的小玫瑰。
玫瑰用刺来抗拒，
发出哀声和叹息，

① 此诗系根据民歌改作，可以认为表现了诗人在抛弃弗莉德里克后的内疚。它是歌德抒情诗中的名篇杰作，经舒伯特等谱曲后在世界上广为流传。

可是仍得任人欺。
玫瑰，玫瑰，红玫瑰，
原野里的小玫瑰。

甜蜜的青春的苦闷……[①]

甜蜜的青春的苦闷
　带领我走进了荒原；
在这静静的清晨，
大地母亲仍在酣眠。
寒风飒飒摇动枯枝，
为我的悲歌配乐谱曲，
自然界死寂而悲凉，
却比我的心有更多希冀。

不信瞧吧，太阳神，不久，
那金发鬈曲、眼睛蔚蓝的双生子
　将用丰腴的手捧着玫瑰花环，
循着你的轨道来迎接你。[②]
那青年将翩翩起舞，
在洒满新绿的草地，
还用飘带把他的帽子装饰；

① 约成于1772年初春时节，也即与弗莉德里克分手以后，虽然仍带有一些《塞森海姆之歌》的特点，但情调已和《五月歌》大异，只能算是《塞森海姆之歌》的余响。

② 春天到来时，太阳的运行就进入了双子星座。这儿歌德按希腊神话传说的方式将双子星作了拟人化。

那少女在嫩草丛中采摘
　紫罗兰，弯下腰把她的胸脯偷觑，
见它比去年五月节更加丰满，
更加迷人，心中充满欣喜；
她情思激越，满怀希冀。

主啊，为我祝福那位园丁吧！
他在自己的园圃里挖地、
　松土，为播种及时做准备！
从寒冬瘦削的身上，
三月刚刚揭下雪衣，
冬天却已仓皇逃走，身后
　撒下一片灰冷的雾幔，
淹没了田野、河流、大地
　和山川：这时他毫不迟疑，
心中充满收获的梦想，
开始播种，怀着希冀。

颂　　歌①

漫游者的暴风雨之歌②

天才的护神啊，谁只要③
　未被你抛弃，狂风暴雨
便不能袭扰他的心。
天才的护神啊，谁只要
　未被你抛弃，他就会
　迎着雨云

---

① 所谓颂歌是一种无韵而自由的古希腊诗体，与歌德在狂飙突进时期所要表达的思想情感完全吻合。诗中多借用希腊神话的典故和人物形象，富有寓意和哲理性。诗句长短错落有致，节奏铿锵有力。其中特别是《普罗米修斯》和《漫游者的暴风雨之歌》等篇，更充满了藐视封建权威和不畏艰险的战斗豪情，是真正的人和人性的伟大颂歌。这些诗与《塞森海姆之歌》以及后来的爱情诗形成对照，代表了青年歌德性格中刚强有力的一面。

② 德国人从来酷爱徒步漫游，一般人借此锻炼体魄，接近自然，手工匠人借此寻师访友，提高技艺，作家艺术家借此认识世界，获取灵感，文艺作品以漫游为题材者举不胜举。在狂飙突进时期，漫游更具有了特别的意义。青年歌德十分喜欢体育活动，尤其是爱好漫游，故有“漫游者”的别名，一生中以漫游为题材写成的重要作品也不少。此诗约作于 1772 年，从内容到形式都自由而豪放，为典型的颂歌体，也是歌德狂飙突进时期的代表作之一。

③ 歌德年轻时是德国的“狂飙突进”运动的主将，和这一运动的参加者一样崇尚个性突出鲜明的所谓“天才”(Genie)，并相信天才人物都有精灵的 (Genius) 护佑。

迎着雹雨
放声歌唱，
像你那——高空中的云雀。

天才的护神啊，你只要
不抛弃谁，你就会
用火焰的翅膀托负他
越过小道的泥泞。
他就会逍遥自在，
如丢卡利翁逃出泥沼洪流，[1]
像伟大的屠龙手阿波罗
步履矫健轻盈。

天才的护神啊，你只要
不抛弃谁，你就会为他
铺垫羽翼，当他在岩头就寝；
你就会张开翅膀保护他，
在林间午夜。

天才的护神啊，你只要
不抛弃谁，你就会在暴风雪中
把他包裹暖和，
温暖就会引来缪斯，
就会引来美惠女神。

---

① 丢卡利翁在希腊神话中是普罗米修斯之子。在潘多拉的盒子打开给人类带来了劫难之后，宙斯又向世界上遣来了洪水泥沼，只有丢卡利翁和妻子得以逃脱；洪水退去以后，从留下的泥沼中萌发出了新的生命。

围着我飞翔吧，你们缪斯，
你们美惠女神！[1]
这儿有水有地，
有水与地的儿子，[2]
我跨越他而漫游
　与天神无异。

你们纯洁如水之心，
你们纯洁似地之髓，
你们围着我飞行，
我翱翔于水与土之上，
就像天神。

让他回去吧，
那矮小、黝黑、急躁的农夫！[3]
让他回去吧，他指望的
　只是明亮、温暖的炉火，
只是布洛弥俄斯老爹的赠予，[4]
他可以干脆回去！
而我有你们陪伴，
有众多缪斯和美惠女神陪伴，
并且可望得到一切，
得到你们，缪斯和美惠女神，
用以美化人生的

---

① 在希腊神话中，美惠女神（Graces）共有三位，职司为给人间以种种的美。

② 指水和土混合产生的泥泞。

③ 歌德在途中碰见了一位农夫。

④ 布洛弥俄斯是希腊神话里的酒神狄俄尼索斯的别名。

　幸福花环，我怎能
　灰溜溜地回去？

布洛弥俄斯老爹，
你就是天才的护神，
世纪的天才的护神，
对于诗人品达，①
你是炽热的内心，
对于人世，
你是阿波罗太阳神。

噢！噢！内在的热力，
心灵的热力，
万物的核心，
炽烈燃烧吧，
冲着太阳神阿波罗！
不然他威严的目光
　将对你冷冰冰
　不屑一顾，
而被杉树之力吸引，
心怀着嫉恨：
竟然不倚仗他，
自行发芽转青。

怎么我的歌最后才提到你呢，

---

① 品达（Pindaros，约公元前518—前446年），古希腊著名的抒情诗人。歌德青年时代译过他的诗，自己的创作也受过他影响，本诗即是一个例子。

我的歌自你开始，
我的歌以你结束，
我的歌从你涌进啊，
朱彼特·普路维乌斯！①
我的歌将向你澎湃汹涌，
卡斯塔利亚泉不过是②
　一条涓涓支流，
　只流经那些
　远离你的懒汉
　和有福的俗人，
而你却尽力将我庇护，
朱彼特·普路维乌斯！

你不曾惠临
　榆树下的那位诗人——
他温柔的怀中
　抱着一对白鸽，
头戴悦目的玫瑰花冠，
那幸福地与花为伍的
　安那克瑞翁，③

① 罗马神话中的朱彼特即希腊神话里的主神宙斯。他手持霹雳棒，掌管雷电。普路维乌斯为希腊神话里的雨神，是他在漫游途中给了歌德写此诗的灵感，所以被诗人视为主神宙斯一样强大。朱彼特·普路维乌斯这样一个称呼系诗人歌德的自由联想和大胆创造。

② 卡斯塔利亚泉位于帕那索斯山下，是太阳神阿波罗和缪斯女神的圣泉，古代的诗人为了获得创造灵感，都要去饮此泉中的水。

③ 安那克瑞翁（Anakreon）是生活于公元前6世纪至前5世纪的希腊抒情诗人，作品以歌颂醇酒美人为主要内容；歌德早年的诗曾受其影响，到了狂飙突进时期已为他所轻视。

你吞吐风雨雷电的神！

你不曾惠临
　西巴利斯河畔的白杨林，
在阳光灿烂的山头上，
寻获那位诗人——
他哼哼唧唧，
音调甜腻，
那讨好世人的
　特俄克里托斯。①

每当车声辚辚，
千乘万骑奔向目标，
求胜心切的青年
　高甩长鞭，
噼啪作响，
车尘滚滚，
如走石飞砂
　从山顶落入深谷，
品达啊，你心中便燃起驱驰的
　勇气——炽烈燃起——②
可怜的心——
那边山丘上，

① 特俄克里托斯（Theokritos）是公元前3世纪的田园牧歌诗人，维吉尔曾受他的影响。

② 在品达流传后世的作品中以《奥林皮亚竞技颂歌》和《皮提亚竞技颂歌》最为著名。歌德在这里援引品达对战车竞驰的激烈场面的描写，语言简练，节奏明快有力。他以此明白表示自己认同颂歌诗人品达，而对安那克瑞翁和特俄克里托斯不屑。

有天赐伟力，
有炽热烈焰，
有我的茅舍，
快朝它奋进！[①]

穆罕默德之歌[②]

瞧那山泉[③]
欢快又明亮，
如像星星的目光！
漂浮云端的、
善良的神灵
　　在林莽峭岩间
　　把它的青春滋养。
它青春焕发，
舞蹈着从云端
　　落到大理石岩上，
再仰望碧空
　　高声歌唱。

---

① 本诗的特点和成功之处，在于把诗人于暴风雨中徒步漫游的经历和内心的感受以及他对古希腊诗人品达的仰慕之情三者自然而巧妙地融合了起来，充分地表现出青年歌德热爱生活、渴望战斗、勇往直前的狂飙突进精神。

② 约作于 1772 至 1773 年冬天，原为未完成的歌剧《穆罕默德》的插曲。

③ 山泉这个意象贯穿全诗，构成了全诗审美的和诗意的基础，是主人公穆罕默德的化身，是这首颂歌热情讴歌的对象。

它穿过道道山涧
　追随彩色碎石流淌，
以年轻的先驱的步伐
　强拉着众多泉兄弟
　一同前往。

在下边的峡谷，
它脚迹到处鲜花盛开，
那一片片草地
　也靠它呼吸繁茂生长。

然而它不恋阴凉峡谷，
鲜花也一样，
尽管它们缠住它的膝头，
还频频投以妩媚的目光；
它仍蜿蜒行进，急匆匆
　去到平原上。

无数溪流
　偎依到它身旁。
流进了平原，
它浑身银光闪闪，
平原也随之闪光；
平原上的大河，
群山中的小溪，
百川齐声朝它呼喊：兄长！
兄长啊，快带领弟兄们
　奔向你的老父亲，

奔向永恒的海洋；
它正张开双臂，
等待我们前往。
可是，唉，那张开的臂膀
　白白把游子等待，
荒漠中的沙子
　贪婪地吞噬我们，
头顶的烈日
　吸吮我们的血浆，
拦路的小丘
　把我们变成池塘。
兄长啊，
快带领你平原的弟兄，
快带领你山区的弟兄，
奔向慈父海洋！

你们全都来吧！——
于是它变得更加魁梧，
整整一个族类拥戴着它，
使它成为至高无上的君王；
在凯歌声中滚滚向前，
它脚下出现一座座城市，
它把名字赐予千郡万邦。

它奔流不息，
把辉煌的高塔、大理石的殿宇——
它创造的万千伟业
　通通抛在了身后。

这位阿特拉斯把杉木巨舰[①]
　扛在壮硕的肩膀；
他的头顶有万千篷帆
　猎猎飘扬，向天展示
　他的英勇和力量。

它也如此托起它的弟兄，
它的财宝和它的孩子，
欢呼雀跃着投向
　企盼着它的慈父的怀抱。[②]

普罗米修斯[③]

宙斯，用云雾把你的天空[④]
　遮盖起来吧；
像斩蓟草头的儿童一样，

---

① 阿特拉斯是希腊神话里的巨人，天靠他支撑在肩上，一般美术作品中他则将地球扛在肩上。以山泉、洪流为化身的穆罕默德也和他一样肩负重任，只不过扛的是巨舰罢了。

② 慈父指神而非人，但并不能因此认为这是一首宗教诗。歌德只是借穆罕默德之名歌颂天才的领袖人物，歌颂大自然，表现他本人的自然神论的宗教观和世界观。

③ 作于1774年。普罗米修斯是希腊神话中偷天火赈济人类的英雄。这首颂歌系同名歌剧的一个片断。它有力地抨击以神为代表的封建势力，唱出了人和人性解放的昂扬赞歌，是歌德早年所具有的反抗精神的鲜明表现，是他狂飙突进时期诗歌创作的最重要代表。

④ 宙斯，希腊神话里的主神，手持霹雳棒，掌管雷电。

在橡树和山崖上
　施展你的威风吧——
可是别动我的大地，
还有我的茅屋，它不是你建造，
还有我的炉灶，
为了它的熊熊火焰，
你对我心怀妒忌。

我不知在太阳底下，诸神啊，
有谁比你们更可怜！

你们全靠着
　贡献的牺牲
　和祈祷的叹息，
颐养你们的尊严。
要没有儿童、乞丐
　和满怀希望的傻瓜，
你们就会饿死。

当我还是个儿童，
不知道何去何从，
我曾把迷惘的眼睛
　转向太阳，以为那上边
有一只耳朵，在倾听我的怨诉，
有一颗心如我的心，
在把受压迫者垂怜。
是谁帮助了我
　反抗泰坦巨人的高傲？

是谁拯救了我
　免遭死亡和奴役？
难道不是你自己完成了这一切，
神圣而火热的心？
你不是年轻而善良，
备受愚弄，曾对上边的酣眠者①
感谢他救命之恩？

要我尊敬你？为什么？
你可曾减轻过
　负重者的苦难？
你可曾止住过
　忧戚者的眼泪？
将我锻炼成男子的
　不是那全能的时间
　和永恒的命运吗？
它们是我的主人，
也是你的主人。

你也许妄想
　我会仇视人生，
逃进荒漠，
因为如花美梦
　并未全都实现？
我坐在这儿塑造人，
按照我的模样，

① 酣眠者，指宙斯。

塑造一个像我的族类：
去受苦，去哭泣，
去享受，去欢乐，
可是不尊敬你——
和我一样！

伽尼墨德斯[①]

你炽热的注视
　令我如沐朝晖，
春天啊，亲爱的！
带着千般爱的
　欢愉，你那永恒的
　温暖的神圣情感
　涌上我的心头，
无限美丽的！

我真想张开双臂
　将你拥抱！

我愿躺在你的怀中，
忍受思慕的饥渴，

① 伽尼墨德斯原系希腊神话里的美少年，得宙斯宠爱，被接上天去做了他的侍酒童子，因而永葆青春。歌德创造性地使用这个故事来表现自己对春天、对自然的向往和热爱。

让你的花和你的草
　　跟我的心紧贴在一起。
可爱的晨风啊，
请带给我焦渴的心胸
　　以清凉的滋润！
从那雾谷的深处，
传来了夜莺亲切的呼吁。

我要去了，我要去了！
去向何方？啊，何方？

向上！奋力向上！
白云飘然而降，
白云俯下身来，
迎接热诚的爱人。
迎接我！迎接我！
让我在你的怀抱里
　　飞升！
让我们相互拥抱！
飞升到你的怀中，
博爱的父亲！

致驭者克洛诺斯[①]

加把劲儿，克洛诺斯！
快策马前驱！
道路正通向山下；
你要是踌躇迟疑，
我便会头晕呕吐。
快振作精神，不惧
　道路坎坷和颠簸，
快送我奔向生活！

气喘吁吁，
举步维艰，
眼前又要奋力登山！
快向上，别怠惰，
满怀希冀，勇敢向前！

站在高山上眺望，
田野生机一片！
从山岭到山岭，
浮泛着永恒的灵气，

① 克洛诺斯系希腊神话中的时光之神，歌德却在诗中以他作为自己人生之车的驾驭者。此诗以一次旅途经历和自然景物来象征人生的各个阶段。全诗充满了奋发向上和蔑视一切困难的豪迈精神。

充溢着永生的预感。

道旁凉棚下的阴处
　吸引你去休憩，
门前站着一位少女，
令人一见心喜。
快去饮一杯酒！——姑娘，
请也赐我泡沫翻涌的佳酿，
还有你青春健康的一瞥！

下山了，快冲下山去！
看，红日正西沉！
趁它还挂在天边，
趁雾霭尚未从沼泽升起，
趁我衰老没牙的腭骨尚未
　上下磕碰，腿脚尚未战栗——
快载着我这迷惘陶醉的旅客，
身披着落日的霞光，
眼含着翻腾的火海，
向那地狱的黑夜之门冲去！

克洛诺斯，吹响你的号角，
让马蹄嘚嘚作声，
使冥府的居民听见：我们来了，
让冥府的主人赶到门边，
殷勤地迎接我们。

海上的航行[①]

我的船满载货物，等待着顺风，
日日夜夜停泊在港湾里；
我与忠实的友人相聚在一起，
用酒浇灌耐心，滋养情绪。

朋友们比我更加不耐烦：
“我们希望你快快启程，
我们祝愿你一帆风顺；
异乡等着赐给你无数财宝，
我们等着拥抱归来的游子，
让你获得奖赏和爱情。”

终于在一天清晨，人声鼎沸，
我们让水手的吆喝声惊醒，
大伙儿往来奔走，忙忙碌碌，
要借第一阵劲风开航启碇。

船帆在风中胀满得像开了花，
太阳引诱我们以火热的爱情；
帆在水上急驰，云在空中狂奔，

① 1775年10月，歌德终于离开故乡去了魏玛。此诗写出了诗人处在人生转折点上的焦躁不安、希冀等待的复杂心情。

岸边送来朋友们祝福的高歌，
欣喜若狂，我幻想着返航的
　早晨，还有夜空中的颗颗明星。

可是神送来的风变幻无常，
我的船离开了预定的航程；
表面上似乎任风摆布，
暗暗地却想以智谋取胜，
在斜路上坚持向目标前进。
然而从阴沉的灰色的远方，
已隐隐传来风暴的吼声，
鸟儿们被吓得贴水低飞，
舒展的心胸也随之缩紧。
风暴果然来了。在它的
　盛怒面前，水手机智地降下帆，
船像一只充满恐怖的皮球，
任风和浪抛玩。

在彼岸的朋友和亲人，
他们站在陆地上仍惊恐莫名：
“唉，他为何不留在这儿！
唉，这风暴！唉，他真不幸！
难道那好人就这么沉沦下去？
唉，他本该，唉，他要能！天神！”

然而他立在舵旁，满怀豪情；
他的船听凭风浪摆布、戏弄，
风和浪动摇不了他的心。

他威严地注视着可怕的深渊，
不管是倾覆，还是靠岸，
都对他的守护神怀着信任。

冬游哈尔茨山①

翱翔吧，我的歌，
像雄鹰舒展柔软的翅膀，
滑翔在清晨的
　彤云顶上，
把猎物搜索！

须知上帝
　给每个人规定了
　他的道路，
幸福的人循着它
　奔向目标，得享
　成功之乐；
可谁要是
　心已被不幸扼住，
他再反抗挣扎

① 哈尔茨山为德国中部名山。1777年11月29日至12月19日，歌德独自骑马作山中游，一方面视察属于他管辖下的矿山，一方面探访一位请求他作指导的陌生青年。此诗始作于12月1日，最后于12月10日完成在布罗肯峰上。它记录了诗人旅途中所见所感所思，充满对自身的命运、对世事、对人生的深刻观察和感喟，值得我们细细地研读和玩味。它虽为歌德到了魏玛以后的作品，但是格调仍如前面的颂歌。

　也白费力气，
扯不断羁绊的铁线，[1]
只有那痛苦的剪刀
　能最终将它剪断。[2]

阴森的丛林
　挤满凶残的野兽，
富人和麻雀
　早已在泥沼中
　沉溺堕落。

像悠悠闲闲的仆从
　尾随君王入城，
走在平整的路上，
一样可以轻轻松松
　追随幸运女神的车驾。

可旁边那是何人？
他在密林中迷了路，
被分开的小树
　又在身后合拢，
野草重新立起，
他被荒芜吞没。

---

① “羁绊的铁线”喻指生命线。

② “痛苦的剪刀”指希腊神话的三位命运女神之一阿特洛波斯所执掌的剪生命线的剪刀。

唉，那变香膏为毒药的人，
谁能医治他的痛苦？
从丰富的爱里，
他吸吮对人的憎恨。
被蔑视者如今成了蔑视者，
他正悄悄吞噬掉
　自身的价值，
因为自私自利，不知餍足。

爱的父亲啊，你的琴上
　可有一个音符
　娱悦他的耳官，
使他的心醒悟？
拨开他的眼翳吧，
让他看清焦渴者侧畔
　有千眼涌泉
　润泽荒漠。

你创造了许多欢乐，
给谁都十分大度，
就祝福狩猎的兄弟吧，
让年轻气盛的他们
　追寻野兽的踪迹，
尽兴地杀戮，
做迟来的除害者；
农民们多年来用棍棒
　设法自我防护。

可你要包裹孤独的旅人，
用你的金色云裳；
并在玫瑰重新开花之前，
爱啊，用常春藤
　把你诗人的湿发
　严严实实缠住。

你用闪烁的火炬
　为他照明，
涉过夜的津渡，
翻越荒山野岭，
无底深渊，
然后用万紫千红的朝霞
　令他欢欣鼓舞。
你用刺骨的寒风
　把他托到高处。
冬之巨流坠下危岩，
融入他的赞美诗；
为让他虔诚地感谢主恩，
挂满白雪的峰巅
　变成他的祭坛，
相传围着这座峰①
　常有成群的妖魔狂舞。

① 指布罗肯峰。德国民间传说：每年的5月1日为所谓的瓦普吉斯之夜；其时魔男魔女们来峰顶狂欢聚会，一时间群魔乱舞，怪象纷陈。对此情景，《浮士德》第一部有专门的精彩描绘。

神秘而又坦荡
是你未经探索的胸怀，
你立于惊愕的人世之上，
从云端俯瞰
　你的辉煌和富足，
你以身旁的兄弟的血脉
　浇灌了世间的沃土。

艺术家之歌[①]

致行家和爱好者[②]

面前鲜活的自然
　于你有什么好处？
周围的艺术杰作
　对你有什么帮助？
重要的还是你的心灵
　必须充满创造力，
这样才使你的指尖儿
　敏捷灵活，随心所欲。

---

① 文学艺术与人生、与社会的关系，是德语文学的一个重要题材。古往今来，以艺术家为主人公的戏剧、小说和诗歌，不胜枚举。歌德在狂飙突进时期及以后都写了不少这样的诗，或申说自己的艺术见解，或表达自己对于前辈的仰慕，或抒发自己热爱自然、渴望创造的急切心情……

② 约成于1774年，原名《艺术爱好者的独白》。

艺术家的晨歌[1]

高贵的缪斯女神啊，为你们
　我造了一座圣殿，
它是至神至圣的一隅，
在我自己的心田。

每天太阳将我唤醒，
我环顾四周真是兴奋，
但见圣洁的晨光中
　环立着永生的你们。[2]

我随即开始祈祷，
反复将赞歌吟唱，
弦索为我伴奏，
琴音悠扬欢畅。

我走到祭坛前面，
完成我的早祷，
我吟诵诗圣荷马，
虔诚而又肃然。

---

① 作于1773年或1774年。

② 指艺术家工作室里的古代雕像模型。从这些雕像，艺术家进而想到了荷马史诗中描写的特洛亚战争的情景。

他拖我进混战的疆场，
斗士如雄狮勇敢，
神之子傲立在战车上，
燃烧着复仇烈焰；

骏马在战车前失蹄倒下，
上下左右滚作一团，
殊死搏斗的血泊中
　敌友难辨，那英雄之子。①

用火焰之剑祝福他们，
叫万千战士一去不返，
直至他自己也遭制伏，
被一位神的巨腕。②

他倒在他为自己垒的
　火葬的柴薪上面，
敌人随即伸出手来，
玷污他美丽的躯体——

我马上勇敢地抱起他，③
用木炭做我的武器，
战场上的呐喊咆哮

① 指希腊英雄帕特洛克罗斯。

② 神，指藏身于云端为特洛亚人助战的太阳神阿波罗。是他一掌击倒帕特洛克罗斯，使其死在赫克托的矛下。

③ 创作的激情使艺术家忘乎所以，情不自禁地变成了自己作品中的角色，投入了古代的战斗。

　顿时冲击我高高的墙壁。

冲啊！冲啊！敌军发出
　疯狂和愤怒的怒叫。
剑砍头盔，盾盾相击，
拼死争夺死者的遗体。

我也向前，再向前，
和他的朋友并肩战斗；
他们流着悲愤的眼泪，
比往日更加勇敢。

冲啊！杀啊！快救他，
快抢他回自己营地，
然后让香膏和泪水
　浇注光荣的遗体。

眼下我又回到了现实，
快迎接我，亲爱的姑娘！
啊，你纵然只在画里，
画里仍然暖人心肠。

曾几何时，你偎依着我，
充满了爱的渴求；
望着你，提起画笔的欲望
　油然生起在心头——

你的眼睛、面庞和嘴唇

叫我悦目赏心，
我胸中顿觉青春焕发
犹如一位神灵！

快回来吧，快回来
投入我的怀抱，
从此我再不要任何战斗，
只想把你紧紧搂抱！

亲爱的，你要成为
我理想的种种典范，
成为圣母，她正哺乳
神圣的初生儿。

我还要在密林中抓住你，
你是我的仙女，
别讨厌我屁股上的小尾巴，
还有竖立的长耳。①

我要变成战神躺在你怀中，
你强大的爱情女神，
我要在四周张起罗网，
高声呼喊，向着奥林匹斯，②

诸神中要有谁应声来到，

① 艺术家把自己画成了希腊神话里的农牧神——半人半羊的潘恩。
② 此处借用希腊神话中战神马尔斯和爱神维纳斯的恋爱故事。

并羡慕我俩的幸福，
就让他把那嫉妒的丑脸——
在床脚上牢牢定住！

艺术家的晚歌[①]

愿内在的创造力啊，
在我的心中鸣响，
愿从我的指间涌出
　丰满实在的形象！

我只是战栗，只是结巴，
没法将它们摆脱；
我感到认识你，自然啊，
我必须将你把握。

我想会有那样的时候，
我的心扉将豁然开放，
在从前的荒芜之地
　将欢乐的甘泉品尝。

我多么渴望将你，自然啊，
忠实而亲切地体验！
你将像有千条喷管的喷泉

① 诗成于1774年。

欢乐地在我眼前显现。

你将使我内心的力量
　得到充分的施展，
将把这尘世狭隘的存在
　扩大至永恒、无限。

新阿马狄斯①

当我还是个小男孩，
我已被人禁闭，
从此一年又一年，
我孤单如同
　婴儿藏在母体。

可金色的幻想啊，
是你帮助我消磨时光，
我于是变成热血男儿，
像琵琶王子，
勇敢地在世界上闯荡。

我建起一座座水晶宫，
也摧毁了许许多多，

① 阿马狄斯是15世纪西班牙和法国骑士小说的主人公，他为了获得美女奥里阿娜的爱情，历尽了艰险。歌德小时候就从母亲口中听到了这个故事。

我掷出闪亮的长矛，
把凶龙的肚皮刺破，
是的，真正好汉一个！

随后我勇敢搭救了
　公主鱼美人；
她请我赴宴，
待我特亲切，
我呢也很殷勤。

她的吻甜美如天国食粮，
热烈似醇酒一样。
我爱她爱得要死喽，
她神采飞扬，
周身洒满阳光。

唉！谁给我把她拐跑了？
难道没有一根魔绳
　阻止她的背弃？
告诉我，她的国家在哪儿，
我走哪条路才能去？

鹰 与 鸽[1]

一只雏鹰展翅飞翔，
在空中寻找猎物；
它不幸中了猎人的箭矢，
右翅的韧带被射破。
坠落在桃金娘林中，
它忍受剧痛整整三天，
漫长的三夜三天啊
　它痛得浑身抽搐。
最后还是医治万物的自然
　用万灵的香膏，
把小鹰治好。
它钻出丛林，
伸一伸翅膀——唉！
飞翔的能力已被剥夺——
它拼命使劲
　也离不开地面。
它怀着深深的哀戚，
　呆立在溪边的石滩，
指望有卑微的猎获。
它仰望橡树，

① 约作于1773年。当时歌德获得博士学位后回到了故乡法兰克福，做他本无兴趣的律师工作。诗中他以鹰自比，表现了诗人对于现状的不满和意欲腾飞的志愿。

仰望高高的蓝天，
泪珠充满高贵的眼窝。

这时穿过桃金娘的枝叶，
飞来一对叽叽喳喳的鸽子；
它俩落下后点头磕脑，
越过溪畔金色的沙滩，
彼此十分亲热。
它们红红的眼睛瞟来瞟去，
瞅见了凄凄惨惨的这一个。
雄鸽怀着好奇，飞到
　小鹰近旁的矮树上，
得意地望着它，
殷勤地开腔道：瞧你多难过。
朋友，高兴起来吧！
这儿不是应有尽有，
你可以安安静静享福吗？
还有那金色的枝丫，
你不可以用它抵挡酷热？
你不可以迎着落日的夕晖，
挺起你的胸脯，
躺在溪边的软苔上？
你还可以漫步挂着朝露的花丛，
在蕴藏丰富的灌木林中
　采摘适当的食物，
用银色的泉水润喉解渴。
朋友啊，真正的幸福在于知足，
知足就会处处满足！

小鹰回答：真聪明喽！
说着陷入更深的沉思。
说得真聪明，真像只鸽子！

比　　喻[①]

越过草地，沿溪而下，
穿过自己的花园，
青年摘下最嫩的鲜花；
狂跳的心儿怀着期待：
他的姑娘要来啦！噢，幸福快来啦！
小伙子啊，你用你的花去换取青睐！

越过树篱，邻家的花儿匠
　冷眼旁观：这样的傻子我才不做！
培养莳花，驱赶害鸟，
保护果树，我感到快乐。
它们一成熟就是钱呐，老兄！
我难道能劳而无获？

这好比就是两个作家，
一个把自己的欢乐
　尽情洒给读者，他的密友；
另一个却要人给他预支稿酬。

---

① 作于1773年或1774年，原题为《作家们》，意在讽刺文学创作的功利主义。

男孩有一只小鸽子……[①]

男孩有一只小鸽子，
羽毛鲜艳而又美丽，
心中充满纯真的爱，
常用嘴给它喂食吃。
有这宠物男孩快乐无穷，
没办法把它全留给自己。

就在附近住着只老狐狸，
能说会道，很有才气；
它一向得到小男孩的欢心，
常对他天花乱坠胡吹一气。

“一定得让它瞧瞧小鸽子！”
他跑去找到躺在林中的狐狸。
“瞧啊，我可爱的鸽子多么美丽！
见过这样的吗，你这一辈子？”

“拿来看看！”男孩递了过去。
“还行。不过你瞧，这儿有点问题。
羽毛长得太短啦。”狐狸说着
　便拔起毛来，好像要为自己做烤鸡。

---

① 诗成于1773年，也曾题名为《一个比喻》，实则讽刺自作聪明的所谓批评家。

男孩失声大叫。——“得给它插上
　长长的羽毛，要不既难看又飞不起!”
鸽子浑身光秃——“真是个丑东西!”
鸽子被撕碎了。男孩的心也碎了。

谁从男孩身上认出了自己，
他就应该好好提防着狐狸。

当代逸事[①]

我带朋友去见一位姑娘，
希望他能把她看上；
她活泼、年轻而又热情，
生性愉快，品貌端庄。

我们发现姑娘坐在床边，
用一只小手托着腮帮；
我的朋友向她鞠躬致意，
然后落座在对面椅子上。
他伸长鼻子，细细端详，
把人家打量了又打量，
这一来我算全完了，

① 约作于1774年，原题名《行家和爱好者》，意在讥讽那些貌似热爱艺术、懂得艺术的俗人。

差一点神经没失常。

不思报答，可爱的老兄
　反倒领我到一个角落里，
说什么姑娘身材太瘦长，
而且还有雀斑长在脸上。
于是我只好向姑娘告别，
出得门来立刻朝天仰望：
“主啊，仁慈的主啊，
快可怜可怜这位老兄吧！”

随后我又领着朋友走进
　洋溢着热情和灵气的画廊，
不知怎的，我整个的心
　立刻像被撕碎了一样。
我失声喊出：“哦，画家，
大师！愿上帝给你报偿！
能代我们感激你的，
只有最最美丽的新娘。”

可瞧啊，我的朋友剔着牙，
在画廊中胡跑乱逛；
把那些神之子的名字
　一个个抄写进我的目录。
我的心沉重而又不安，
好像整个世界压着胸膛。
他却在那儿说长道短，
把一切一切细加掂量。

我只好退到一旁的角落，
甘受甜蜜的爱的束缚。
他却让众人团团围住，
把行家帽子给他奉上。

即　兴　诗[1]

朝圣者的晨歌[2]

致莉拉

晨雾，莉拉啊，
裹住了你的塔楼。
让我再看它一眼，
在这分别的时候！
神圣而又温暖啊，
无数幸福的回忆
　生动地浮现在心头。
它曾这样耸峙着，
目击了我的欢乐，
当你初次
　羞答答地

---

① 歌德告诉他的秘书艾克曼说，自己从来不写所谓“空中楼阁”的诗，他的诗总是因事因人随缘而作，有感而作，在这个意义上，他的作品全都可以叫作“即兴诗”(Gelegenheitsgedichte)。这儿选的八首题赠之作，乃是其中的典型。

② 诗成于1772年。其时歌德常去离法兰克福不远的达姆施塔特城，参加一些向往自然、多愁善感的时髦青年男女的聚会。在这个小团体里，歌德常自称和被称作漫游者和朝圣者，莉拉则是他较接近的一个名叫露意丝·封·茨格勒的年轻女子的雅号。

　与陌生青年
　相逢邂逅，
并且一下子
　使永恒的火焰
　燃起在他心头！——
呼啸吧，北风，
像一千条毒蛇的信子
　围绕着我的头颅！
可你休想使它低下！
你能折服的
　只是那些失去照料的
　离开了太阳母亲的
　幼枝柔柳。

无所不在的爱情啊，
请充实我以烈火！
让我昂首迎接严冬，
挺胸奔向险阻！
你曾用双倍的生命，
用生的欢乐
　还有勇气，
把我早早枯萎的心
　充实灌注！

摘自给克斯特纳的信[①]

法兰克福，1773

当爸爸津津有味地抽着烟斗，
当“宫廷顾问”胡思乱想，[②]
把乖僻当爱情向卡洛琳娜出售；
当绿蒂操持家务，往来奔忙，
当伦馨妹妹望着空中出神，
心地纯善，无虑无忧；
当男孩子们按德意志礼仪
　用肮脏的手抓着蜜膏，
脑袋上带着大小窟窿，
在室内和庭院里冲进冲出，
你却用你的一双蓝眼睛
　悠悠闲闲地看着他们，
仿佛你只是个瓷娃娃，
其实你生性勇敢练达，
是忠实的恋人，热情的朋友！
让帝国和基督的敌人，
让俄国佬、普鲁士人和魔鬼，
尽管去瓜分地球，

---

① 作于1773年1月。克斯特纳是小说《少年维特的烦恼》女主人公原型绿蒂·布甫的未婚夫。

② 诗中诙谐地描写出了绿蒂家里的生活情景。“宫廷顾问”系绿蒂的大妹妹卡洛琳娜的未婚夫狄茨的绰号。

只是这可爱的德意志之家，
你必须为我们保留！
让从此地去你那儿的路
　平坦安全如雅各的扶梯；
让我们总是有好胃口！
这样我们就心口如一地对你祝福：

　让荣耀通通归于上帝，
　但我的女人只归我有，
　如此一来我和他一样
　　便会心满又意足。

致 绿 蒂[①]

倘若一位高贵的死者，
例如牧师或是议员先生，
由他的遗孀请人刻制铜像，
并且在像下诌上小诗一段，
那定是：瞧瞧这脑袋和耳朵，
瞧他的长相多么精神，
再瞧这额头，还有这双眼睛。
可是你们从那鼻子上，
却看不出他聪明的头脑，

① 1774 年 8 月 31 日，此诗的手稿随歌德的剪影像一道从法兰克福寄给了在威兹拉尔的绿蒂。

还有他为大众立下的功勋。

亲爱的绿蒂，这儿也写着：
我赠给你我的剪影，
你能看见我长长的鼻子，
高耸的脑门，乞求的嘴唇，
一张肯定十分丑陋的脸——
可是你却看不见我的爱情。

题　画　诗[①]

你瞧瞧这面魔镜，镜中映出
　一个梦境：在她的神翼下，
多么可爱又多么纯善啊，
我们病中的女友正在安寝。

你该感到，她如何奋力冲出
　尘世的洪涛，进入了灵境；
瞧她对面墙上挂着你的画像，[②]
还有主耶稣为你们受苦献身。[③]

---

① 1774年，歌德常去探望比他年长的生病的女友封·克勒滕贝格小姐。对这位虔诚而心地纯善的女子，年轻的诗人满怀着敬意。他亲手作了一幅画来描摹她卧室中近乎灵境的奇异气氛，并把画连同这首题画诗一起寄给另一位在外地的女友。

② 你的画像，指那位在外地的女友的画像。

③ 墙上还挂着耶稣受难的十字架。

这美好的画面，我急忙
　挥毫把它搬到了纸面上，
愿它使你和我都感受到
　黄昏时迷蒙宁静的气氛。

克里斯蒂娜[①]

我常心情忧郁，闷闷不乐，
甚至十分悲伤，
可一旦来到克里斯蒂娜身边，
我立刻会恢复正常。
这儿那儿，我总看见
　她的形象；我不知道
　为什么如此喜欢她，
她怎么处处时时合我心肠。

她那诙谐的黑溜溜的眸子，
上面配着黑油油的眉毛，
我只要注目望它一望，
便顿时心花怒放。
她的小嘴是何等的甜蜜啊，
还有可爱的圆圆的脸庞！

① 作于 1773 年或 1774 年。克里斯蒂娜是否特指某人，不详。重要的是这首诗突出了性爱的感官之娱，在歌德此一时期重在精神和内心感受的爱情诗创作中可谓绝无仅有。同类性质的诗直到后来的《罗马哀歌》中才重新出现。

哈，她身上还有些圆圆的东西，
使人不知餍足地欣赏！

要是随后允许我搂住她，
一同跳轻快的德国舞，
那马上会急转飞旋，
使我感到巨大的满足。
当她跳热了，有些晕晕乎乎，
我便搂紧她，让她靠在
　我的怀里，好像国王
　护卫着自己的疆土！

要是她忘记周围的一切，
抬头送来盈盈秋波，
我于是更紧地搂着她，
并且贪婪地亲吻她，
这时便有热流融贯全身，
我从头到脚感到酥麻；
我是这样的痛快哟，
这样地虚弱而又强大！

我老想再来，再来，
白昼便匆匆而逝。
要是夜里也准我陪伴她，
我肯定不会畏惧。
我想我会一下将她抱住，
让自己称心如意；
要是还不能消除我的痛苦，

我宁肯死在她的怀里。

题《少年维特的烦恼》[①]

年轻男子谁不渴望这么爱，
姑娘们谁不渴望这么被爱，
这是我们最神圣的情感啊，
为什么竟有惨痛迸涌出来！

亲爱的读者，你哭他，你爱他，
你要拯救他被玷污的声名，
看，他的灵魂在九泉下示意你：
做个堂堂男子，别步我后尘。

题于J. M. R. 棱茨的纪念册[②]

要记住这美好的时光，
记住两颗狂躁的诗人之心的
　所有欢乐，所有创伤，
所有痛苦，所有忧愁！

---

① 此为1775年为《少年维特的烦恼》再版的题诗，目的是消除“维特热”在青年中造成的消极影响。

② 棱茨是德国狂飙突进时期的杰出作家，歌德在斯特拉斯堡念大学时的挚友。1775年，歌德在瑞士旅行途中与他重逢，临别时题赠了此诗。

在这惜别的最后时刻，
我给亲爱的棱茨把言留。

集会之歌[①]

在所有吉日良辰，
当爱情美酒提高了兴致，
我们就应该同声高唱
　这只为集会而作的歌曲。
上帝使我们聚会一堂，
让我们和睦又亲密。
他曾点燃我们的爱火，
现在又让它重新燃起。

今天要痛痛快快玩个够，
不分你我，真心真意！
来啊，这满满一杯醇酒，
我们要高高兴兴喝下去！
来啊，在这美好时刻，
让我们真诚地碰杯亲吻；
从每一句新的誓言里面，
旧的盟誓会获得新意！

---

① 1775年，法兰克福一位作牧师的朋友结婚，歌德写诗相赠，后经修改，去掉婚礼的特定内容，成了这首歌颂忠诚友谊的《集会之歌》。

生活在我们的团体里，
有谁还会感到不幸？
要享受这无拘无束的日子，
还有忠诚的兄弟之情！
如此这般，天长地久，
朋友们将永远心连着心；
不会有无谓的小事
　来离间和疏远我们。

一位神明赐给了我们
　观照生命的自由目光，
不管未来遭遇如何，
我们的幸福常在常新。
别受怪念头的干扰，
永远不会感到扫兴；
别矫揉造作，自会有
　更加开朗豁达的胸襟。

一步一步，生活之路
　将越走越顺畅、宽广；
兴致勃勃，始终兴致勃勃，
我们的目光不断向上。
世事沉浮，道路坎坷，
我们却永远无所畏惧；
我们这样真诚相处，
友谊将会地久天长。

丽莉之歌及其他[①]

新的爱情 新的生活

心，我的心，你怎么啦？
是什么使你如此困窘？
何等陌生而崭新的生活！
我已经不再能将你辨认。
你爱的一切已不复存在，
你的烦恼也已消遁，
你失去了勤奋和安宁——
唉，你怎么落到这般窘境！

是那含苞欲放的春花，
是那美丽可爱的倩姿，

① 1775年元旦之夜，歌德在法兰克福大银行家薛纳曼家中遇见并爱上了主人的独身女儿丽莉，对这个十七岁的金发美女一见钟情，不久便和她订了婚。但是新的爱情并未带给他多少快乐和幸福，倒使他失去了内心的宁静和自由。丽莉的轻佻任性和豪奢空虚，令歌德痛苦，可他又挣不脱这艳丽的少女用魅力编织成的“魔线”。因此，在所作的“丽莉之歌”中，充满了矛盾、叹息和哀怨。“丽莉之歌”恢复了歌德早些时候的抒情诗格律严谨、音调和谐优美的特点。它虽不像《塞森海姆之歌》一般质朴、明朗，充满欢呼雀跃之情，却更加婉转、含蓄，耐人寻味。其中的《湖上》更堪称德国乃至欧洲自然抒情诗为数不多的不朽杰作之一。

是那忠诚善良的顾盼
　栓住了你，用无穷的魅力?
一当我想从她身边飞走，
一当我想鼓起勇气逃离，
我又立刻会回到她的身边，
唉，腿不由心，身不由己。

那可爱而轻佻的少女
　就用这根扯不断的魔线，
将我紧紧系在她的身旁，
尽管我十分地不情愿；
于是我只得按她的方式，
生活在她的魔圈中间。
一切都已面目全非啊!
爱情! 爱情! 快放我回返!

致白琳德[①]

你为何硬将我拖进，唉，
富贵豪华之地?
我这好青年不是挺幸福，
在清寂的夜里?

我将自己偷锁进小屋，

① 作于1775年初。白琳德是当时德国安那克瑞翁诗派习用的对心上人的代称。

躺在月影之中，
如水的月光笼罩着我——
我沉沉地睡去。

我梦见黄金般的时光
　和纯净的欢娱，
你的倩影已经铭刻在
　我深深地胸际。

难道你还要将我拴在
　灯火辉煌的赌台？
难道你还要让我迎合
　面目可憎的市侩？

如今我那妩媚的春花
　已不开在野外；
天使啊，爱与善和你同在，
自然与你同在。

留下吧，请留在我身边①

留下吧，请留在我身边，
温柔的陌生人，甜蜜的爱情；
温柔而甜蜜的爱情啊，

① 写作年月难以确定，但从情调、风格判断，显然属于此一时期为丽莉写的情诗。

请不要离开我的心灵！
啊，天空和大地如此
　勃勃生机，焕然一新，
啊，我第一次感受到——
感受到这美好的人生！

渴　　慕

这从炽热的心房涌出的，
不会是最后一滴眼泪；
用不可言说的新的痛苦，
心儿为自己找到安慰。

啊，让我在这儿和那儿
时刻感受到永恒的爱情，
即使要让痛苦继续渗透
　我的血管，我的神经。

但愿有那么一次，永恒的
　爱情啊，我能被你充盈！
唉，人世间苦难如此深重，
如此绵绵无尽！

丽莉的动物园①

绝不会有一座动物园哟
　像我丽莉的一样五色斑斓！
她在里边关着珍禽异兽，
怎么捉住的自己却不了然。
瞧啊，野兽们狂奔乱跳，
剪了羽翼的鸟儿奋力飞蹿，
这些可怜的王子啊，
永远受着爱的熬煎！②

“那仙女叫什么？丽莉？”——快别将她打听！
你们不认识她，才真该感谢上帝。

每当她走进园门，
手提着装饲料的小篮，
园内便稀里呼噜，叫声一片！
嘁嘁喳喳，叽叽嘎嘎，
高大的乔木，矮小的灌木，
全都像活了一般：
野兽成群地冲到她的脚下，

---

① 作于1775年，此诗充分写出了诗人为爱情所羁绊、困扰的无奈、尴尬和痛苦。
② 是年9月，法兰克福举办一年一度的盛大集市，各方商贾云集，丽莉家中也来了比平日更多的她的崇拜者，使作为未婚夫的诗人十分恼火。

甚至池里的鱼儿也游过来，
急不可待地把头探出水面；
于是她扬手抛撒饲料，
美目顾盼足以倾倒众神，
那些畜生野兽更不用谈。
一霎时啄的啄、咬的咬、
吞的吞、咽的咽；
畜生们推推挤挤，彼此争夺，
你扯我咬，相互威胁，相互追赶，
一切一切都仅为一小片面包，
它尽管干硬，在美人手里
却无比可口，如仙食一般。

她唤道：琵琵！琵琵！[①]
那目光啊，还有那声调，
足以把朱彼特的鹰诱下宝座，
把维纳斯那一对鸽子，
是的，甚至爱虚荣的孔雀，[②]
我敢起誓，诱到她跟前，
只要她们能老远听见她的呼喊。

就这样，从夜一般漆黑的森林中，
一头愚蠢、笨拙的狗熊
　被骗来听候她的差遣，
被编进了驯服的仆从队里，

---

① 琵琵为传说中勇敢的王子。
② 孔雀是希腊神话中天后赫拉（即罗马神话中的朱诺）的神鸟。

受到其他动物一样的训练——
自然呐，有一点仍旧本性难改！
她看上去多么美呀！多么甜呀！
只要能浇一浇她的花儿，
我甘愿把热血洒尽流干。

“你们说：我！怎么会？谁喽？”
好好，先生们，直说吧：我就是那狗熊！
被一面编成石榴裙的网套住，
伏在她脚下，系着一根丝绳。
不过这一切是怎么发生的，
改日我再给诸位细讲；
今天我实在太气愤，太气愤。

嗨！那天我站在园子边上，
远远听见嘎嘎的叫声，
看见鸟群在扑打翅膀，
于是一转身，
呼哧呼哧
　我朝后边跑去，
呼哧呼哧
　我再跑了一段，
最后还是调头朝着来的地方。

随后我突然狂奔起来，
鼻子重重地喘着粗气，
把内在的野性释放。
什么，你这傻瓜，只是只兔子！

唤声那么甜！小松鼠，来啃松子！
不习惯被别人奴役，
我高昂着刚毛丛生的颈项。
每一棵修了枝的小树
　都讥讽地望着我！我只好
　逃离剪得平平整整的草场。
山毛榉也对我嗤之以鼻！
我逃进最阴暗的灌木丛，
钻过密密枝叶，
跳越篱笆板墙。
跳啊，爬啊，终于跌倒，
奇怪！身体沉得像铅一样。
什么魔力勾住了我，
我拼命挣扎，终于浑身瘫软，
躺在精巧的人造瀑布旁，
痛哭流涕，在地上乱咬乱滚，
可是啊！听着我的怨愤的
　只是园中的水泽女神瓷像。

突然，哦！一股甜蜜幸福的感觉
　流贯我的四肢，我的全身：
是她，是丽莉在那边亭中歌唱！
又听到这悦耳的、动人的歌声，
周围的空气对我也变得温暖，也像有
　百花怒放。哦！她是唱给我听吗？
我急奔向她，踩倒所有灌木，
密集的大树也吓得闪到两旁。
就这样——狗熊伏在了她的脚下。

她瞅着它说：“一只大畜生！倒是怪好玩！
要说是熊呢嫌太温驯，
要说是狗呢又太野蛮；
这么脏，这么笨，毛这么蓬乱！”
她用脚在熊的背脊梁上蹭来蹭去，
使它觉得进了天堂一般。
它所有感官全兴奋得直痒痒，
她呢——平平静静，对它看都不看！
我亲吻她的鞋子，咬她的鞋后跟，
那么文雅地，尽一头熊之所能；
我慢慢站起来，悄悄靠到她
　膝头前——碰上好日子，
她会随着我，用手轻轻挠我脑袋，
还使劲儿拍打我的身子——
我快活得嗷嗷呻唤。
随后她命令我，带着讥讽，口气蜜蜜甜：
“喏喏，要乖乖儿的！
把小爪子伸过来！
做个好仆从，像位骑士先生。”[1]
她嘻嘻哈哈就打发了我！
满怀希望的傻瓜却老是受骗；
可要是它想不好好尽责，
她会管它比过去更严。

不过呢，她也有一瓶儿发烧油膏，

① 丽莉如当时追求时髦的上流社会男女一样，在这儿讲的是法语。

世间没任何蜂蜜比她更甜；
当她被它的爱慕和忠诚感动，
就会用指尖儿沾一点点油膏，
涂抹在大笨熊贪婪的唇间，
随后便抛下孤单单的我，
我呢，却带着无形的锁链，
一次一次向着她奔去，
寻找她，恐吓她，又逃离她——
她就这么打发走倒霉的可怜虫，
不管它是快乐还是凄惨；
哈，有时候她把门朝我微微翕开，
斜着眼瞧我是否已打算滚蛋。

我！——神们啊，全仗你们
　来把这可憎的魔法祛除；
还我自由，我衷心感激！
然而你们并不给我救助——
幸亏我没有白白锻炼四肢，
我感到，我发誓，我还强壮有力。

湖　上[①]

鲜的营养，新的血液，

① 1775年5月，在与丽莉订婚后一个月，歌德便接受友人的邀请到瑞士旅游，试图摆脱丽莉的感情羁绊，离开令他讨厌的环境，到大自然中去。

我从自由的天地汲取；
躺卧在自然的怀抱里，
何等温暖、惬意！
水波轻摇着船儿，
和着荡桨的节拍，
湖岸奔上前迎接，
云山直插入天际。

眼睛，我的眼睛，你为何沉下？
可是金色美梦，它们又袭扰你？
去吧，梦，尽管你色美如金！
眼前啊也有爱，也充满生趣。

千万颗跳荡的星儿，
在湖波上面闪明，
四周耸峙的远山
　正在柔雾里消隐，
晨风鼓动着羽翼，
港湾覆盖着绿荫，
湖水中一片金黄，
是成熟的果实倒影。

如果我，亲爱的丽莉，不爱你……[①]

如果我，亲爱的丽莉，不爱你，
眼前的景象将给我多少欢愉！
可是，丽莉，要是我不爱你，
又怎能幸福，在这里和那里？

秋　思[②]

绿叶啊，愿你更加
　繁茂，沿着葡萄架
　爬上我的窗户！
双生的草莓啊，
愿你更加饱满圆润，
更快地成熟！
太阳母亲临别的注望
给你们热力，
从晴空送来的熏风
　将你们吹拂，

---

① 歌德与友人站在瑞士与意大利交界的戈特哈特峰上，吟成了这首短诗，把自己想不爱丽莉又不能够的矛盾心情宣泄无遗。

② 秋天，回到了丽莉身边的歌德面对明媚的秋光，敏感的心中反添加了无限的惆怅。

月亮亲切而神奇的气息
　使你们凉爽，
我眼中涌出的
　永恒的爱之泪，唉，
将化作滋润你们的
　盈盈露珠。

慰　藉

别擦去，别擦去
　那永恒的爱之泪！
唉，只有在擦不干的泪眼中，
世界才显得荒凉、死寂！
别擦去，别擦去
　那不幸的爱之泪！

可爱的丽莉，你曾一度……

可爱的丽莉，你曾一度
　是我全部的欢愉，全部的歌，
唉，而今你成了我全部的
　痛苦——但仍是我全部的歌。

致丽莉

——题于一册《施苔拉》[①]

在清幽的山谷，在积雪的高原，
你的倩影时刻不离我身旁；
我看见它随着青云飘浮，
我感到它在我心中彷徨。
我感到这儿有一颗心吸引
　另一颗心，用无穷的爱的力量，
我感到爱情想要逃避爱情，
那真是白费力气，毫无希望。

在清幽的山谷……

在清幽的山谷，在积雪的高原，
你的倩影时刻在我身旁；
我见它飘荡在我头顶的白云中
　同时又居住在我的心房。
我感到一颗心吸引着另一颗心，
拥有无比巨大的力量——
爱情想要逃避爱情

① 《施苔拉》，歌德早期的一部爱情悲剧。

只会徒劳一场。

致我的金鸡心[①]

你这逝去的欢乐的纪念物，
我依然将你挂在我脖子上，
你可能延伸爱情的短暂时日？
可比心灵纽带维系得更久长？

我逃离了你的面前，丽莉，
但仍旧被你的魔带束缚，
越谷穿林，流连在异国他乡！
唉，丽莉的心不可能这么快
　分离开，从我的这颗心上。

像鸟儿挣断了绳索
　重新回到树林，
他拖着牢狱的疲惫，
还有身后的一截断绳，
可他不再是生来自由的鸟儿，
他曾经属于一个人。

---

① 诗成于1775年12月，即在歌德与丽莉解除婚约"逃到"魏玛以后不久。她曾赠给诗人一只系在带子上的金鸡心，使他睹物思人，回忆起两人相爱的情景。

致洛特馨[1]

有如许多的欢乐、忧愁
　和烦恼，我意乱神迷，
却想起你，洛特馨，我俩都想起你；[2]
想起你在红霞映照的静静的黄昏，
　把手亲切地伸给我们，
当你在林木葱郁的田野上，
在美好大自然的怀抱中，
向我们敞开轻掩的心扉，
表露一个可爱的灵魂的心迹。

我真幸运，没有将你看错，
一见之下，我立刻从心中
　发出对你的呼唤，称你是
　一个真诚而善良的少女。

静静地在小天地里长大，
我们突然被抛进了人世；
周围汹涌着千万重浪峰，
我们经受着种种的刺激，
有的喜欢，有的厌弃，

① 洛特馨可能指诗人1775年5月游历瑞士时结识的一位少女。
② “我俩”似应为诗人和游伴。

浮躁的心情时刻在摇曳；
我们感受着，已有的情感
　　却被那纷繁的世事荡涤。

是的，我知道有种种希望，
种种痛苦掠过我们心际。
洛特馨，谁了解我们的向往？
洛特馨，谁辨得我们的心迹？
啊，我们的心渴望理解，
渴望与一个凡人共休戚，
与她在一起亲密无间，
重新享受大自然的痛苦和乐趣。

于是眼儿徒然地四处寻觅。
却发现一切都已紧闭；
如此蹉跎了最美好的生命，
既无风暴，也无安谧；
昨天吸引你的，今天
　　令你讨厌，使你逃避。
你怎能对世界怀抱好感，
它经常地蒙蔽欺骗你，
不管你痛苦或是幸福，
它都固执地不出声息？
瞧，精神只好返回自身，
心儿——也只得锁闭。
这时我发现你，奔向你。
啊，她确乎值得爱惜！
我呼唤，我祈求最纯洁的天福，

愿它经你的女友赐予你。

你们凋谢了，甜蜜的玫瑰……[①]

你们凋谢了，甜蜜的玫瑰，
我的爱不能将你们托负；
重开吧，为绝望的人儿，
他的心已破碎，无比痛苦。

我悲伤地忆起逝去的日子，
天使啊，当我偎依着你，
在清晨去到我的花园中，
将待放的第一颗花蕾寻觅。

所有的花朵，所有的果实，
我都采来奉献在你脚下，
只因有你在我的面前，
希望便会在心中萌发。

你们凋谢了，甜蜜的玫瑰，
我的爱不能将你们托负，
重开吧，为绝望的人儿，
他的心已破碎，无比痛苦。

---

① 选自歌德早年作的歌剧《艾尔文与艾尔米蕾》。

在魏玛头十年的诗作

为了改变生活环境，忘却自己和丽莉不幸的爱情，歌德接受刚执政的魏玛公爵卡尔·奥古斯特的邀请，于 1775 年 10 月前往魏玛。他原拟作短暂停留，不想却让“温柔的魔带”系住了，至死未能彻底摆脱。这所谓“温柔的魔带”，可以理解为魏玛崇尚文艺的良好气氛，可以理解为卡尔·奥古斯特的友谊和信任，可以理解为他与夏绿蒂·封·施泰因夫人的爱情……

在魏玛的头十年，歌德花了不少时间、精力参政，企图把小小的魏玛公国变成数以百计的德意志小邦的样板。这显然偏离了他作为诗人的正道，是一次充满危险的“海上航行”，结果当然未达到目的，文学创作也受到影响。不过，收获仍然有，那就是他大大丰富了人生的阅历，思想开始变得成熟，也写了相当数量可以传之后世的诗歌，富于哲理的《神性》和《漫游者之歌》更是其中杰出的代表。

“丽达之歌”及其他[①]

羁 绊

在这个湫隘狭小的世界，
不知道是什么使我着迷，
用温柔的魔带将我紧系？
我忘记了，乐意地忘记了
　我的命运之路多么奇特；
唉，我感到眼前和远方
　都还有等待着我的事业。
啊，但愿作出正确的决断！
而今我充满活力，却别无
　选择，只能在寂静的现在
　对未来怀着美好的希冀！

---

① 丽达是歌德对封·施泰因夫人的昵称。在魏玛的前十年，歌德视这位比自己年长七岁的夫人为唯一的女友、情人和知己，写了不少情诗给她，其中的《对月》和《无休止的爱》都十分有名。这些诗后来被统称为“丽达之歌”。

狩猎者的夜歌①

无声地巡行在荒野里，
我给猎枪填好了子弹，
蓦地，你那可爱而甜蜜的
　倩影，又浮现在我眼前。

你也许正漫步在田野和
　幽谷，心境宁静而悠闲，
唉，我这转瞬即逝的身影，
可曾再显现在你的面前？

从东到西，从北到南，
心中充满忧愁和厌倦，
我在人世上漂泊、流浪，
就因为必须离开你身畔。

可是只要我一想起你，
仿佛就看见天上的月亮，
我便感到安适和宁帖，
真不明白：为什么这样。

---

① 作于1775年至1776年冬天，诗中的“你”一说指丽莉，一说指魏玛宫廷里的封·施泰因夫人。

为何你给我们深邃的目光……[①]

为何你给我们深邃的目光，
让我们预见自己的未来，
即使沉溺幻想也不相信
　我们今世的幸福和情爱？
命运啊，为何你让我们感到
　彼此能看透对方的内心，
让我们透过奇异的纠葛，
窥探出我俩之间的真情？

唉，芸芸众生，忙忙碌碌，
很难对自己的心真正了解，
盲目地游荡，无望地驱驰，
糊里糊涂把痛苦忍耐；
可又欢呼雀跃，一当幸运
　如同朝霞，突然到来。
只有我们这对可怜的情侣
　被剥夺了盲目的幸福：
我们相爱，却彼此了解，
没法跌跌撞撞，永远兴冲冲
　去追逐梦中虚幻的幸福，

---

① 1776 年 4 月 14 日，歌德将此诗作为一封信寄给了封·施泰因夫人，自述衷肠。在诗人看来，他俩是命定相爱，是前世姻缘今世续，没法以理智控制和改变。

在对方身上看出没有的存在。

幸福啊，沉溺于虚幻梦境的人！
幸福啊，视预感为不可信的人！
可惜每一次聚首每一次相见
　都使我们的梦和预感更显真实。
说吧，命运将给我们带来什么？
说吧，它怎样紧紧拴住我和你？
唉，在前世我和你到底是
　兄妹俩，抑或是一对夫妻？

你了解我秉性的一丝一毫，
听见我心弦的鸣响多清纯，
你能一眼看我个明明白白，
虽然我是个很难看透的人。
你给我滚烫的血液滴注清凉，
你给我迷乱的驱驰以指引，
在你天使一样的怀抱中，
我破碎的心胸重获安宁；
你奇妙而轻易地拴住了他，
骗去了他好些宝贵光阴。
满怀感激地躺在你脚边，
他度过无比欢乐幸福的时辰；
感到他的心与你的一起激动，
感到在你眼里他是个好人，
他所有的感官全豁然开朗，
他狂暴的血液也变得平静。

然而，一切一切仍抹不去
　萦回在忐忑的心中的回忆，
真实的往昔内心时时可感，
新的现状叫他痛苦无比。
我俩活像已经丢掉了魂儿，
白昼再明亮也暮气沉沉。
幸好啊，命运尽管折磨我们，
却没有能力改变我们。

摘自给封·施泰因夫人的信[①]

描摹着纯洁、宁静的自然，
唉，我的心又痛苦难捱，
活着我永远只是为了她啊，
为了她而活着我真不该。

*

此处的岩间长出花朵一丛，
我忠心地摘来献给你，
这永恒爱情的象征将会凋萎，
可我却永远永远爱你。

*

唉，命运给我沉重的压迫，
让我竭力变不可能为可能，
可爱的天使，因为你我没法活哟，

① 这几则致封·施泰因夫人的诗简均成于1776年至1777年间。

也为了你我才来此山间行。

*

哦，就像你对我一样，
我对你将始终如一！
不，真实的情况
　我再不会怀疑。
唉，当你在时，
我感到不该爱你；
唉，你离开了，
我感到实在太爱你。

随《少年维特的烦恼》题赠封·施泰因夫人

多少年来我头脑的思虑，
还有心田的痛苦焦急，
还有梦中的雀跃欢欣，
而今都成了清醒的体验。

摘自给封·施泰因夫人的信[1]

我按照旧日的习惯，
常漫步心爱的草地；
沐浴着晨光和月华，
日间疲劳尽行消祛；
活在爱的澄澈和力量中，
与主为邻是何等的安逸，
他化作爱的深沉和伟力，
交织进罕有的本性里。

*

你的问候我已经收悉，
爱情因而又千姿百态，
它给花朵色彩和芬芳，
还迷漫于清晨的空气，
日日夜夜嬉戏在草地和林苑，
常使我觉得它过分美丽。
它一天变一个新花样，
像蜜蜂嗡嗡着告诉我生的乐趣。
留下吧，春天，我还没能吻你！
天使啊，你像梦影，离去何急！
我们总是希望尊重你，珍惜你，
从你身上获得天赐的欢愉。

---

① 四则诗简都作于1777年。

*

这系着天蓝色缎带的花束，
我给你带到舞会上，
当你对他人眉眼传情，
让他人领着走进舞场，
你该想起有所孤独的房子，
还有美丽的纽带也别遗忘。

*

可爱的树啊，告诉你们，
我种你们那会儿充满预感，
奇妙的梦境围着我起舞，
美丽的朝霞升起在天边。
唉，你们知道我多爱她，
爱那个同样爱我的女子，
她以自己更纯洁的激情
　回报我最最纯洁的情感。

你们好似从我心里长出，
枝繁叶茂，直插蓝天；
须知我埋了许多欢乐和
　痛苦，在你们的根下面。
请带来荫蔽，结满果实，
把新的欢乐赐给每一天：
让我咏叹它，歌唱它，享受它，
紧靠在我爱人的身边。

无休止的爱[①]

迎着风暴，
冒着雨雪，
穿过幽深的峡谷，
越过迷雾的原野，
永远向前，永远向前！
没有休止，没有停歇！

我宁肯忍受
　痛苦的折磨，
也承受不了
　如许的欢乐。
心与心相印，
无尽的恋慕，
唉，竟奇怪地
　令我痛苦难过！

我该逃走吗？
逃进森林里去吗？
一切都是枉然！
爱情啊，你这

① 1776年作于图林根森林边上的伊尔美瑙。它反映出诗人热恋封·施泰因夫人的感情已开始有所变化。

无休止的幸福，
你这生命的王冕！

致 丽 达[①]

丽达，你有理由要求
　你唯一的爱人完全属于你。
他呢，也完全是你的人。
须知离开你以来，
忙碌喧嚣的人生
　于我好似变成了
　一层薄薄的纱幕，透过它
　我总在云端瞅见你的倩影；
它友善、忠诚地照临我，
像那些与北极光相辉映的
　闪闪发亮的恒星。

是的，我纵然已将你远离……[②]

——摘自给封·施泰因夫人的信

是的，纵然我已将你远离，

① 丽达是封·施泰因夫人的代称。歌德于1781年将此诗简寄给了她。
② 1784年8月24日，歌德将此诗附在一封用法文写的信后边，从离魏玛有相当距离的布朗施维克寄给了施泰因夫人。

去到了天之涯、海之角，
强大的星辰仍将迫使我，
将我的命运和你相联系，
通过你我才认识了自己。
我的诗我的希望和渴慕
　通通只为你和你的存在，
我的生命也全靠你维系。

是的，我肯定已离你很远很远……

——摘自给封·施泰因夫人的信

（同题别译）

是的，我肯定已离你很远很远，
我肯定已走到了地角天边，
要不是强有力的星辰制伏我，
使我的命运和你的紧紧相连，
让我在你身上才认识了自己。
从此我的写作、渴慕和希冀
全然只冲着你，冲着你的存在，
我的生命只由你的生命维系。

唉，已经完全变了……

唉，已经完全变了，
你我之间的关系！
不，对于这个事实
　我再也不会怀疑。

唉，当你在我眼前，
我感到不该爱你；
唉，当你离我去了，
我感到深深爱你。

永　恒①

尘网罩着的人以神的名义
　呼唤那至高无上的幸福，
须知它就是不动摇的忠诚，
就是没顾忌和猜疑的友情，
就是使智者独自思索的亮光，
它只为诗人的美丽遐想照明：
这一切的一切我全在她身上

① 诗成于1784年，原系为叙事长诗《秘密》而作，后赠给封·施泰因夫人。

发现和找到啦，在吉时良辰。

永　恒

（别译）

囿于尘网束缚的世人，他只能
　以神的名义呼唤最高的幸福：
和谐而不动摇的忠诚，
披肝沥胆的深厚友情；
智者独思时窥见的亮光，
诗人遐想中闪现的光明——
这一切我都曾发现、获得，
她就是我美好时日的幸福化身。

我们从何而生？[①]

我们从何而生？
从爱情。
我们因何失意？
没爱情。
靠什么解除困厄？

① 摘自1786年6月写给封·施泰因夫人的信。

靠爱情。
怎样能获得爱情?
用爱情。
什么不让人长久哭泣?
是爱情。
你我怎能永远心连心?
凭爱情?

对　月[1]

你又将迷蒙的青辉
　洒遍这幽谷林丛,
你终于将我的灵魂
　完全地解脱消融;

你将抚慰的目光
　照临我的园庭,[2]
就像友人的青眼
　关注我的命运。

我的心儿感觉着

① 此诗初稿附在致施泰因夫人的信中，经作者两度修改，第三稿约成于 1787 年。诗中融合着对友人的感情与对大自然的热爱，成了歌德乃至整个德语诗歌最杰出的名篇之一。它富于音乐性，由舒伯特等谱写成了歌曲。

② 其时诗人住在魏玛公爵卡尔·奥古斯特赠送给他的别墅中。别墅在一大片绿野中，且紧邻着穿过密林的风光优美的伊尔姆河河谷。

  乐时忧时的回响，
我在苦与乐之间
  寂寞孤独地徜徉。

流吧，流吧，亲爱的河！
我再不会有欢愉，
嬉戏、亲吻、忠诚，
一切都已然逝去。

可我曾一度占有
  那无比珍贵的至宝！
我再不能将它忘记，
因此才痛苦烦恼！

喧响吧，流下山涧，
莫休止，别停息，
发出淙淙的鸣声，
和着我的歌曲。

不论是在冬夜里
  你汹涌泛滥激涨，
还是在阳春时节
  你迂回流进花畦。

幸福啊，谁能
  离开尘世无所怨恨，
谁能拥着一位知己，
能和他共同分享

　那人所不知的、
　人所不解的乐趣，
作长夜的漫游，
在胸中的迷宫里。

自然诗、哲理诗及其他①

希　望②

我双手每日的劳作啊，
请赐我完成它的无上幸福！
别让我，啊，别让我松劲懈怠！
不，这不是空虚的梦想：
今日它们还枝干光秃，
明天便会浓荫匝地，果实满树。

---

① 歌德从青年时代起即热爱自然，留心观察自然，1775 年到魏玛从政以后管理矿山、林业和农业，接触自然的机会更多，也花了不少时间和精力于科学研究。这更巩固和发展了他早年阅读斯宾诺沙著作所形成的泛神论和自然神论的哲学思想。歌德几乎一生热衷于观察和研究自然，并有一些重要发现。对于宇宙、社会和人生的种种关系重大的问题，他更不倦地、潜心地进行思考，努力寻找答案。他的主要代表作《浮士德》、《威廉·迈斯特》和《少年维特的烦恼》等等，无不富有哲理。他的许多自然诗和抒情诗也一样，因此歌德赢得了诗国的哲人的称号。这儿只是集中介绍他的部分自然诗和哲理诗。在他狂飙突进时期的诗作和《西东合集》中，同样有不少富于哲理的篇什。

② 1776 年 11 月，歌德在自家的庭园中种了一棵菩提树。他希望此树枝繁叶茂，希望他的事业——这儿多半指他在魏玛从政——取得成就。

忧　虑

别老在这个圈子中
　打转，反反复复！
请容许，啊，我行我素，
请将我的幸福赐给我吧！
我该逃遁？还是将它抓住？
喏，迟疑得已经够了。
忧虑啊，让我变得聪明吧，
要是你不肯给我幸福！

夜　思

我同情你们，不幸的星辰，
你们虽然美丽而又晶莹，
乐于为迷途的船夫照亮道路，
可没谁报答你们，不论神或人：
你们不恋爱，也从不知道爱！
永恒的时光带领着你们
　无休止地在广袤的空中行进。
你们又走完了几多旅程，
自从我沉湎在爱人的怀抱里，
忘记了星已白，夜已深。

冰上人生[1]

放心大胆地滑向冰面，
那儿没有勇敢的先行者
　为你开路，你会发现
　道路要你去为自己开辟！
别激动，我亲爱的心，
即使冰嚓嚓响，但不会破碎，
即使冰破碎了，你也不会碎！

心　　病[2]

让魔鬼把人类抓去吧！
我气得发疯发狂！
因为我已痛下决心：
见任何人我都不想；
我要把人类交给上帝
　和魔鬼，管它有何下场！
可谁知一见到人的面容，

---

① 歌德年轻时正值滑冰运动在欧洲兴起，他很快就迷上了这项运动。在这首作于1775年至1776年冬天的短诗中，他以滑冰讽喻人生。

② 约作于歌德到魏玛之初。原题名Hypochonder，意为臆想病患者。

我立刻又把它喜欢上。

铭　记

啊，人该存什么希望？
安安静静待着不更好么？
扎根故乡，安居乐业？
或者还不如四处游荡？
要他替自己造幢小屋？
要他头顶临时的篷帐？
要他甚至在大地震时，
去冒险露宿峭岩高冈？

没有一件事适合所有人。
如何行事，在哪儿下榻，
让每个人自己看着办吧；
须知没谁站着能不倒下。

回　忆[①]

难道你总想要流浪远方？

---

① 这首警句式的短诗约成于1777年至1778年间，为歌德日后大量类似作品的先导。诗题《回忆》含让人回忆和提醒之义。

瞧，美好生活就在近旁！
学会把握眼前的幸福吧，
须知幸福哪儿都能碰上！

王者的祈祷[1]

哈，我是世界的主宰，
为我效力的高贵的人都爱我。
哈，我是世界的主宰，
我也爱为我效力的高贵的人。
在天的神灵呵，我求求你，
永远别让我失去高贵和爱心。

怯懦的思想……[2]

怯懦的思想，
胆小的动摇，
畏葸的踌躇，
忧戚的怨诉，
不能使你自由，
免除你的痛苦。

---

① 约作于 1775 年至 1776 年间。
② 摘自歌德 1777 年所作的歌剧《莉拉》。

不畏任何强暴，
始终保持骄傲，
永远昂首挺立，
显得强壮有力，
这样就会招来
　诸神的臂助。

人的感情①

你们伟大的神灵啊，
你们高踞在宽广的天庭，
请将坚定的信念和无畏的
　勇气，赐予我等凡人——
那宽广的高高的天空啊，
我们情愿让给仁慈的你们。

---

① 约作于1776年。

汉斯·萨克斯的文学使命[1]

——析一幅古代木刻

每逢礼拜天的清晨，
我们的师傅站在作坊里，
脱去了他肮脏的皮围裙，
换上假日穿的干净上衣，
蜡线、榔头、钳子搁置一旁，
锥子也藏进了工具箱底：
在这一个礼拜的第七天，
他不飞针走线，要休息休息。

温暖的春阳使他生出灵感，
宁静给予他新的工作热情：
他感觉头脑里有个小小世界
　正在发育，正在生成；
这世界终于变得实在、鲜活，
他渴望拿出来展示给世人。
他有双诚实而聪慧的眼睛，

---

① 汉斯·萨克斯（Hans Sachs，1494—1576）是德国16世纪纽伦堡城里的一位鞋匠师傅。他善于吟诗作文，是代表当时兴起的市民文化的所谓工匠诗歌的主要歌者，也是德语诗歌最早和最杰出的代表。他一生创作了四千多首工匠诗歌，二百多出供节日集会上演的戏剧（娱悦民众的滑稽剧居多），以及不少的故事、笑话。歌德对他极为推崇，一生受他的影响很大。这儿所谓“析一幅古代木刻”只是借题发挥，旨在宣示自己对汉斯·萨克斯的认识以及诗人本身的文学观。

他秉性也和蔼而殷勤，
能把许多事情看清看透，
能还给它们以本相原形；
他还有一条如簧的妙舌，
口似悬河，善于辞令。
因此他深得众缪斯喜爱，
她们要选他做工匠诗人。

这时走进来一位年轻妇女，
胸脯丰满，体态圆匀，
双脚显得有力而又稳健，
端庄大度地朝前行进，
不拖拖沓沓，不扭腰晃臀，
也不东张西望，飞眼撩人。
她手里握着把尺子，
腰间的系带确乃黄金，
头上戴着麦穗编的花冠，
眼似白昼，炯炯有神：
人们称她作勤劳诚实，
有时也叫她大度、公正。
进屋来她致以殷勤的问候，
对这一切，他却十分平静：
好像啊他在很久很久以前，
已见过这善良美丽的妇人。

她说道："从芸芸众生中，
我单独挑选你一个人，
让你具有清明的知觉，

不会干任何糊涂事情。
他人盲目地熙来攘往，
你要坚定地把目标认清，
他人可怜地相互抱怨，
你要诙谐地念你的诗文；
你要以荣誉和正义为重，
心地永远朴实而单纯；
对虔诚与德行要诚心赞颂，
对邪恶要敢于直呼其名。
不美化什么，不掩饰什么，
也不削弱或编造任何事情！
你要观察面前的世界，
用丢勒大画师的眼睛；①
要有坚强的生命和勇气，
要有胸中的尺度和坚韧！
让自然守护神牵着你的手，
领着你游历世界各国，
让你观察全部的人生，
纵览奇异的人间万象：
他们奔波求索，苦心经营，
你推我攘，你抢我争，
如此纷纷扰扰，光怪陆离，
活像乱冲乱窜的蚂蚁一群！
目睹着这一切的一切，
你仿佛在观看一面魔镜。

① 丢勒（Albrecht Duerer，1471—1528），与汉斯·萨克斯同时代的德国大画家，也出生和活动于纽伦堡。

可你要为世人记录下来，
看能否使他们变得聪明。”
说完她给他推开一扇窗户，
指他看街上的芸芸众生，
看蓝天下形形色色的活动，
这一切全得写进他的诗文。

正当亲爱的师傅面对自然，
内心里充满喜悦欢欣，
诸位却见工场的另一边
悄悄溜进来一个老妇人：
人们叫她昔斯托里亚，
密托洛奇亚，法布拉；[①]
她消瘦干瘪，弯腰驼背，
但不失气派的高贵可亲。
她气喘吁吁，步履踉跄，
拖着块大木板蹒跚前行；
上面刻着正在布道的上帝，
宽袍大袖，衣多褶裥，
还有亚当、夏娃、乐园和蛇，
还有所多玛和蛾摩拉的末日，
还有那十二个贵妇人，
都通通映在这宝镜里面；
还有血腥的暴行和凶杀，
还有十二个暴君的丑恶嘴脸，

① 昔斯托里亚（Historia），历史；密托洛奇亚（Mytholigia），神话；法布拉（Fanula），寓言。

以及种种的教训、智慧连同
　牵着山羊的圣彼得对世道的
　不满，还有上帝的引导，
诸君也全部可以看见。
还刻出了他们宽大的袍服
　连同镶边和后襟，以及上面
　附着的世俗的道德和罪愆。①

我们的师傅看着这一切，
他禁不住心花怒放，
因为正好能派上用场。
他从画中大量吸取
　良好的范例和教益，
迅速而忠实地写出来，
就像曾亲眼看见一样。
他完全被木刻迷住了，
看得真个目不转睛，
冷不防这时从他身后
　传来拨浪鼓和铃铛声。
他转身瞧见一个小丑，
正冲着他在羊蹦猴跳，
还扮出种种可笑嘴脸，
不断逗乐、插科打诨。
小丑身后拖着条绳子，
绳子上拴着傻瓜一大群，
有高有矮，有肥有瘦，

① 以上均为萨克斯取材于《圣经》的剧作的情节。

有的弯腰驼背，有的身板
　笔挺，全都既刁滑又愚蠢。
他挥动长长的牛尾鞭，
赶得傻瓜们像一群猢狲：
他挨个儿将他们戏弄，
让他们洗澡，为他们开刀
　取虫，好一番瞎折腾，[1]
傻瓜们却依然无所悔恨。

师傅瞻前顾后，东瞅西瞧，
差点儿没扭折了脖颈，
他该如何修辞造句，才能
　描摹出这乱糟糟的一切？
他该如何始终鼓起勇气，
将这一切述说，歌吟？
这当儿，穿过工场的天窗，
冉冉飘来一朵祥云，
云上站着神圣的缪斯，
神态端庄如圣母的化身。
她用真理之光将他包裹，
使他心中越来越光明；
她说："我来给你启迪，
让我祝福你不懈益进！
愿藏在你胸中的圣火
　熊熊地燃烧起来吧！
为使你干劲永不衰竭，

① 事出自萨克斯的滑稽剧《愚人浴》和《愚人手术》。

使你生命力始终旺盛，
我特意挑选了补品香膏，
来滋养保持你的秉性，
使你的心灵幸福而快乐，
像待放花蕾为露水沁浸。”

说着缪斯给他指点，
领他悄悄走出后门，
但见篱笆围绕着小园，
溪畔有一片接骨木林，
可爱的少女静坐林边，
她垂着头，低着眼，
等候在一棵苹果树下，
将摘来的玫瑰放在怀中，
用鲜艳的花叶编结花环，
那么专注，那么熟练，
忘记了周围所有的事情。
她为谁编这花环啊？
她如此沉静地坐着，
满怀希冀，心潮起伏；
她胸中充满了预感，
却不知期待着什么人；
她心猿意马，思绪万千，
一会儿禁不住长叹一声。

“你为什么愁眉不展啊？
可爱的姑娘，使你焦心的
　原是充满欢乐幸福的爱情，

你准备把它献给一位男子，
让他通过你青眼的顾盼，
澄清命运的迷乱惶惑，
他须通过你快乐的亲吻，
去获取他自己的新生。
一当搂住你窈窕的躯体，
他的万般疲劳都会消除；
一经你的藕臂的拥抱，
他就会回复活力和生命。
你呢也将尝到青春的甜蜜，
也将恢复你调皮的本性，
将和他嬉戏，和他打闹，
一会儿逗他，一会儿咬他，
如此这般，爱情永远年轻，
诗人也永远不觉冷清。”

须知他高高飘浮在云端，
生活得幸福而安静，
后世把常青的橡叶冠
　戴在了诗人的头顶；
愚民通通被赶进了蛙池，
谁叫他们不把大师承认！①

① 在古罗马诗人奥维德的《变形记》里，月神和狩猎女神狄安娜把轻侮她的吕刻亚的农民变成青蛙，赶进了沼泽。

几滴神酒[1]

弥涅瓦从天上弄下来
　满满一盏神酒，
为加惠她宠爱的
　普罗米修斯，
并赐福他的人类，
把高雅艺术的激情
　注入他们的心头。
智慧女神步履匆匆，
怕的是让宙斯瞧见，
不小心晃动金盏，
给绿色的大地
　洒上了几滴神酒。

蜜蜂们急忙上前，
努力吸吮大地；
蝴蝶赶紧飞来，
也抢到神酒一滴；
就连丑陋的蜘蛛
　也爬来猛吮猛吸。[2]

---

① 约成于 1781 年。

② 似讽刺某些歌德讨厌的文学艺术家。

它们和其他小虫儿
　可真正大饱了口福！
因为它们和人类分享了
　从事艺术的最高幸福。

致约翰尼斯·塞孔杜斯的在天之灵①

亲爱的、神圣的、伟大的亲吻者啊，
你在幸福的时刻呼吸那么急促，
那么气喘吁吁，几乎算得我的榜样！
如果不向你，我该向谁怨诉？
你的诗歌像一只温暖的药垫，
塞在我心口上，让疲于俗务、
　痉挛悸动的心，得到苏缓。
唉，对你说吧，我的唇在流血，
痛得要命，它裂了破了哦。
我的唇，它尝够了爱的甜蜜，
在幸福的时刻总十分丰满，
就像一道黄金的天门啊，
欢愉从中出出进进，呢呢喃喃。
它竟破了！不是被咬的，
不是我那沉醉于爱的人儿咬的，

① 约翰尼斯·塞孔杜斯（1511—1536），尼德兰诗人，以拉丁文组诗《吻》享誉全欧，被认为是北欧诸国最富于文艺复兴时期的时代精神的作品。歌德在 1776 年读了他的《吻》大为赞赏，写下了这首诗和下一首《爱的需要》。

虽然她不知餍足，想把我整个人
　吻下去，吞下去，她真叫能！
也不是因为在她的香嘘之后，
我的唇受到了不洁的空气沾染。
唉，唇破了，只因孤寂凄冷的我
　遭遇了刺骨的秋风霜剑。
而今在我可爱的炉火上，
我将葡萄汁和蜂蜜调和。
它本该温暖我，却令我失望！
因为这葡萄酒里绝无一滴
　以毒攻毒、能治百病的爱的琼浆。

爱的需要①

谁听我的？唉，我该向谁诉说？
有谁听了，又真会怜悯我？
唉！我的唇裂了，这享受过、
　也献出过许多欢乐的唇
　裂了，它真个痛煞我哟。
可它并非受了伤，并非
　因为我那亲爱的用力过猛，
并非她轻轻儿咬我一口，
为了有更实在的欢乐感觉。
不，我温柔的唇裂开了，

① 此为前一首诗的修订稿，在描写男女之爱方面已有所节制。

是阵阵狂风挟裹着寒霜，
如刀似剑地刺我、割我。

而今在我的炉火上调和着
　上好的葡萄汁与蜂蜜，
我想要用它把痛楚缓和。
唉！这又有什么用啊，要是
　没渗进一丁点儿爱的灵药？

无　　题[1]

无所不在的神们将一切赐予
　自己钟爱的人，毫无保留，
赐给他们一切欢乐，无穷尽的欢乐，
赐给他们一切痛苦，无穷尽的痛苦，
毫无保留。

墓　　铭[2]

　少年时孤僻而倔强，

---

① 此诗出自 1777 年 7 月 17 日歌德致女友施托尔伯格伯爵夫人的信中。
② 歌德为自己戏拟的这则墓铭也在一定程度上反映出他的人生观，同时为他的自况，和后边的《父亲给我强健的体魄……》一起读更有意思。

青年时狂妄而固执，
壮年时敢作又敢为，
老年时轻率而怪癖！——
要这样，你的碑上便可刻着：
一个真正的人在此安息！

漫游者的夜歌

（之一，1776）

你从天国中来，
消解人世的万般痛苦，
谁感受着双倍的困厄，
就给谁双倍的慰抚！
唉，我已经倦于驱驰！
苦与乐全不在乎！
甘美的和平啊，
来吧，快来我心中长驻！

漫游者的夜歌

（之二，1780）[①]

一切的峰顶
　沉静，
一切的树梢
　全不见
一丝儿风影；
林中鸟儿们静默无声。
等着吧，你也快
　得到安宁。

水上精灵之歌[②]

　人的灵魂

① 这两首同题诗以第二首最为脍炙人口。歌德于1780年9月6日登伊美尔瑙县境内的基克尔汉峰，于日暮时分将此诗题在一幢牧人小屋上。三十多年后，诗人于1813年8月29日再到峰顶，用铅笔加深已经暗淡的笔迹。又过了近二十年，即将八十二岁高龄的老诗人重游此山，发现当年题诗犹在，抚今思昔，不禁泫然泪下。

② 1779年9月至1780年1月，歌德又一次到瑞士旅行，在劳特布鲁嫩附近观赏了高达300米的施陶巴赫大瀑布。面对着飞流直下、水花四溅、雾气升腾的动人自然景观，诗人遐想联翩，对人的灵魂和命运等问题作了富有哲理和诗意的思考。

　　就像水：
它来自天空，
又回到天空，
然后再
　　落向大地，
循环始终。

从高高的
　　峭壁泻下
　　一道清流，
转瞬间散作
　　缥缈的水雾，
降至平岩，
被轻轻负着，
如柔曼的纱幕，
淅淅沥沥，
飘进山谷。

有嶙峋乱石
　　阻挡去路，
便飞沫激溅，
冲破层层阻拦，
坠落渊薮。

沿平缓河床
　　悄悄流进幽谷，
化作平湖一片，
让满天星斗

把芳颜细睹。

风是水波
　可爱的情郎，
从湖底掀起
　汹涌的波浪。

人的灵魂，
你多像水！
人的命运，
你多像风！

百变情郎

我真愿变成一条鱼，
一条活泼泼的鱼；
如果你前来垂钓，
我一定让你钓到。
我真愿变成一条鱼，
一条活泼泼的鱼。

我真愿变成一匹马，
它配你骑在胯下。
我真愿是辆马车，
让你乘坐舒适快捷。
我真愿变成一匹马，

它配你骑在胯下。

我真愿变成块金子，
时刻听候你支使；
一等你采购成功，
我又跑回你手中。
我真愿变成块金子，
时刻听候你支使。

我愿自己永远忠诚，
愿爱人永远年轻；
我愿向她做出保证，
一辈子不外出旅行。
我愿自己永远忠诚，
愿爱人永远年轻。

我愿自己是个老叟，
情变冷，脸打皱；
即使你不肯搭理我，
我也不感到难过。
我愿自己是个老叟，
情变冷，脸打皱。

我愿马上变只猴子，
十分滑稽、调皮；
你要是有什么烦恼，
我就来为你逗笑。
我愿马上变只猴子，

十分滑稽、调皮。

我愿像绵羊般驯良，
像雄师般勇猛刚强；
我愿有山猫的锐眼，
有狐狸的狡诈阴险。
我愿像绵羊般驯良，
像雄师般勇猛刚强。

不管我千变万化，
通通都为让你笑纳；
请你千万把我收留，
我的赠品胜似王侯。
不管我千变万化，
通通都为让你笑纳。

然而我依然是我啊，
你就只管收下吧！
要是你还嫌不够好，
那就让人另雕另凿。
然而我依然是我啊，
你就只管收下吧！

我的女神[①]

哪一位神灵
该获得最高的奖赏？
我不愿和谁争论，
但我要把它
　赏给永远活泼的、
永远新鲜的、
朱庇特的最奇特的女儿，
他的掌上明珠——
幻想女神。

须知他把
　一切奇思异想——
通常给自己保留的
　奇思异想——
通通赐予了她，
非常地喜欢
　这个傻姑娘。

姑娘爱头戴玫瑰花冠，

① 此诗附在1780年9月15日致封·施泰因夫人的信中。它强调了幻想这种品质对于文艺创作乃至整个人生的重要，也在一定程度上表现了诗人对自己眼下单调刻板的官吏生活的不满。

手持百合花茎，
踏访百花盛开的山谷，
指挥群鸟歌唱，
并且撮起樱唇，
蜜蜂似的从花间
吸取清露的营养。

要不她就
　秀发飘飘，
目光沉郁，
乘风飞驰着
　将峭壁环绕，
身上的色彩
　如晨曦晚霞
　变化万千，
目光如同明月
　把凡间照耀。

让我们大家
　都来赞美天父，
赞美这高贵的老人！
是他让一位美丽的
　永葆青春的女神
　来到凡间，
好陪伴我们。

须知他只让她
　和我们结合，

并用天绳系紧，
还命令她
　与我们共甘苦，
做一个好妻子，
永远忠贞。

然而在这
　繁衍兴旺的
　生育过盛的大地，
其他可怜的种族
　全都浑浑噩噩，
沉溺于眼前的
　有限生命的
　享乐和痛苦，
在必须和匮乏的
　重轭面前
　低头屈服。

而我们，庆幸吧，
他却赐予了
　他最宠爱的，
也最能干的女儿！
要好好疼她呀，
好好爱她呀，
要让她享受
　主妇的尊荣。

还有，那老岳母——

智慧女神生性敏感，
也千万不要
　伤她自尊心！

对了，我同样认识
　她沉静而端庄的姐姐，
她也是我的朋友：
哦，愿她伴随我，
直至生命之光
　离开我的一刻，
她就是希望女神——
高贵的鼓舞者，抚慰者！

人的局限[①]

当白发苍苍的
　神圣的天父
　从容地伸出手，
从雷声滚滚的云端
　将赐福的电光
　洒向大地，
我便亲吻他那
　袍裾的镶边，

① 约作于1781年，宜与《普罗米修斯》、《神性》等同类题材的诗结合起来研读，这样就能比较全面地了解歌德的世界观和人生观。

胸中充满童稚的
　忠诚和恐惧。

须知任何人
　都不可与神
　较量、攀比。
人纵然上了天，
头触到了
　天上的星星，
颤抖的脚
　却无处站立，
还要任云和风
　戏弄、侮欺。

他要是用
　粗壮有力的腿，
踏在坚实的
　稳固的大地，
他又如此渺小，
连与橡树或葡萄架
　都争不了高低。

神何以
　区别于人？
后浪推前浪，
永无止息，
洪流滚滚：
我们被浪托起，

我们被浪吞噬，
我们在浪中沉溺。

一个小小的圈儿
　限定了我们的生命，
人一代一代
　永远延续，
串上他们的生命之链，
无穷无尽。

神　　性[1]

愿人类高贵、善良、
乐于助人！
因为只有这
　使他区别于
　我们知道的
　所有生灵。

让我们祝福
　未曾认识的
　预感中的神灵吧！
愿人类酷肖他们，

[1] 作于1783年，虽题名《神性》，实则赞颂的是人和人性的伟大，思想内容与前一首《人的局限》相互补充，形成对照。

人的榜样教我们
　相信神的存在！

须知大自然
　没有知觉：
太阳同样照着
　好人与坏人；
罪人与善人头上，
同样闪亮着
　月亮和星星。

风暴、雷霆，
洪水、冰雹，
都恣意肆虐，
匆匆地攫住
　这个和那个，
不加区分。

还有那幸福
　也在人间摸索，
时而抓住男孩
　纯洁的鬈发，
时而摸到老者
　罪恶的秃顶。

遵循永恒而伟大的
　铁一样的法则，
我们大家都必须

　　走完自己的
　　生命的环形。

只有人能够
　　变不能为可能：
他能区别、
选择和裁判，
他能将永恒
　　赋予一瞬。

只有人能够
　　奖励善人，
惩罚恶人，
治病救命，
将一切迷途彷徨者
　　结成有用的一群。

而我们尊敬
　　不死的神灵，
就像他们也是人，
也在大范围内做着
　　优秀的人经常做
　　或乐意做的事情。

愿人类高贵、善良、
乐于助人！
愿他不倦地
　　造福行善，

成为我们预感中的
　神的榜样！

献　诗[①]

清晨来临，它的脚步吓跑了
　温柔地拥抱着我的轻梦，
醒来后，走出宁静的小屋，
我兴致勃勃地登上了山头；
一步一步，我都赏心悦目：
道旁开满了朝露盈盈的鲜花；
新的一天欣欣然降临大地，
使万物振奋，万物又给我鼓舞。[②]

我正往上走，从草场的河畔
　缓缓地飘过来一缕缕朝雾，
它变换流转，将我缠绕包裹，
然后鼓翼围着我的头飞舞。
我再没法欣赏眼前的美景，
四周已被灰白色纱幕遮住；
霎时间，我叫云裹得严严实实，

---

① 诗成于 1784 年 8 月，原拟作为叙事长诗《秘密》（未完成）的序诗，后于 1787 年和 1815 年两度被置于歌德作品集的卷首。诗中宣示了歌德对于人生和文学的重要观点。

② 其时诗人正前往哈尔茨山旅游，因马车出事而滞留临近萨雷河谷的丁格尔施得特镇，故有此优美奇异的山野之晨的描写。

只看见身边一片朦胧模糊。

突然间，好似云开雾散了，
冲出重围的朝阳分外明亮。
在这儿，它冉冉地沉下，
在那儿，它又朝山林升起。
真希望向它发出第一声问候啊！
真希望它在晦暗之后更加美丽！
然而空中的争战远未结束，
我罩在耀眼的光中，愕然而立。

不一会儿，内心的渴望使我
　鼓起了勇气，睁开了双眼，
但我只敢很快地扫视四周，
因为一切似乎都在喷吐火焰。
这时候，由云彩托负着，
一位神女翩翩飞来我面前，
她望着我，流连在半空中，
美丽端庄是我毕生未见。

“你不认识我吗？”她问道，
语气里流露出诚恳和爱怜，
“我曾多次给你的创伤涂抹
　纯净药膏，你竟不识我容颜？
你该认识我啊，你曾迫切地
　想与我结合，永远心心相连。
当你还是个孩子，我不就见你
　含着热泪，急切地把我期盼？”

“是啊！”我喊道，高兴得
　跪倒在地，“我早感觉到你：
你曾安抚我，每当狂热的激情
　将我年轻的身心渗透、侵袭。
在炎热的夏天，你展开神翼，
给我的额头以凉爽的荫蔽。
你把世间最宝贵的礼物赐给我，
一切幸福我只愿从你手里获取！

“我不呼唤你，虽然常听别人
　动辄将你呼唤，谁都称你是他的，
谁都以为敢于用眼将你正视；
然而你的照射，他们无不畏惧。
啊，迷误之时我曾有许多游伴，
如今认识你，我几乎形只影单；
我这福分，我只能一人独享，
你的光辉，我必须独自掩藏。”

她嫣然笑道：“少给你们显圣，
你瞧，是多么明智，多么必要！
你不过刚能识破最拙劣的骗术，
不过刚能把童稚的愿望克制住，
就自以为已经成了一个超人，
就忘记去履行男子汉的责任！
你究竟和其他人有多少区别？
虚心待人吧，要有自知之明！”

“请原谅，我是好意，”我喊道。
“难道我会白白受你的启示？
奋发的欲望已活跃在我血液中，
我完全了解你的赏赐的价值。
对他人我始终存心高尚、善良，
我不能，也不愿再以它作抵偿！
如果我不是要给弟兄们领路，
我又何苦急匆匆地将路寻访？”

我说话时，高贵的女神望着我，
目光中充满了同情和宽容，
从她的眼里我已可看清，
我哪儿做对了，哪儿出了错。
她面带微笑，我感到宽慰，
精神为之一爽，心里好高兴；
于是怀着真诚的信赖走向她，
渴望亲近我高贵的女神。

这时候，她伸出一只手来，
去抓四周的薄雾和絮云，
云雾呢也任她抓在手中，
任她撕扯，致使雾散天清。
于是我又能够放眼山谷，
抬头仰望澄澈晴朗的天空，
只见她手持最纯洁的云纱，
让它舒卷缭绕，皱褶千层。

“我了解你，了解你的弱点，

知道你有炽热而善良的本性!”
女神说，我一直听她往下讲。
“收下这我早想给你的馈赠!
以宁静的心态收下这礼物，
幸运者事事如意，处处顺心：
它就是用晓雾和朝阳织成的、
由真理之手传递的诗的纱巾。

“倘使你和你的朋友在正午
　感到闷热，把它抛向空中吧!
你们周围立刻会晚风习习，
它会带给你们凉爽和芳馨。
尘世的忧思随之销声匿迹，
墓穴也将变成天国的云寝，
生之狂澜将全归柔顺平和，
白昼晴朗，夜晚同样光明。”①

来吧，朋友，当人生旅途中
　你们的负荷太沉，越来越沉，
当有新的幸福装饰你的路途，
用金色的果实，用花的清芬，
来吧，让我们携手走向明天!
让我们幸福地完成生之旅程。
即使子孙们将来把我们哀悼，
也让他们乐享我们爱的余荫。

---

① 诗人未具体点出这位女神的名字，但从诗的内容看应为诗神缪斯。

父亲给我强健的体魄……[1]

父亲给我强健的体魄，
还有立身行事的谨严，
母亲给我快活的天性，
还有喜欢把故事杜撰。
曾祖父生来爱好美色，
他的幽灵也忽隐忽现；
曾祖母爱好金银首饰，
这同样流贯我的血管。
所有因素形成一个
　不可分割的整体，
你能说什么是
　此人的本性使然？

① 这首颇为幽默的自况诗确乎比较全面和如实地写出了诗人的里里外外，优点缺点，并分析了它们的家庭原因，值得注意。

古典时期的诗作

1786 年，已从政十年之久的歌德身心俱已疲惫不堪，也厌倦了庸俗无聊的宫廷生活，遂前往青年时代即十分向往的意大利，像欧洲所有的作家艺术家一样去寻找自己精神文化之根。他在罗马、佛罗伦萨、那不勒斯等历史文化名城流连忘返，一住将近两年，踏访古希腊、古罗马和文艺复兴的文化遗迹，观赏、学习古代大师们的艺术杰作，与来自欧洲各国的艺术家频繁交往，天长日久深受意大利古典文艺精神的熏陶和影响。他在意大利和回国后完成的剧作和诗歌都富于古典精神。

1794 年，歌德和另一位德国大诗人席勒建立了友谊，两人在魏玛亲密合作达十年之久，不但个人的创作取得丰硕成果，还开创了德国文学的古典时期。

《威廉·迈斯特》插曲[1]

迷　娘　曲[2]

（之一）

你知道吗，那柠檬花开的地方，
茂密的绿叶中，橙子金黄，
蓝天上送来宜人的和风，
桃金娘静立，月桂梢头高昂，
你可知道那地方？
　　　　　　　　前往，前往，
我愿跟随你，爱人啊，随你前往！

---

[1] 歌德于动身前往意大利的前一年便写成了长篇小说片断《威廉·迈斯特的戏剧使命》，可一直到了1796年才在席勒的鼓励、督促下写完小说的第一部即《威廉·迈斯特的学习时代》；其第二部《漫游时代》更是在歌德八十高龄时方告完成。在小说的片断和第一部中，有一些流落异乡的艺人。他们唱的歌曲都非常优美、深沉、动人，完全可以摘出来与歌德最成功的抒情诗放在一起。特别是其中的《迷娘曲》（之一），在格调上有个十分突出的特点，就是从民歌吸取了丰富的营养，非常富于音乐性和节奏感，堪称歌德抒情中的杰作和精品。

[2] 迷娘是歌德长篇小说《威廉·迈斯特的学习时代》中的意大利少女。她这首怀念故国的歌，不仅唱出了意大利的文化、历史，也唱出了诗人自己对阳光灿烂的南方古国的思恋。

你可知道那所房子，圆柱成行，
厅堂辉煌，居室宽敞明亮，
大理石立像凝望着我：
人们把你怎么了，可怜的姑娘？
你可知道那所房子？
　　　　　　　　前往，前往，
我愿跟随你，恩人啊，随你前往！

你知道吗，那云径和山岗？
驴儿在雾中觅路前进，
岩洞里有古老龙种的行藏，
危崖欲坠，瀑布奔忙，
你可知道那座山岗？
　　　　　　　　前往，前往，
我愿跟随你，父亲啊，随你前往！

迷 娘 曲

（之二）

只有懂得相思的人，
才了解我的苦难！
形只影单，失去了
　一切欢乐，
我仰望苍穹，
向远方送去思念。

唉，那知我爱我者，
他远在天边。
我五内俱焚，
头晕目眩。
只有懂得相思的人，
才了解我的苦难！

迷 娘 曲

（之三）

别让我讲，让我沉默，
我有义务保守秘密，
我本想向你倾诉衷肠，
只是命运它不愿意。

时候到了，日出会驱散
　黑夜，天空会豁然明朗；
坚硬的岩石会敞开胸怀，
让深藏的泉水流到地上。

谁不愿躺在友人怀中，
倾吐他胸中痛苦积郁；
只是誓言迫使我缄默，
唯神能将我嘴唇开启。

迷 娘 曲

（之四）

让我保持这形象直至逝去；
请别把我的洁白衣裙脱下！
我将会匆匆离开这尘世，
去到地底下坚实的家。

在那儿我将得到一点安谧，
然后把清亮的眼睛张开，
在这儿我留下纯洁的躯体，
还有花冠，还有腰带。

天国里的那些个形象，
他们不管是男，还是女，
都既无服饰，也无衣裳
　包裹已经净化的身体。

尽管生活轻松而愉快，
我却感觉到深深的痛苦；
由于苦闷我未老先衰——
请帮我把青春永远恢复！

琴师之歌[1]

（之一）

谁不曾和泪咽过面包，
谁不曾坐在床头饮泣，
熬过一个个痛苦长夜，
他就不谙你们的伟力。

神啊，你们领我们到人间，
你们让可怜虫犯下罪行，
然后让他受心灵的折磨：
造孽者都要受现世报应。

琴师之歌

（之二）

谁要是自甘寂寞，唉，
他立刻会变得孤独！

---

① 琴师是《威廉·迈斯特的学习时代》中一个弹竖琴的意大利老人。他受命运播弄，无意中犯了乱伦罪，因而流浪异国，痛苦终生。

谁都在生活，谁都在爱，
那就让他独自承受痛苦。
好，让我独自承受我的痛苦！
只有当什么时候
　我能真的一人独处，
我才不会感到孤独。

像情人悄悄走来偷听
　他的女友是否孤独，
忧愁也日夜袭扰我，
使寂寞的我难以忍受，
使寂寞的我无比痛苦。
唉，只有等到那一天，
当我独自躺在墓穴中，
它才会让我真正孤独！

琴师之歌

（之三）

我要走到一家家门前，
不声不响地低头站立；
善心的人递给我食物，
于是我继续向前走去。
眼见我这可怜的模样，
谁都会自觉幸福如意；

他甚至洒下几滴泪水，
我却不解他为何哭泣。

菲莉涅之歌[①]

不要用悲哀的音调
　歌唱这夜的孤寂！
它的存在，美人儿啊，
正为了你们能欢聚。

像女人附属于男人，
成为他最美的一半，
夜也是一半的人生，
而且还更加美丽。

你们怎么能喜欢白昼，
它只会中断欢娱？
它除去打发时光，
再没有任何能力。

可是当夜幕降临，
灯光朦胧而又甜蜜，
人们便聚首在一起，
唇间流泻出情话和笑语；

① 菲莉涅是《威廉·迈斯特的学习时代》中的一个女杂技演员。

就连那轻狂的少年
　也一改来去匆匆的旧习，
为了博取小小的恩宠，
在游戏场中流连不去；

当夜莺为热恋的人们
　唱起了动听的歌曲，
让囚徒和不幸者听着
　备感凄凉、孤寂；

这时，你们心儿激动，
听不见时钟的敲击，
那十二响沉稳的钟声
　将把宁静和安谧带给你！

因此在长长的白昼，
亲爱的朋友，你要牢记：
任何白昼总有它的烦恼，
任何夜晚总有它的欢娱。

罗马哀歌[①]

（二十首）

一

石像，快告诉我，巍峨的宫殿，请对我说！
　街道，别不作声！守护神，为何沉默？
是的，永恒的罗马，在你神圣的城垣中，[②]
　一切都有灵性；只是对我全都默然无语。
啊，谁能悄悄告诉我，在哪扇窗前我将会
　看见那美人，她会使我振奋而又焦渴？
我还想不出那条道路，沿着它来来去去，
　走向她又离开她，宝贵的光阴被我蹉跎。
我仍在观赏教堂、宫室、废墟以及柱廊，

---

① 《罗马哀歌》作于1788年秋至1790年春，共二十首。所谓“哀歌”（Elegie），只是一种起源于古希腊、罗马的诗体，单行六音步，双行五音步（翻译时未严格“亦步亦趋”），不要求押韵。虽名为哀歌，并不一定表现悲哀的情事。歌德的《罗马哀歌》更告诉我们，在阳光充足、风景旖旎、古迹遍地和人物俊美的意大利和“世界之都”罗马，诗人生活得多么充实、自在、幸福。他在那儿既获得了新的爱情，又找回了他作为诗人和遗书家的自我，拿歌德自己的话来说就是他“在意大利获得了新生”。从内容到格调，组诗《罗马哀歌》的色调鲜明而浓郁。读着它，恰似从遥远的南欧古国向我们吹来一股扑面的熏风。

② 罗马自古便有“永恒之城”的美称。

像一个审慎的男子理智地享受旅行之乐。
然而一切都快过去：将只剩下一座庙堂，
阿摩的庙堂，唯有它会接待我这虔诚者。①
啊，罗马，你诚然大如一个世界，可是没有
爱情，世界不成世界，罗马不叫罗马。

二

随你们拜访谁去！我终于有了自己的乐园！
美丽的夫人，还有上流社会的先生们，
你们只管去问候你们的舅子老表、叔叔婶婶，
让可悲的游戏，紧接着应有如仪的寒暄。②
还有你们其他的人，你们常常令我几乎绝望，
请你们也呼朋引类，成群结队地出游去吧。
你们反复弹奏着政治老调，无聊而又无味，
我这漫游者走遍欧洲，仍被它猛赶穷追。
就像从前旅行的英国人总听见马布鲁之歌，③
不管从巴黎到里窝那，从里窝那到罗马，
还是再去那不勒斯，还是扬帆去斯米尔那，
一进港湾，仍旧是马布鲁之歌在迎接他！
我也曾经一样，无论走到何处仍旧听见你们
在把民众谩骂，把国王的顾问们谩骂。

---

① 阿摩（Amor），罗马神话中的爱神。

② “可悲的游戏”，指歌德历来讨厌的玩牌赌博。

③ 马布鲁之歌，可能指当时流行于整个欧洲的一首讽刺英国名将马布鲁（John Churchill Dukeof Marlborough，1660—1722）的歌曲。

现在你们休想很快再找到我，因为阿摩——
　我的恩主——他赐给我了一个避难所。
我藏身在他的羽翼下；我那亲爱的生就了①
　罗马人脾气，对狂暴的高卢人毫不惧怕；②
她从来不打听有什么新闻，一门心思全在
　她属意的男人身上，什么都主动满足他。
这个无拘无束的、健壮的外国人她挺喜欢，
　他常给她讲家乡的积雪、木屋和群山。③
她使他胸中燃起熊熊爱火，自己也被爱火
　引燃；她爱他不像罗马人太计较金钱。
眼下她吃得更好，想穿什么她都有得穿；
　而且随时可招来马车，送她去听歌剧。
姑娘和母亲都喜欢她们这北方来的客人；
　这蛮子呢，也把罗马的酥胸整个占据。

三

别后悔你这么快就委身于我，亲爱的！
　相信我，我心中绝不把你轻贱鄙弃。
阿摩之箭啊神效多多：有的擦伤皮肉，
　却让毒性潜入心中，叫它经年不愈。
可有的饰着羽毛，箭头刚刚磨得锋利，

① 歌德在意大利时曾与一他称作浮士蒂娜的罗马女郎相恋。
② 歌德对进行暴力革命的法国人有反感，故以狂暴的高卢人相称。
③ 地处中北欧的德国比较寒冷，冬天总有南国意大利少见的积雪。桁架式的木屋也是德国建筑艺术的一大特色。

能射进人的骨髓，引燃他的血液。
在英雄时代，男神和女神们相亲相爱，
总是一见便爱上，爱上便如愿以偿。
你难道以为，爱情女神曾再三思量，
当她在伊达林中与安克赛斯成就好事？①
倘若路娜没赶紧吻那睡梦中的美少年，
心怀嫉妒的奥罗拉就会很快把他唤醒。②
赫洛在盛大的集会上邂逅勒安德洛斯，
热恋的他便夜夜投身大海把她寻觅。③
瑞阿·西尔维亚公主下台伯河去汲水，
立刻让爱上她的战神马尔斯掳去。
如此便生下战神之子——由一头母狼
哺育的双胞胎！罗马便将世界统治。④

四

我们恋人都很虔诚，对神灵全心存尊敬，
盼望所有的男神女神全都向着我们。
因此我们就像你们，罗马的征服者啊！

---

① 爱情女神阿芙洛蒂忒与特洛伊城的年轻牧人安克赛斯幽会于伊达山林，生下英雄埃涅阿斯。

② 月神路娜爱上英俊的牧人恩底弥翁，夜夜到拉特摩斯山洞中吻睡梦里的他；曙光女神奥罗拉心怀嫉妒。

③ 赫洛是爱神阿芙洛狄忒的女祭司，与勒安德洛斯一见钟情。他夜夜泅水渡海与她相会，后遇风浪溺死；赫洛遂投海殉情。

④ 公主作为维纳斯（阿芙洛狄忒）神庙的祭司必须保持独身，故抛弃了双生子瑞穆斯和罗穆路斯。后罗穆路斯创建了罗马，罗马也因他而得名。

你们广建庙堂，接待全世界的神灵，
用玄武岩把埃及人的神塑得暗黑而威严，
用大理石把希腊人的神雕得白净迷人。
然而我们也不会得罪这些永生的至尊者，
如果只把珍贵的圣香献给一位女神。
是的，我们乐于承认：我们所有的祈祷，
我们的日课，全为表示对她的虔信。
狡黠、快活而严肃地为她举行秘密祭礼，
我们所有的信徒全都应该沉默无声。
在自身的恶行招来复仇女神的追逐之前，
我们宁肯去忍受宙斯的严厉审判，
让他把我们绑在车轮上和岩石上受苦，①
也绝不愿放弃那称心如意的美事。
这位女神，她叫机会；你们该结识她！
她会经常以不同形象对你们现身。
她可能是普洛透斯和忒提斯生的女儿，②
后者诡计多端，曾将不少英雄蒙蔽。
而今她女儿也一样欺骗不谙世事的傻瓜；
你睡时她来挑逗，你一醒她便远遁；
她只肯委身那个敏捷并且主动的男子，
对他温柔、娇媚、淘气而又驯顺。
她也曾对我现身，变成一个褐发女郎；
她秀发浓密，低低地垂在额头上，
短短的发卷环绕着她细而匀称的脖子，

① 伊克西翁自夸是天后赫拉的情人，普罗米修斯偷天火赈济人类，一个被宙斯捆在永远转动的火轮上，一个被他锁在高加索山的山岩，受巨鹰啄心之苦。

② 半神普洛透斯为海神波赛冬之子，忒提斯为海洋女神，他俩均可变成各种形象。

头顶未辫起来，呈蓬松自然造型。
我呢立刻认出了她，将她牢牢地抓住；
她也马上温柔地回答我的拥抱接吻。
我曾何等的幸福哟！——然而时过境迁，
被罗马鬈发缠绕的日子已成过去。①

五

在古国的土地上，我感到欢欣而又快乐，
往昔和现代一齐和我对话，声音洪亮、
优美；我遵从劝告，手不释卷地披览
古哲的典籍，每一天都有新的获得。
然而夜里，阿摩却让我忙于另外的功课，
纵然我只得到一半学问，却加倍地快活。
当我偷觑爱人的胸脯，抚摸着她的丰臀，
难道这不是新的学问，不是新的收获？
我才真正懂得大理石像；我比较、思索，
观看的眼有了触觉，抚摩的手有了视觉。
纵然心爱的人抢走了我白昼的几多光阴，
她却用夜里的美好时辰加倍补偿我。
我们并不只顾亲吻，我们也理智地交谈；
一当她酣然睡去，我便会久久地思索。
常常还在她怀抱里我就已经诗兴勃发，

① 其时诗人已回到魏玛，那褐色鬈发的女子主要指“浮士蒂娜”，虽其身上也能见到与他同居的制花女工克里斯蒂娜·乌尔庇乌斯的影子。

用我的手指在她的背上轻轻地叩出
六步体的节拍。她在酣睡中呼吸多轻匀，
温暖的气息一直流进我深深的心窝。
阿摩挑亮了快熄的灯，让我忆起在古代
他曾为三位诗人将同样的好事做过。①

六

“狠心的人哟，你竟想这样伤我的心！?
难道贵国的情郎说话都如此凶狠？
要是众人来责骂我，我必须甘心忍受！
我未必错了吗？唉，错在有了你！
这些衣裙喽，它们是嫉妒的邻女的把柄，
证明我不甘寂寞，不再哭故去的人。
你不是毫无顾忌，常常踏着月光到来，
身披黑色斗篷，头发盘结在后颈？
你不是闹着玩儿似地自选了教士装扮？
要爱一位主教——好，主教就是你。
在圣城罗马，说来不可信，但我起誓：
从来还没哪个教士享有我的拥抱。
我贫穷又年轻啊，并且是出名的美人！
法尔科内常常盯着我的秀目发呆，

① 三位诗人，指古罗马诗人卡图鲁斯、提布鲁斯和普罗佩尔提乌斯，他们三人都写过献给爱人的情感热烈的诗篇，而且常被后世的人合在一起出版。

皮条客阿尔巴尼用大把钞票将我勾引，[1]
要我去奥斯提亚，要我去四泉山。[2]
可姑娘我从不去。那些红袜子紫袜子，[3]
他们总叫我打心眼儿里讨厌痛恨。
因为母亲虽说不在乎，父亲却常告诫：
‘到头来上当受骗还是你们姑娘们’。
我呢，最后也真受骗啦！你只是假装
生我的气，因为你存心离我远遁。
滚吧！你们不配妇女们爱！心房底下
我们既孕育孩子，同时怀着忠诚；
可你们男人倒好，你们只想拥抱女人，
好把爱随精力、情欲一道抖干净！”
说着，我亲爱的从椅子上抱起小宝宝，
亲吻他，搂他在怀里，泪如雨下。
我羞愧地坐着，恨自己竟听信了仇人，
听信他们对这可爱的人儿的污蔑！
正像用水泼洒烈火，一下将烈火遮盖，
火只会暗淡一时，并且烟雾腾腾；
可它马上会驱散烟障，重新明亮起来，
燃起熊熊的大火，燃得更加炽烈。[4]

① 诗中的法尔科内和阿尔巴尼只是两个常用的意大利姓氏，并不一定确指某人。
② 奥斯提亚，在流经罗马的台伯河的出海处；四泉山，罗马游览胜地，在奎里纳尔山。
③ 红衣主教穿红袜子，一般主教和高级教士穿紫袜子。
④ 此诗似乎反映了诗人和“浮士蒂娜”之间的一次误会。

七

啊，在罗马我感到多快乐，每当想起从前，
当那北国灰蒙蒙的日子将我紧紧包裹，
暗淡的天穹沉重地低垂在我的头顶上面，
人没精打采，周围的世界也无形、无色。
心怀不满，我窥探着一条条黑色的道路，
自我反省，我静静地坠入了苦思冥索。
而今，四周明亮的以太光耀着我的额头，①
日神福玻斯召唤出了万千形象与彩色。
夜晚星光灿烂，四野回荡着甜美的歌声，
月色照着我，比北方的日光更加暖和。
我这个凡人多么幸福！难道我是在梦境？
天父朱庇特，你的神宫可也接待贵客？
唉，我躺卧尘埃，伸出双手向你乞求！
啊，朱庇特，宾客的护神，请收留我！
我不能告诉你，我怎样来到了你的身旁：
是赫柏抓住了浪游者，带他进了殿堂。②
你不曾命令美人儿，从下界选拔一位英雄？
她出了差错？请原谅，我却因错得福！
还有你的女儿福图娜她也一样！她也是③

① 以太即太空，天空，空气。

② 赫柏，罗马神话中的青春女神。

③ 福图娜，幸福女神。

　一时兴起，赐我一位姑娘，作为礼物。
你是真正的神灵吗？呵，那就别把客人
　从你的奥林匹斯驱逐出，让他回尘世！——
“诗人啊，你向何处攀登！”请原谅我！
　那高高的卡皮托里尼不是你的又一座[1]
奥林匹斯？容我留下吧，朱庇特，赫尔美斯[2]
　将领我经过开斯提墓碑，悄悄去见
　　　　　　　　冥王奥尔库斯。[3]

八

你告诉我，亲爱的，你在孩提时代
　不讨人喜欢，母亲也把你嫌弃，
直到你静静长成少女——我相信是如此，
　并乐于把你想象成一个特别的孩子。
葡萄架上的花确实也没有漂亮的姿色，
　可一当果实成熟，人和神同样喜悦。

---

① 卡皮托里尼，罗马的圣山，上有朱庇特神庙。
② 赫尔美斯，罗马神话中的神使，兼司送灵魂入冥土之职。
③ 开斯提，罗马已故护民官，其墓旁为德国新教徒公墓。

九

秋天里，乡下的火炉燃得惬意又明亮，
　火苗迅速朝上窜，木柴噼啪作响。
今晚我更加兴奋，因为不等柴捆用尽，
　不等它们变成木炭、化作灰烬，
我亲爱的姑娘就会到来，就会使柴火
　烧得更旺，秋夜就会像节日一样
暖意融融。次日一早她离开爱的寝床，
　会重新把火苗从余烬中很快唤醒。
要知道唤醒尚未完全化成灰烬的欢乐，
　是阿摩给这殷勤女郎的特殊本领。

十

只有亚历山大、恺撒、亨利和腓特列[1]
　心甘情愿送给我他们的一半荣誉，
我才肯把香床借给君王们一人享受一夜；
　但可怜虫们已被奥卡斯紧紧攥在手里。[2]

① 亨利指法国国王亨利四世；腓特列指普鲁士国王弗里德利希二世。他们和前面的亚历山大、恺撒一样，都曾是自己国家历史上煊赫一时的君王。
② 奥卡斯，罗马神话中的冥王。

活着的人啊，趁冥河之水还没沾湿你的
　逃奔的脚，你要抓紧在温柔乡行乐。

十　一

美惠女神啊，诗人只要能够把几页诗稿
　献上你纯洁的祭坛，再加几朵玫瑰，
他就心满意足。要让艺术家觉得快乐，
　他置身其中的工作室就得是座万神庙——
朱庇特把神圣的头垂着，朱诺却抬得很高；
　福玻斯大步走来，头上的鬈发颤颤摇摇；
密涅瓦冷眼俯瞰人世，赫尔美斯步履轻盈，
　目光转到了一边，真是既调皮又和气。
然而库忒拉秋波盈盈，仰望着在睡梦中
　软瘫的巴库斯，像大理石内部还是湿的。①
她乐于回味他的拥抱，好似在问巴库斯：
　“要不要叫咱们的宝贝儿来帮一帮你?”

① 库忒拉，爱神维纳斯的别名。巴库斯，酒神和生育繁殖之神。他俩生的儿子既普里阿普斯，也是繁殖之神。

十　二

亲爱的，可听见弗拉明尼街传来的欢声？[1]
　是割麦人，又踏上返乡的遥远旅程。
他们已经为罗马人完成了今年的收获。
　罗马人不屑于编穗冠，把刻瑞斯奉敬。[2]
伟大的女神赐给人金色的麦子代替橡实，
　人有了美味食粮，却不再祭祀女神。
让我们俩来秘密地举行这欢乐的祭礼吧！
　对于相爱的人来说，两个胜似一大群。
你也许啥时候听说过那个神秘的仪式，
　当初随征服者从厄琉西斯传到罗马城？[3]
是希腊人创立了它，甚至在罗马也总是
　希腊人在叫："快来欢度这神圣之夜！"
异教徒们远远避开了；新入教者战战兢兢
　等在那儿，身穿的白袍是纯洁的象征。
随后他步履蹒跚地穿过一群群怪异的形象，
　如同一个梦游者，内心迷茫而又吃惊：
须知地上到处蛇群盘绕，一些少女远远地
　走来，手捧着饰有麦穗的密封的小箱。
祭司神秘莫测地比比画画，嘀嘀咕咕地

① 弗拉明尼街，位于罗马民众门外，歌德的寓所就在附近。

② 刻瑞斯，罗马神话中的谷物女神，即希腊神话中的得墨忒耳。

③ 厄琉西斯位于雅典西北。该地有一座著名的得墨忒耳神庙，每年秋收时节都举行秘密的祭礼，表示对谷物女神感恩之意。

念诵经文，新门徒焦急地等待着启迪。
经过了许多的尝试和许多的考验，终于
给他揭开那神圣的群体的神秘含义。
这秘密不过就是伟大的女神得墨忒耳
也曾高高兴兴地委身于一位英雄，
把她那不朽的女性之身的可爱和秘密
献给了伊阿西翁，克里特魁梧的君王。[①]
那时克里特岛真幸福！女神的婚床堆满了
麦穗，茂盛的庄稼生长在广阔大地。
其余各处却忍受着饥荒；人们只顾享受
爱的欢愉，不再对刻瑞斯表示敬意。
倾听着这个故事，新入教者好生惊讶，
他示意亲爱的：你可明白其中的含义？
那边桃金娘树荫下有一个神圣的所在，
咱俩可以尽情欢乐，对世界无碍。

十　三

阿摩狡猾成性，谁相信他就会受骗上当！
他虚伪地对我说："这次你只管相信我。
我对你诚心诚意：我看出你把你的生命
和诗歌都献给了我，因此对你非常感激。
瞧，眼下我跟你一直来到罗马，就是想
帮你做些个好事，在这异国的领地。

① 得墨忒耳与伊阿西翁相爱，在克里特岛野合生下财富之神普路托斯。

旅行者人人都抱怨，主人的接待不像样；
　但谁要有我阿摩举荐，他定称心如意。
你带着惊异，观赏这些古建筑的废墟，
　心领神会地在这神圣的地域中徜徉。
那些我经常光临他们工作室的艺术家，
　他们创造的杰作的遗迹更为你敬仰。
还有这些雕像是我亲手塑造！对不起，
　这次我没吹牛；你得承认我没乱讲。
如今你已懒于侍奉我，你的创造中
　哪儿还有美的形象，还有色还有光？
你想再开始创作吗，朋友？那么听着，
　希腊人的学校还在，门经年不曾关上。
我，你的老师永远年轻，也爱年轻人。
　振作起来！听我的！我讨厌少年老成！
古典之所以新鲜，因为表现了幸福的人生！
　你乐享生命，生命中也会有古之情韵！
诗歌的素材从何摘取呢？它我定会给你，
　而高雅的格调呢，只有爱情能教会你。”
善辩的阿摩滔滔不绝，谁人能和他争论？
　而且遗憾啊，我已习惯服从他的命令。——
现在倒好，他兑现诺言，给我诗歌素材，
　唉！却抢去了我的时间、精力还有思想；
一对恋人只知道眉来眼去，握手接吻，
　还有没完没了地甜言蜜语，卿卿我我。
结果窃窃私语变得废话连篇，结结巴巴：
　如此不合格律，我的颂歌能不寂灭沉沦！
你，奥洛拉，我一向视你为众缪斯的好友！
　你，曙光女神，你也被轻浮的阿摩骗啦？

如今，你变成了他的女友出现在我面前，
　把酣睡在他祭坛边的我唤醒，迎接又一个
快乐日子。我感到胸前撒满秀发！一颗可爱的
　小脑袋枕在我护着爱人玉颈的臂弯上。
多么可心的醒来啊！你们——宁静的好时光，
　请为我把这一夜欢爱的纪念碑久久保存！——
她在轻睡中动了，翻身睡到了大床的外边，
　脸虽转了过去，手却仍然留在我的手里。
深挚忠诚的爱情和渴慕使我们永远相连，
　只有情欲需要保留些花样翻新的特权。
一捏她的手腕，但见那双天仙般的美目
　张了开来。——啊别！让我再好好看看！
闭着吧！你们张开会使我迷乱、陶醉，
　会过早地夺走我静静地观察的美感。
这躯体啊，多壮硕！这线条啊，多婉转！
　阿里亚德涅的睡姿要这么美，忒修斯，①
你还逃走？先吻吻这嘴唇再离开吧，忒修斯！
　瞧着她的眼睛！她醒啦！你永远休想
　　　　　　　　　　　　逃离她身边。

十　四

给我点起灯来，孩子！——“天还亮着哩。

① 克里特岛国王弥诺斯之女阿里亚德涅救出陷在迷宫中的希腊英雄忒修斯，并随他逃走。然而到了纳克索斯，忒修斯趁她熟睡离开了她。歌德以此典故说明自己的处境，曲笔写出他的情人的美。

您白白浪费油和灯芯。何必把百叶窗紧闭！
太阳落下了屋脊，却还不曾隐没到山后去！
还有半个钟头，入夜的钟声才会响起。”——
蠢东西！照我吩咐去做！我等我的姑娘到来。
小灯啊，你这夜的使者，请先给我慰藉！

十　五

我永远不会追随罗马皇帝去遥远的不列颠，
而要高高兴兴让弗洛鲁斯拖进小酒店！
须知比起这南国又多又繁忙的跳蚤来，
那北方忧郁潮湿的雾气更令我讨厌。①
打今儿起，小酒馆啊，我更是喜欢你们，
奥斯特里亚，罗马人把你们叫得真甜；②
要知道啊，今天你们让我见到了心上人儿，
她常瞒过陪她的叔叔，以遂她的心愿。
眼前这张桌子，亲亲热热地围坐着德国人；
姑娘则挨着她母亲，落座在我的对面，
一次又一次挪动凳子，却显得规规矩矩，
让我看到她的后颈，只侧过来半个脸儿。

---

① 罗马王哈德里安巡幸途中遇诗人弗洛鲁斯。后者赠诗云：我不愿做皇帝巡游不列颠，忍受斯基提亚的严霜。哈德里安答诗曰：我不愿做弗洛鲁斯，在酒馆里流连，在饭店中闲荡，做跳蚤们的口粮。歌德巧用此典以说明自己对在罗马的闲散生活的喜爱。

② 意大利语“酒店”Osteria一词的词根为Oste（殷勤好客者）。此处指诗人旅居罗马常去的Osteria Campanella。它位于蒙特沙维罗街，后为纪念他被人称作“歌德酒店”。

按照罗马女人的习惯她朗声交谈和敬酒，
　在斟酒时瞟着我，不小心把杯子碰翻。
葡萄酒流过木桌子，她伸出纤纤的手指
　在桌面上画出一个一个湿湿的圆圈。
圈儿里隐藏着连在一起的我和她的名字；
　我贪婪地盯着她的纤指，她定已发现。
临了儿她敏捷地画出一个罗马数字“V”，
　又在前边加一“I”。等我看见了，
她立刻抹去它们，仍旧是用圆圈套圆圈。
　然而这美妙的“4”已映入我的眼中。
我仍不动声色，可却咬破了发烫的嘴唇，
　一半由于狡猾和开心，一半由于贪馋。
到夜晚还有这么久哟！还得等四个钟头！
　高挂的红日啊，为看罗马你久久留连！
比它更伟大者你不曾见过，也不会见到，
　你的祭司贺拉斯早已狂喜地作出预言。[1]
可今儿个你呀别磨磨蹭蹭，请行行好吧，
　请早一些把你的目光转下这七丘山！[2]
为成全一位诗人，请缩短这些美好的时辰；
　虽说画家幸福的目光始终将它们眷恋；[3]
快抓紧时间，再看看这些高大的门墙，
　看看这些拱顶、柱廊及其方尖的顶饰，
然后就跃入海中，以便明天一大早起来，
　重新领略千百年来神已赏给你的乐趣，

---

① 贺拉斯在《世纪之歌》中有言：“化育万物的太阳，你看不见什么比罗马城更加伟大。”

② 古代罗马建造在七座山丘之上，故有“七山之城”的别称。

③ 歌德在罗马曾大量作画。此处的“画家”当指诗人自己。

欣赏这片久已长满了芦苇的潮湿的海滩，
　欣赏这些树影森森、阴凉宜人的高地。
一开始没多少房舍，后来突然人烟鼎盛，
　你发现原来是有许多幸福的盗贼聚居。[1]
他们把一切宝贝全都集中到了这个地方，
　再去巡视其余各处在你已没有意义。
在这里你目睹一个世界诞生又变成废墟，
　也目睹一个更大的世界从废墟中崛起！
为了能久久地看见你照临的这座城市，
　愿帕耳卡精心织我的生命线，别性急。[2]
然而姑娘画的美妙时辰，它匆匆赶来啦！——
　真幸福，我已听见它！不，真的已三点！
亲爱的缪斯啊，你们又耽误我这么长时间，
　害得我一直渴想却不能亲近我的姑娘。
再见了！我要赶快去，不怕得罪你们：
　你们再傲慢啊，对阿摩还总得谦让。

十　六

“为什么哟，亲爱的，今天你没上葡萄园来？
　我不是答应你了吗，在山上独自把你等待。”——
我已来过啦，我的好人儿；可我瞅见你叔叔，
　他正忙乎在葡萄树间，身子左摇摇右摆摆。

---

① 指古罗马人一次借节庆聚会劫持萨比尼的女客人，以补充本族女性配偶之不足。

② 帕耳卡（Parze），希腊神话中司命运的女神。

我赶紧悄悄离开！——“哦，你真大错特错了哟！
　那吓走你的，它只是个稻草人呀！是我们
用破衣服和芦苇秆，好不容易才扎成；我自己
　也卖力地帮忙扎呀扎呀，却反把自己祸害。”——
可不是吗，老头子他遂了心愿；他到底吓跑
　那潜入园中来偷他侄女的鸟儿中的大坏蛋。

十　七

有些个声音令我讨厌，可我最恨的始终是
　犬吠：它们汪汪汪汪，快把我耳膜撕碎。
只有一只狗，一只我邻居养的小狗叫起来，
　我听在耳里常觉得心中高兴而又舒坦。
因为有一次，我的美人儿偷偷来与我幽会，
　它对她汪汪叫，险些把我俩的秘密揭穿。
现在一听它叫，我总会想：肯定是她来啦！
　要不我也把与她相聚的欢乐重温回味。

十　八

还有一件事最令我头疼，还有一件事
　我始终厌恶，一想起就浑身发怵。
朋友们啊，我愿如实向你们交代：
　夜里我守着空床，真是太觉孤独。

可更讨厌是在爱情的路上遇见蛇蝎，
　是在欢爱的玫瑰花下发现鸩毒；[1]
是在销魂之夜的最美妙的一刹那，
　低垂的头畔响起忧愁的悄悄话。
正因此浮士蒂娜令我满足，她乐于
　伴我同眠，总忠诚地给忠诚报答。
急躁的青年喜欢有增添魅力的阻碍；
　我却希望已到手的珍宝长久存在。
多么幸福啊！我俩无忧无虑地亲吻，
　彼此交流着嘘息，交流着生命。
这样地欢度长夜，心房紧贴着心房，
　我俩静静听那屋外雨急风又狂。
直到晨光熹微，时神送来新的花朵，
　装点我们的白昼，令它喜气洋洋。
赐我这种幸福吧，尊敬的公民们哦！[2]
　我也求神让世人都把这至宝安享！

十　九

很难啊，我们要想保持自己好的声名；
　我知道，法玛她和我主子阿摩不对劲。[3]

---

① 此诗表现了人类爱情生活中的某些矛盾和问题。其时欧洲性病已相当流行，为渴望自由而充分地享受爱的幸福的歌德所深惧和痛恶。

② “公民们”（Quirten），系古代罗马享有完全的市民权的人的称号；此处用以戏称罗马人。

③ 法玛，谣言和名声女神。

你们可明白，她和他缘何结下了冤仇？
　这是一些陈年旧事，让我讲给你听。
女神一向很有权威，却遭大伙儿厌恶，
　原因是颐指气使，她总爱充当首领；
诸神在所有宴会上总听见她的大嗓门儿，
　所有无论大神小神，都恨她得要命。
曾经有那么一次，她狂妄地当众自夸，
　说朱彼得勇武的儿子已完全服了她。
“咱把赫拉克勒斯带给你，诸神之父，”
　她扬扬得意道，“可他已脱胎换骨。
他呀不再是你和阿尔克墨涅生的那德行；[①]
　由于敬重我，他变成了人间的天神。
他仰望奥林匹斯，你以为是在看你强壮的
　膝盖——对不起！那只是他在瞻仰我，
这最高贵的英雄迈开强健的双脚追随我，
　一路顺利，穿越还无人涉足的太空；
我呢也一次次主动迎上去，还在他完成
　英雄业绩之前，便预先给予他赞颂。[②]
你要将我许配他；这阿玛宗女人的征服者[③]
　应该也是我的，我乐于称他作丈夫！”
众神缄默无言；谁也不愿意刺激这夸口婆，
　免得她发起怒来，又生出些坏心眼。
可法玛没留神阿摩；他偷偷溜到了一旁，
　只略施伎俩，那英雄便拜倒美神脚边。

---

① 宙斯变成忒拜国王，与其王后阿尔克墨涅结合生下了赫拉克勒斯。
② 赫拉克勒斯应提任斯国王欧律斯透斯的要求，完成了十二件冒险业绩。
③ 赫拉克勒斯的第九个冒险为：战胜阿玛宗女人国的女王希波吕忒，使她献出腰带。

眼下他打扮他俩：把狮子皮披在她肩头，
再吃力地拖过木棒，靠在女神肩上；
随后在英雄蓬乱的发间，点缀一些花朵，
给他穿上裙子，把他变成个纺线婆。①
打扮好滑稽的一对儿，阿摩又跑遍神山，
欢呼雀跃："奇迹发生喽！发生喽！
天上人间，在永恒的轨道不倦运行的太阳，
这样的奇迹呀它也从来没有见过。"
众神匆匆跑去，都相信了这轻浮的男孩；
他说得一本正经，连法玛也赶紧跟上。
那汉子饱受羞辱，你们想，谁最高兴？
朱诺呗。她望着阿摩，脸上笑吟吟。
法玛站在一边，羞惭、狼狈而又失望！
一开始她笑道："众神，这只是面具！
我太了解我的英雄！这只是些戏子在
耍弄咱们！"可很快看出他竟是真的！——
当理智之网及时罩住那相互搂抱的一对，
当它把两个享乐的情侣紧紧缠在一起，
武尔康虽发现在网眼下和那壮汉搂着的
是他的妻子，然而却一点没有生气。②
更开心的是墨丘利和巴库斯两个年轻神！
他们不能不承认："躺在如此迷人的
胸脯上，单只想一想也是很美的事情。"③

---

① 赫拉克勒斯为赎罪到吕狄亚女王宫中当奴隶并被招赘。一次女王披起他的狮皮，却让他穿上围裙纺线，以示羞辱。

② 火神和锻冶之神武尔康是美神维纳斯的丈夫，曾用一面细密的大网罩住与战神马尔斯私通的妻子示众。诗人用典时把马尔斯改成了大力神赫拉克勒斯。

③ 墨丘利为神使，巴库斯为酒神；他俩在罗马神话中都是活泼调皮的角色。

他们请求："别放，武尔康！让再看看！"
老乌龟果真拽得更牢，把傻劲使了出来。——
可法玛呢，她满怀怨毒地匆匆溜掉了。
打这时起，她和阿摩结下仇，永远难解。
她选中一个英雄，他马上就会跟去。
谁对她衷心敬仰，他就会格外当心谁，
越是有德行的，他越抓住死死不放。
谁企图从他手里逃脱，他叫谁更加遭殃。
他介绍姑娘；谁要是瞧不起她们，
就定吃苦头，被他那带毒的神箭射伤；
他激起男人争斗，满足禽兽欲望。
谁羞于与他为伍谁先倒霉；他将给
伪善者抛撒罪恶和灾难掩着的苦果。
而同时呢，法玛也四处监视他探听他，
只要发现他接近你，立刻把你当仇人，
用严厉的目光和轻蔑的表情，将你恐吓；
阿摩常光顾的房子就会有很坏的名声。
我的情况正是这样，已经吃过好些苦头；
法玛女神心怀妒忌，正打探我的秘密。
须知有个古老法则，我默默地表示尊重：
国君扯皮希腊人遭殃；天神打架凡人倒霉。[①]

---

① 前半句为歌德借用贺拉斯的诗句："不管国君们干什么蠢事，遭殃的总是希腊人。"后半句系译者根据全篇内容并结合我国的民间俗语戏拟、发挥。

二十

好男儿自然应该刚强、勇敢、自由不羁，
　可他更加需要的哦，是能够严守秘密。
缄默，你这城邦的征服者！你这万民之王！
　高贵的女神啊，你带领我安度一生，
我遭遇了何等样的幸运！缪斯她戏弄我，
　阿摩他调皮捣蛋，都让开口打破沉默。
唉，要掩盖君王们的耻辱竟已如此困难！
　国王的金冠也罢，佛律癸亚人的高帽也罢，
全没能把弥达斯的长耳遮住：近侍发现了它，
　立刻为保守这个秘密而心情紧张又痛苦。
为了丢掉思想负担，他把秘密埋进了地里；
　可是大地也一样隐藏不住这样的秘密，
长出来丛丛芦苇，在风中发出喋喋的絮语：
　“弥达斯！弥达斯国王的耳朵好长唷喂！”①
如今我更加为难，要保守一个美丽的秘密；
　唉，心里满满的，要闭紧嘴巴谈何容易！
不能把它泄漏给任何女友：她会骂我的；
　不能对任何男友说：他没准儿会妒忌。
对林苑，对鸣响的礁石倾诉我的幸福欢欣吧，

① 佛律癸亚国王弥达斯充当畜牧神潘和阿波罗演奏乐器比赛的裁判，偏袒前者，后者大怒，把他的耳朵变得长长的如同驴子一样。歌德整首诗都取意于这个故事并反用之，读来很是有趣。

不，我毕竟不年轻啦，我已经不够孤独。
只有六音步和五音步的哀歌啊，我要告诉你：
她使我白天多么欢欣，夜晚多么幸福。
许多的男人追求她，对她布下一个个圈套，
有些大胆而又放肆，有些隐蔽而又狡猾；
但她总聪明地避开他们，步履轻盈地走来，
她知道，心上的人正将她焦急地等待。
慢慢升起，月亮，她来了，别让邻居发现！
吹响树叶吧，轻风，免得她的足音被听见。
而你们却要茁壮生长、开花结果，亲爱的歌，
你们要沐着轻柔的爱的和风摇荡，摇荡，
把一对幸福爱侣的美好秘密对罗马的公民们
披露传扬，像弥达斯的那些芦苇一样。[①]

① 结尾的四句诗可以说道出了整个《罗马哀歌》的成因和创作动机：向世人倾诉诗人自己在罗马与浮士蒂娜相恋的“美好秘密”。

威尼斯警句[①]

（四十三首）

一

异教徒把石棺与骨灰盒装饰得富有生趣：[②]
　羊人旋转欢舞，和他们配对儿的是
一群狂歌的酒神信女；生着羊蹄的乐师
　拼命吹响声音嗄哑、刺耳的大喇叭；
鼓儿嗵嗵，锣儿哐哐；大理石动啦活啦！
　群鸟纷飞，衔在口里的果实真有味！
你们不怕吵闹的人群，阿摩更趁机放火，
　在这杂乱扰攘的队伍里他如鱼得水。
就这样，充沛的生命力战胜死亡，仿佛

① 1790年3月，歌德奉奥古斯特公爵之命到意大利威尼斯迎候老公爵夫人，一直住到6月。其间他写了《威尼斯警句》一百零三首，这儿选译其中一部分。所谓警句(Epigramm)，也是源于古希腊的一种诗体，最初多为在建筑物和艺术品上的题词或者墓碑上的铭刻，故讲究短小精悍，言简意赅。6世纪以后逐渐成为独立的诗歌样式，抒情、言志、咏事、状物都无不可，只是仍保持言简意赅、意蕴深沉的特点。歌德非常喜欢这种诗体，特别是在阅览渐长，进入对于人生有了更多感悟的中年以后。他的许多警句都充满哲人的智慧。

② 歌德十分喜爱古希腊的石棺。因为棺壁浮雕刻画的不是一般想象的死亡的悲哀、阴暗；恰恰相反，是充满生趣甚至有些放荡的酒神节的游行队伍。

静静墓穴中的灰烬都在乐享着生趣。
如今诗人也把他的诗卷装饰得富有生气，
为了将来用它包裹自己的石室幽居。

二

从未见过天空如此蔚蓝，太阳如此灿烂；
茂密的常春藤垂挂石上，美似花环。
果农们辛勤劳作，在白杨树上系葡萄蔓；
一阵阵和风，吹送自维吉尔的摇篮——①
此情此景，缪斯很快来做伴；断断续续，
像旅人喜欢的那样，我们开始了倾谈。

三

我总是把心上人贪婪地搂在怀中，
我总是使我的心紧贴她酥胸，
我总是把我的头颅枕在她的膝上，
我总把她可爱的嘴和眼仰望。
有人骂我："窝囊废！糟蹋时光！"
唉，我告诉你我现在的情况：
可悲啊我背离了生活唯一的欢乐，

① 维吉尔的摇篮，指维吉尔在意大利的出生地（曼图亚城附近的安代斯）。

已二十天，我在马车里颠簸。
一路上车夫捣蛋，侍者卖乖讨好，
搬运夫时刻骗人，谎话不少。
想避开他们，驿站长会拉住我说：
车夫都是老爷，外加税务所！
“我不明白你！你自相矛盾！看来
你还沉迷在安乐窝，像里纳尔多。”[①]
唉！我自己可太明白喽：我是呀
身在旅途，魂在爱人的怀中躺着。

四

这是我来过的意大利。大道依旧尘土飞扬；
外乡人仍然被诈骗，不管他如何抗拒。
德意志的忠诚，你在哪儿都将它白白找寻；
这里只有忙忙碌碌，没有秩序和纪律。
谁都只顾关心自身，怀疑他人，爱好虚荣，
就连国家的首脑也同样只是关心自己。
国土虽美，可，唉，浮士蒂娜已无处寻觅。
这已经不是我怀着悲痛告别的意大利。

① 里纳尔多，指16世纪意大利诗人塔索的叙事诗《被解放的普罗米修斯》的主人公。他迷恋魔女阿尔米达不能自拔，被用来比不能忘情于浮士蒂娜的诗人歌德自己。

六

每当看见朝圣者，我便禁不住流下眼泪。
一个虚幻的想象哦，竟能赐福人类！

八

我把这贡朵拉比作轻轻晃动的摇篮，
上面的顶棚像一具宽大的灵柩。①
可不！我们在摇篮和灵柩间摇摇荡荡，
无忧无虑，在运河上将一生过完。

九

教廷大使走在总督身边，神情煞是庄严；
他们去埋葬基督，由总督封住石棺。
总督在想什么咱不知道，可大使肯定在

① 贡朵拉，水都威尼斯造型别致的小游艇，尖溜的首和尾向上翘起，顶篷多蒙着黑布。

暗自发笑，笑一本正经的仪式场面。[①]

十

民众干吗奔走街头，大声呼号？他们要吃饭，
要生养子女，还好歹得把他们肚子填满。
旅行者啊，你要记住这情景并回家去照着做，
世界上没谁有别的办法，要活只此一途。

十　五

狂信者多的是门徒，他能够打动民心，
理智的传道者反只有个别人肯听。
描绘奇迹的圣画一多半都只是劣等品，
精神艺术精湛之作不为大众承认。

十　六

只顾自身利益的人随他称王称霸好啦！

① 为纪念耶稣受难日，威尼斯每年按惯例举行送耶稣遗体（一个木刻的耶稣受难十字架）去圣马可教堂安葬的游行，并由总督亲自封棺。

若要挑选，我们只挑顾我们的人。

二　十　一

朝圣者奔波劳碌，能找到那位圣者吗？
能听见看见那个广行奇迹的人吗？
不，时光已把他带走，你只找到残骸，
留存的只是他的头颅和几块遗骨。
我们来意大利巡游的人也都是朝圣者：
我们欣然朝拜的也只是残肢碎骨。①

二　十　二

朱彼得·普路维乌斯，今天你才像个善神！
因为一眨眼间，你给了大家许多馈赠：
你给了威尼斯水喝，你使田野上禾苗返青，
你还让我这个本本增加了几首小诗文。②

---

① 残肢碎骨，应指古希腊罗马遗留下来的残损艺术品。

② 主神朱彼特也管下雨。雨中的水都当另有一番景象，引发了歌德的诗兴。

二 十 八

要问我希望得到怎样的姑娘？告诉你们，
我已如愿以偿。我想有她已经足够。
我曾经漫步海滨捡拾贝壳，在其中一个
发现了珍珠，并把它在心中珍藏好。

二 十 九

我尝试过许多种创作，画素描、刻铜版，
作油画，还有黏土也真捏掉了不少，
然而没常性，什么也没学到，也没做到；
只有一种天赋我发展得炉火纯青：
用德语写作。就这样，我这不幸的诗人
糟蹋生命和艺术，用最拙劣的材料。

三 十 四

（之一）

你们不是常常自称诗人的朋友吗，众神啊！

那满足他的需要！他所需一般，样数
可是不少：一幢舒适住宅，还要喝足吃饱；
德国人和你们一样善于品酒，知道吗。
还得有合体的衣服穿，还得有朋友把天聊；
而且夜来总把那可心的人儿搂在怀抱。
首先，我只对你们提出这五个自然的要求。
除此再给我语言，新的旧的我都需要，
好让我去阅读了解各国人民的活动和历史；
给我纯真感觉，体察他们的艺术创造。
让我再享有民众威望，对达官贵人的影响，
或者还有为人处世的其他方面的诀窍。
好啦——我感谢你们，诸神，我早就是个
幸福的人：多数的东西你们都给我了。

三 十 四

（之二）

在日耳曼的君主中，我的君主的确很小；
他的国土狭窄；他的能力也平平常常。
然而，要是每一位君主都能像他一个样
致力内政外交，德国人就可将太平享。
请问你为何要称颂他，要赞扬他的业绩？
看起来是他用贿赂，换取了你的感激。
不错，他给了我其他大君侯难得给的一切，
给了我宠信、闲暇、田庄、林园和住宅。

我不需要感谢其他任何人，只想感谢他；
　我这个诗人需要挺多，却不善于获取。
欧洲称赞我，可给了我什么？什么也没有！①
　为我的诗歌，我付出了多么沉重的代价！
德国人模仿我，法国人读我以致入迷，
　英国啊，你殷勤地接待这憔悴的客人。
可对我又有何益呢，就连中国人也用
　颤抖的手，把维特和绿蒂绘上了镜屏？
从来没有皇帝过问我，没有国王关心我，
　只有他啊，是我的奥古斯都和麦卿。②

三　十　五

一个人的生命算得了什么？可成千上万人可以
　将他评说，说他做过什么，以及他怎样做。
一首诗更微不足道；可成千上万人可以欣赏它，
　或指责它。朋友，你就只管生活和作诗吧！

---

① 以下六句写歌德的书信体小说《少年维特的烦恼》风靡一时的情况。

② 奥古斯都是罗马皇帝屋大维的尊号。他提倡文艺，是诗人贺拉斯和维吉尔的保护人。麦卿即屋大维的亲信麦凯纳斯，也以文艺的倡导和保护文艺著称；歌德在诗中颂扬魏玛大公卡尔·奥古斯特，以他与这两位历史人物相比。

五　十

所有的自由使徒，他们一个个总是叫我厌恶；
到头来谁都为所欲为，只想把私愿满足。
真想给大众自由，就该大起胆子为大众服务。
你想知道这有多么危险？那就试一试吧！

五　十　二

耽于幻想的人年满三十岁全会被钉上十字架；
一认清世界，受蒙骗者立刻会变成坏蛋。

五　十　三

法兰西的悲惨命运，值得大人先生们考虑！
可百姓民众实在应该考虑得更多一些。
大人物打倒了，然而谁又来帮助民众抵御
民众？否则一些民众将把另一些奴役。

五　十　四

我经历了许多疯狂的时代，自己也没少
发傻发狂，就像时代要求我的那样。

五　十　五

“说什么我们错啦？对老百姓就是得骗。
瞧他们行事有多么笨拙，有多么野蛮！”
所有被蒙蔽欺骗的人总是又笨拙又粗野哦，
要使他们恢复人性，你们得诚实一点。

五　十　六

君主们总是把尊容铸在镀银的铜版上，
百姓们当它真银，长期受骗上当。
狂想家把精神的印记钤上谎言和呓语，
谁没试金石，也会当它们是金子。

五 十 八

大人先生们早就醉心讲法国人的语言，
谁不会讲，谁就将丢面子失身份。
而今老百姓全都狂热地学起法国话来，①
别恼火，你原本希望如此，大人！

五 十 九

“别太放肆啦，警句！”为什么？咱们
只是标题呗，书内容还是世界自己。

六 十 五

神、人、世界是什么，难道真成了
千古之谜？
不！只因为没谁乐意倾听，所以它
永远神秘。

① 18世纪德国宫廷和上流社会以说法语为时髦。此句指法国大革命的影响传到德国民众中，引起了统治阶级的恐慌。

六　十　六

我是个很有耐心的人。遵从神的安排，
　多数讨厌的事物我都能默默忍耐。
少数东西叫我受不了，就像蛇和毒汁，
　它们是烟草、臭虫、大蒜味和十字。[①]

七　十　二

"如果我是个需要什么就有什么的主妇，
　我也乐于忠诚地拥抱亲吻我的丈夫。"
一个威尼斯妓女给我唱这只通俗的歌子；
　可更加虔诚的祈祷我从来不曾见识。

七　十　四

我是变得放肆了；可并不奇怪。你们天神
　同样知道，对有些事我也忠实和虔诚。

① 十字，指象征基督教信仰的十字架。

七十五

命运对我究竟怎样？提这个问题似乎鲁莽：
多数情况下，它对许多人都不怎么样。
如果不是语言难得来叫人简直没法儿对付，
把我变成诗人，它该已实现这个愿望。

七十六

“未必你没见过高雅的人们？你的小书
净写些骗子、民众乃至更次的贱民。”
高雅的人们我曾见过，别人称他们高雅，
只因他们引不起你哪怕一点点诗兴。

七十七

“为什么你老为植物学、为光学伤透脑筋？
难道更美妙的不是去打动那温柔的心？”
唉，温柔的心自有那些平庸之辈去打动。
自然啊，我唯一的幸福就是与你亲近！

八　十　五

你唤起爱情和渴慕，令我感觉欲火中烧。
亲爱的啊，还要唤起我的信任才好。

八　十　六

哈！阿摩，我了解你，太了解你！是你
擎着你的火炬，在黑暗中为我们引路。
可你很快将我们领入歧途；而正当我们
需要你的火炬，唉，虚伪的火熄灭了。

八　十　八

要是真心实意，你就别再迟疑，快给我幸福！
想闹着玩儿吗？亲爱的，玩得已经够啦！

九 十 一

想从前，啊，我是多么注意一年的四季，
为春天来到高兴，为秋天逝去惋惜！
可如今对我已无夏无冬，自从我幸福地
得到阿摩庇护，周围弥漫春的气息。

九 十 二

说吧，你过得怎样？——我生活！即使
人能活几百岁，我仍希望永远这么活。

九 十 六

大海光洁明亮，闪动着粼粼的波浪，
船儿乘着和风，扬帆驶向远方。
我心满意足；然而不久却转过头去，
焦渴的目光投向积雪的高山上。
南国的珍宝如此之多！可是北方有
一块大磁石，吸力我没法抵挡。

九　十　八

在我追求她的时候，这姑娘穷得衣不蔽体；
　当初我爱裸体的她，现在更爱她的裸体。

九　十　九

我常误入歧途，终于又回到正路，可是
　从不幸福；如今这姑娘给了我幸福！
就算它还是假象，你们也请可怜可怜我，
　聪明的神们啊，保留它直至我入冥土。

一　○　一

"我脖子肿了哟！"我的好人儿说，声调
　很恐惧。——别急，宝贝儿！我告诉你：
是维纳斯的手摸了你，悄悄向你发出预示，
　她要把你的娇躯，唉！变得不像样子。
她将很快毁掉你苗条的身材，纤巧的乳房；
　你就会全身臃肿，根本穿不上新衣裳。
只管放心吧！落花正好对园丁提前宣告：

可爱的果实在长大成熟，秋天快到了。[①]

一 〇 二

真喜煞人啊，当你把心上人紧搂在怀里，
她怦怦的心跳初次向你承认她的爱。
更加可喜喽，当新生命噗噗搏动的心音，
被你从养育它的可爱躯体里感觉出来！
它呀，这性急的小家伙，已在尝试蹦跳；
已在不停敲门，渴望到人世上来了。
再等几天哟！时光女神严格按命运安排，
将带领你走完生之旅的大路和小道。
生长中的宝贝儿啊，不管未来有何遭遇——
是爱创造了你，爱也一定会属于你！

一 〇 三

我曾抛下所有的友人，在尼普顿的城市[②]
流连忘返，把许许多多光阴消磨掉。
对所有经历见闻，我都佐以甜蜜的回忆
和希望；它们俩是世间最美的调料。

---

① 诗成于 1789 年。同年 12 月 25 日，歌德喜得长子尤利乌斯・奥古斯特・瓦尔特。
② 尼普顿是罗马神话里的海神；尼普顿之城指濒临大海的威尼斯。

其他警句

（十三首）

寂　　静[1]

居住在岩头和林中的善良的仙女，
　你们要满足人人内心的渴求！
要给悲伤者慰藉，给狐疑者引导，
　要让钟情者终于把幸福拥有！
诸神把不肯给人的东西全给你们：
　你们该安慰、帮助信赖你们的人。

给农夫[2]

浅平的犁沟松松地覆盖着金色的种子，
　好人啊，你的遗骨也终会埋进沟里！
愉快地耕耘和播种吧！这儿将长出食粮，

① 此诗作于1782年，后刻在魏玛公园内的大理石壁上，至今犹存。
② 约成于1785年。

即使在墓畔，同样有希望一席之地。

安那克瑞翁之墓

这儿有蔷薇花盛开，有青藤将月桂缠绕，
有斑鸠咕咕啼鸣，有蟋蟀叽叽欢叫——
这是谁的墓啊，众神用生机和绿意装饰，
使它如此美妙？是安那克瑞翁安息之地。①
幸福的诗人在此享受春天、夏天和秋天，
这座小丘最后还保护他不受冬的侵扰。

沙　　漏

厄洛斯，你在这里！为何两手各拿一只沙漏！②
你这轻浮的神，难道要用两种方法计时？
“对于远离的情侣，时光从这一只慢慢流走，
对于相聚的情人，它从另一只匆匆逝去。”

---

① 安那克瑞翁，公元前6世纪至前5世纪的希腊诗人，以歌颂醇酒美人著称，歌德年轻时颇受其影响。此诗约作于1785年。

② 厄洛斯，希腊神话里的小爱神。

警　告

别吵醒阿摩！这可爱的男孩还睡着呐；
抓紧时间，去完成你每天的工作！
劳碌的母亲就是如此精明地利用时间，
就是趁婴儿快醒而未醒时赶着做。

教　训

狄俄格涅斯蹲在木桶中静静地晒太阳，①
卡那奴斯高高兴兴地把自己火葬，②
对于菲利普急躁的儿子是多好的教训啊，
可他不能吸取，因为他是人中之王。

① 亚历山大王去拜访希腊哲人狄俄格涅斯，赶上他正蹲在木桶里晒太阳，问他有何要求。哲人回答：只请你站开一点，别挡住我的阳光。亚历山大转身说：我要不是亚历山大，我倒情愿做狄俄格涅斯。

② 印度哲人卡那奴斯随亚历山大远征印度，不愿年老体衰慢慢病死，自己安排了在活着时火葬。

涅墨西斯[①]

女神赤裸着身子，她青春焕发地从天而降，
来到祭师和哲人面前；她垂下了目光。
随后祭师抓起香炉，把透明的纱衣虔诚地
裹在她身上，于是我们才敢把她瞻仰。

沙恭达罗[②]

如果我想得到春天的鲜花，秋天的硕果，
如果我想美丽而欣喜，满足而快乐，
如果我想要用一个圣名同时呼唤天和地，
我就呼唤包容一切的你，沙恭达罗！

---

① 涅墨西斯，希腊神话里的报应女神。

② 1789 年，印度诗人迦梨陀娑的诗剧《沙恭达罗》经威廉·琼斯译成英文出版，后又由富尔斯特转译成德文，为歌德所读到并且十分欣赏。

罗马的中国人[①]

在罗马我遇见一个中国人；在他看起来，
古代和近代的建筑全都烦冗而蠢笨。
“可怜的人啊！”他叹道，“但愿他们
明白，细细的木柱同样撑得起屋顶，
只要心思敏锐，善于观察，就能够欣赏
椽子薄板建筑及其雕刻和五色贴金。”
此君让我看见某些幻想家的身影，他把
自己轻飘的空想和坚实持久的自然
相提并论；把货真价实的壮汉叫作病夫，
以为可称健康的唯有他这一位病人。

瑞士阿尔卑斯山[②]

你的头昨天可不还是青褐色的么，就像
她的鬈发，那在远方召唤我的爱人；
一夜风雪，围绕着你的头颅吹刮、飘洒，
今儿个一早你便有了银灰色的峰顶。

---

① 作于 1796 年 8 月。诗中的“幻想家”系针对同时代的作家让·保尔，同时表现了诗人自己的审美观：主张自然凝重的古典风格，讨厌受中国明代建筑影响的罗珂珂风。

② 1797 年 10 月 1 日，旅途中作于瑞士乌里。

青春与衰老，唉，被生之链拉得这么近！
昨天与今天，联结成了流动的梦影。

题写于纪念册

别摘去你胸前的玫瑰，须知它还会开放
在你的脸颊上，开放在你的心田里。

为儿子的纪念册题小诗二首

自行发现是件美事；但愉快地认识和珍惜
别人的发现，难道你不认为同样惬意？

*

牢牢把握这些高贵的形象！它们散处各方，
像大自然分布于无边宇宙的灿烂星光。

谁是最幸福的人？

谁是最幸福的人？别人的功绩他乐于承认，
别人成功了他像自己成功了一样高兴。

抒　情　诗①

风景画家阿摩

清晨我坐在峭岩顶上，
用双眼凝视着雾障；
它像块灰色打底的画布，
把上下左右全部遮挡。

一个男孩来到我身旁，
问："亲爱的朋友，干吗
　盯着空空的画布发痴？
难道你已经永远失去

① 歌德在与席勒结交和合作的十年中创作力达到了一个新的高峰，完成了《浮士德》第一部、《威廉·迈斯特的学习年代》和诗剧《托夸多·塔索》等一系列重要代表作，可是抒情诗数量却不多。但是这些诗却能说明歌德的一个重要精神特征，即他总是不断更新自己，使自己变得年轻。令人惊讶的是，在进入中年和创作深受古典诗风熏陶之后，他重又采用青年时代使用过的体裁，甚至包括《塞森海姆之歌》以前的罗珂珂体和牧歌体，情调也那么缠绵悱恻，好似诗人又回到了青年时代，经历着第二次青春。所不同的是这一时期的作品中少了欢呼雀跃，多了伤逝感时的悲哀，也不乏渐入老境的智慧的彻悟。艺术上虽仍有早期抒情诗音韵优美、节奏铿锵的特点，但语言使用更自如、自由，情感也更加含蓄、委婉，于平淡质朴中更见深邃、成熟。

　　描图作画的所有兴致？”

我望着男孩心中暗想：
　　一个小不点儿竟想充大师！

“你要老是闷着啥事不干，”
男孩说，“就不会有任何收获：
瞧着，我马上给你画一幅画，
教给你该怎么样完成杰作。”

说着他伸出他的一根食指，
这食指红得像玫瑰一般美丽；
在那块张挂在面前的巨毯上，
他的手指游动，如同画笔：

他在上方画了一轮旭日，
让灿烂阳光直射我眼里；
他给朵朵白云镶上金边，
让强烈的光线穿透云翳；
随后他又画青葱的树木，
画柔嫩的树梢，画背景
　　层叠的山峦，隐约缥缈；
下方呢他没忘记该有水，
画出来蜿蜒的小河一条，
让它哗哗冲击高耸岩岸，
让它在日光中熠熠闪耀。

啊，那河岸上百花盛开，

啊，那草地里溢彩流光，
金黄、银白、绛紫、油绿，
活像骤然打开了百宝箱！
顶上的天空画得澄澈清明，
如黛的群山似远去的波影——
我完全着了迷，时而看画，
时而看画家，像刚刚出生。

“对吧，”他说，“我向你
　证明了，我是一位绘画大师；
只不过最困难的还在后头哩。”

说完他又伸出他的指尖儿
小心翼翼地去画那座树林；
紧挨林边，在光洁的大地
　给旭日以强烈反射的地方，
他再画上了一个姿容姣好、
衣着精美的最可爱的姑娘：
褐色的秀发下露出鲜艳的
　脸庞，这脸庞也红似玫瑰，
和创造她的画家手指一样。

“噢，孩子！”我叫道，
“哪位大师曾经收你学徒？
你成功画出了所有一切，
如此自然，如此神速！”

我正说着，可瞧，起风了，

树梢开始在微风中摇晃，
河水翻卷起细细的浪花，
俏丽的姑娘也纱裙飞扬。
本已吃惊的我更加惊惶：
那姑娘竟然活啦，竟然
　慢慢慢慢地，走向我和
　我老师坐着的那个地方。

这时候一切都活了，动了，
树林，河流，鲜花，纱裙，
还有小脚的最俏丽的姑娘；
面对此情此景，你以为我会
　像岩石一样静坐在岩头上？

轻浮、固执的丘比特[①]

丘比特，你这轻浮、固执的男孩！
你求我让你在我床上睡几小时，
可你却一天天、一夜夜地耍赖！
而今竟大模大样成了家中主宰！

从自己宽大的床上我被赶走了；
我这会儿坐在地上，长夜难挨；
你为所欲为，把炉火烧得很旺很旺，

① 诗成于1787至1788年冬，后插入《意大利游记》。

灼伤了我，耗尽了我冬季用的木柴。

你移动我的床，把它弄到别的地方；
我寻找它，变得像瞎了、疯了一样。
你笨拙地弄得震天价响，我担心啊，
为了让你、躲你，我的心将会逃亡。

探　访[①]

今天我想偷偷去看我心上人，
可是她的家已经锁上了大门。
幸好啊我口袋里边藏着钥匙！
我用它打开门儿，轻轻轻轻！

在客厅里我没有把姑娘找着，
在起居室同样不见她的踪影，
终于，我轻轻推开了卧室，
发现姑娘和衣躺在沙发上，
睡着了，模样儿煞是爱人。

她是在做女红时睡着了的，
编织活儿连同打毛衣的针
　还静躺在她叠着的小手里；

① 1788年作于魏玛。其时诗人刚爱上出身寒微的克里斯蒂娜·乌尔庇乌斯；诗中反映了他的矛盾心情。

我坐到她身旁，不知是否
　该唤醒她，心中好生犹豫。

我不禁把她欣赏，但见：
和平宁静安息在她眼帘上，
嘴唇间静静地流露着忠贞，
青春洋溢在可爱的脸庞，
一颗善良无邪的心儿啊
　在胸中不住地起伏跳荡。
她的四肢放松而又舒展，
就像是涂抹过神油一样。

我怡然坐在那儿将她观察，
仿佛有一些看不见的绳索，
紧紧把唤醒她的欲望捆绑。

你可爱的人儿唷，我心想，
这揭去一切伪装的沉睡
　会不会损害你，暴露你，
破坏情人对你的美好印象？

你温柔的双眼闭紧了，
只要睁开就令我销魂；
你甜蜜的嘴唇翕动着，
既不为讲话也不为亲吻；
你往常紧搂着我的手臂
　松弛了，不再是根魔绳；
你迷人的纤手，这撒娇的

　好伙伴，也全无动静。
如果我对你的看法错了，
如果我爱你是自欺欺人，
那我现在定会发现，因为
　阿摩不再遮住我的眼睛。

我久久坐着，品味着
　她的美质和我的爱情；
酣睡的她令我如此喜欢，
我真没勇气把她唤醒。

轻轻地，我把两个甜橙和
　两朵玫瑰放在她的小桌上；
随即悄悄地推开了房门。

我的好人儿，她一睁眼，
立刻会瞅见这鲜艳的赠品，
会奇怪房门儿都紧闭着，
怎么会进来送礼的友人。

今夜我要再见我的天使，
她定会格外高兴，会给
　我爱的奉献双倍的回应。

清晨的哀怨[1]

轻浮的、可恼又可爱的姑娘啊，
告诉我，我到底有什么过错，
竟然使你违背自己的诺言，
让我一个人独自忍受折磨？

昨晚上你可不还亲亲热热
　握着我的手，悄声告诉我：
“明天天亮前我一定来，
亲爱的，请把门给我留着。”

我于是虚虚地掩着房门，
事先还认真检查了门枢：
它不吱吱嘎嘎，我真是快活。

这等待的一夜啊多么难过！
我不能入眠，数着一时一刻：
即使有时打上一会儿盹儿，
我的心儿却自始至终醒着，
总是从微睡轻眠中唤起我。

是的，当时我曾祝福黑暗，

① 作于1788年，其时诗人正与克里斯蒂娜·乌尔庇乌斯热恋。

感谢它静静地把一切包裹，
我为万籁俱寂而由衷喜悦，
并一次次倾听寂静的远方，
看是否有什么响动可捕捉。

“她要是想的如我之所想，
她的感觉要是如我的感觉，
那她就不会等到早晨到来，
她此刻就已经动身奔向我。”

每当一只小猫从阁楼跑过，
每当一只老鼠在窸窸窣窣，
或者房里传来不知啥响声，
我总希望这就是你的足音，
我总相信听见你脚步轻挪。

我就这么躺着，一直躺着，
直至到处传来响声，有了动静，
眼看东方已渐渐露出曙色。

“是她的门响？我的门响！”
我手撑着床铺坐起了身，
注视着半明不暗的房门，
看它是不是就会有动静。
两扇门儿依旧虚虚掩着，
连接着的门枢悄然无声。

天色越来越亮，越来越明，

已听得见邻人开门的声音；
他赶着离开家去挣面包，
不久大路上便车声辚辚。
这当儿城门也大打开了，
市集上已开始熙来攘往，
送来一片乱糟糟的市声。
这时候楼内也有人在走动，
在上楼下楼，在出出进进，
只听门儿吱嘎，脚步踢嗒；
可我还不能放弃我的希望，
一如我不能放弃美好人生。

终于，当讨厌透顶的太阳
　照到了我的窗户和墙壁，
我才跳下床来奔向花园，
为了用早晨清凉的空气
　平息抚慰我灼热的渴慕，
还暗存着碰上你的希望。
可是啊你既不在凉亭中，
也不在菩提树的林荫道上。

放肆而快活[①]

我的心厌恶爱情的折磨，厌恶

---

① 约作于1788年。

软绵绵的怨诉、甜滋滋的痛苦；
我只醉心于强有力的表现，
只爱火热的目光，粗暴的亲吻。
能接受夹着难堪的欢乐洗礼，
作一只可怜的狗又怕什么！
别再难为这青春的心胸啊，
姑娘，要给它所有的欢乐！

科夫塔之歌①

来！听从我的指导，
利用你年少的时光，
及时学会为人之道：
那幸运的大天平上，
指针总在摆总在摇；
你总是上升或下降，
或成功并统治他人，
或失败并受制于人，
要么倒霉要么胜利，
不当铁锤就当铁砧。

① 原系1787年为未完成的歌剧《神秘大师》所做的插曲。科夫塔是剧中一个秘密会社的首领。

海的寂静[1]

水中，深沉的寂静，
大海一动也不动，
船夫环视光滑的
　海面，忧心忡忡。
一片可怕的死寂，
哪儿都没有一丝儿风！
在苍茫无际的远方，
也波不兴，浪不涌。

幸运的航行[2]

雾幕撕开了，
天空多明亮；
埃罗斯解开[3]
　谨慎的绳索，
风呼呼吹响。
船夫已行动，

---

① 约成于1795年。
② 成诗时间与《海的寂静》相近。
③ 埃罗斯，希腊神话旦的风神。

起航，快起航！
波浪劈开来，
船儿奔远方；
看，陆地在望！

爱人的近旁[①]

我想起你，每当太阳从大海上
　辉煌照耀；
我想起你，每当月亮在泉水中
　抖动彩笔。

我看到你，每当在大路的远方
　扬起灰尘；
每当深夜，浪游者在山间小路
　哆嗦战栗。
我听见你，每当大海掀起狂涛，
　发出咆哮；
在沉静的林苑中，我常去倾听
　万籁俱寂。

---

① 与歌德同时代的女诗人弗莉德丽克·布伦（1765—1835）曾作过一首名为《我想念你》的诗，由采尔特谱曲后于1795年4月传到了歌德耳里，给他留下了十分深刻的印象，令他诗兴大发，遂以同样的主题和格律作此《爱人的近旁》。它不但超过了布伦很快便失去影响的原诗，而且在贝多芬等许多音乐家为其谱曲后广为流传，成了歌德最脍炙人口的抒情诗之一。

我伴着你，即使你在天涯海角，
　犹如身边！
太阳西沉，星星将很快照耀我。
　啊，愿你也在这里！

诀　　别[①]

背弃誓言十分容易，
履行盟约实在太难，
只可惜没有任何许诺
　不是我们自己的心愿。

你仍在唱古老的魔歌，
引诱一颗尚未平静的心，
让它重登爱的愚人船，
经受加倍的颠簸和风险。

你干吗对我躲躲藏藏！
看着我，别逃避我的视线！
迟早我会发现你的隐秘，
你不如趁早收回你的诺言。
我该做的都已经做了，
你不必为我再觉遗憾；

---

① 作于 1797 年歌德偕妻子回故乡法兰克福小住之时。诗中回顾了他与旧日的爱人丽莉·薛纳曼的关系。

只是请你原谅你的朋友，
他要离开你，恢复内心的安闲。

致 莉 娜[1]

爱人啊，这些诗歌有一天
　会再送到你手里。
在钢琴前坐下吧，
你的友人曾在琴旁站立。

让琴弦发出激越的鸣响，
然后把目光投进诗集；
只是别读！要不断地唱！
它的每一页都是你的。

唉，黑字白纸，书里的歌
　望着我，神情多忧郁，
从你口里唱出来，它们
　更加神圣，令人痛彻心脾。

① 约作于1799年。

致 迷 娘[1]

日神驾驭着金车
　　越过大河和深谷；
他清晨开始运行，
唉，在我深深的心中，
如在你深深的心中，
又唤起新的痛苦。

一个梦接一个梦，
夜晚我也不安宁，
梦中的景象多凄楚，
我感到在我的心里，
那痛苦正悄悄变成
　　一种强大的暴力。

有许多美好时辰，
我见海上驶来船只
　　全都能到达港口；
可是，唉，只有痛苦
　　不肯随海潮离去，
要长驻在我的心头。

---

① 原系为长篇小说《威廉·迈斯特的学习时代》作的插曲，后未收入。

从柜中找出漂亮衣裙，
我必须穿上去到人前，
因为今天是个节日；
只可惜没人知晓，
我的心已经被痛苦
　撕扯得破碎支离。

我忍不住暗自哭泣，
在脸上却经常显得
　和蔼、健康又红润；
我也许早已经死了，
要是痛苦也足以——
唉，致我的心死命。

缪斯之子[①]

穿过田野和森林，
口吹着我的歌曲，
走完一程又一程！
我踏着歌的节拍，
我和着诗的音律，
身与心齐步前进。

---

① 约成于1799年。值得注意的是诗中的“我”——缪斯之子是一位音乐家，而不像歌德青年时代写艺术家的那些诗里总是画家或诗人。

我急切地想见到
　园中的第一朵花，
树上的第一片叶。
我的歌欢迎它们，
即使冬天又来到，
我仍要歌唱春梦。

我对着远方歌唱，
唱遍野银花开放，
冬天是多么美丽！
即使冬花也谢了，
在种满树的山岗
　又会有新的乐趣。

我见一群年轻人
　聚会在菩提树下，
马上给他们鼓励。
迟钝的青年吹号，
笨拙的姑娘舞蹈，
应和着我的歌曲。

你让我脚生双翼，
驱使我穿山越谷，
远远地离开家门。
亲爱的仁慈的神啊，
何时才在你怀中，
我重新获得安宁。

致亲爱的读者[1]

诗人不喜欢沉默，
乐于将自身示人。
毁或誉随它去吧！
谁忏悔愿用散文；[2]
在诗神静静的林苑，
我们常吐露心声。

迷误也罢，追求也罢，
痛苦也罢，生存也罢，
在诗里仅鲜花一束；
老迈就如同青春，
失误就如同德行，
在诗里全得到归宿。[3]

---

① 诗成于1799年，次年作为《诗歌集》的序诗公之于世。
② 歌德常把自己的文学创作喻之为求得心灵解脱的“忏悔”。
③ 上述诗歌集是歌德三十年生活、思想和创作的总结。

自然与艺术[①]

自然与艺术像在相互逃避，
可是想不到却经常地碰面；
我心中对它们也不再反感，
它俩已对我有同样的魅力。

要紧的是付出真诚的努力！
只有我们抓紧有限的光阴，
投身艺术创造，以整个身心，
自然便又炽烧，在我们心里。

我看一切的创造莫不如此：
放荡不羁的精神妄图实现
　纯粹的崇高，只能白费其力。

兢兢业业，方能够成就大事；
限制乃大师展身手的条件，
能给我们自由的唯有规律。

① 约作于1800年。艺术与自然，自由与法则，这看似矛盾的两个方面实际上可以也应该和谐统一，协调一致。歌德的思想从来如此；在眼前这首十四行诗中，他把这一思想作了辩证而又精辟的阐述。

早　春①

欢乐的日子，
你们快来临？
送给我太阳，
青山和绿林？

小溪流淌得
　加倍地忙碌。
还是那草地？
还是那山谷？②

蔚蓝的天空！
空气多清新！
金色的鱼儿
　悠游在湖心。

林中喧闹着
　五色的鸣禽；
天国的妙乐
　在其中回应。

---

① 诗成于1801年春天。它抒发了春天到来时诗人心中的喜悦和希望，节奏和音调令人想起二十年前的《五月歌》，但却没有那么欢快、热烈。

② 这两句含蓄地表现了诗人对往昔的追怀。

绿色原野上
　百花争吐艳，
蜂儿采花蜜，
嗡嗡复嘤嘤。

空气中传来
　轻柔的颤动，
花香沁心脾，
催人入梦境。

一会儿吹来
　更强劲的风，
可是转瞬间
　消失在莽林。

它却会回到
　我的心胸中，
缪斯啊，请帮我
　消受这幸运！

告诉我昨天
　出了什么事？
我的姊妹们啊，
爱人已来临！①

① 实际生活中并没有“爱人已来临”，只表明了诗人对新的爱情的向往。

泪里的慰藉

人人都兴高采烈，
怎么你如此忧戚？
你的眼睛告诉我，
真的，你曾哭泣。

“我确曾独自哭泣，
为了自己的痛苦，
我让眼泪尽情流淌，
减轻了心中的凄楚。”

快乐的朋友召唤你，
啊，快投入大家的怀抱！
不论你失去了什么，
也该让我们知道。

“你们欢笑喧闹，却不知：
可怜人怎样受折磨。
不，我什么也没有失去，
因为我什么也不曾有过。”

那么你快振作起来，
趁你还没有上年纪。
你血气方刚，应该有

争取的力量和勇气。

“不，我不能争取，
那目标离我太遥远。
它在空中缥缥缈缈，
像美丽的星儿眨着眼。”

我们不想摘取星辰，
只欣赏它们的美丽，
在每一个晴朗的夜晚
　仰望它们，怀着欣喜。

“在一些美好的日子，
我也曾欣喜地仰望；
让我痛哭终宵吧，
只要我还能够哭泣。”

无常中的永恒①

把握住早年的幸福，
唉，哪怕只一个时辰！
转眼间西风拂来，
便会是花雨纷纷。

① 作于1803年。人生易逝，但思想、精神和表现它们的形式永存，艺术永存。在歌德众多反映其世界观和人生观的哲理诗中，这是较著名的一首。

那赐我阴凉的绿叶，
我怎能为它欢欣？
秋来它很快枯黄，
让狂风刮得漫天飘零。

如果你想摘取果实，
就快将你的一份采摘！
这一些刚开始成熟，
那一些已长出芽来；
每一场骤雨过后，
你可爱的山谷都会把
　容颜改，在同一条河里，
唉，你不可能游第二次。

还有你自己！在你面前
　矗立着城垣和宫殿，
坚固如磐石，可是你
　看它们的目光不断改变。
曾经热烈亲吻的唇，
它如今已一去不返，
曾经攀登峭壁的脚，
不再和羚羊比试勇敢。

还有那举止温柔的、
乐于为善的手，
还有那四肢和躯体，
也全都不似往昔。
在那儿用你的名字

　呼唤的一切事物，
已如飘来的一朵浪花，
匆匆地汇入元素里。

让开端连着结束，
融合成一个整体！
要赶在其他物体前，
飞快超越你自己！
感谢缪斯，她恩赐给我们
　两件永恒的珍宝，
那就是你胸中的思想
　以及你心里的形式。

幸福的夫妻①

我们的热烈乞求
　换来了这场春雨，
爱妻啊，你瞧天福
　正弥漫我们的田地。
目力所及的远方，
是一片蔚蓝的迷蒙；
这里仍徜徉着爱情，

① 约作于1802年，其时诗人虽尚未与克里斯蒂娜·乌尔庇乌斯正式结为夫妇，却已享受到了夫妇的幸福和天伦之乐。1828年12月16日，歌德曾告诉艾克曼，他“一直喜欢这首诗”。

这里是幸福的栖居。

一对儿白色的鸽子，
瞧，正向那儿飞去；
阳光照耀凉亭周围，
紫罗兰鲜艳又茂密。
在那儿我们曾编结
　最早的一束鲜花；
在那儿我们的爱火
　第一次熊熊燃起。

自打那一天我俩
　欣然回答“愿意”，
牧师从祭坛目送我们
　随其他情侣匆匆归去，
从此天空便升起了
　新的太阳、新的月亮，
从此世界便被征服，
成了我们生存的天地。

我们牢牢的同心结上，
打着成千上万封印；
无论是牧场边的丛莽，
还是山岗上的树林，
无论是洞窟和残垣，
还是深涧和悬崖绝顶，
甚至就连湖边的芦苇，
都有阿摩的爱火炽盛。

漫步人生，心满意足，
我们原想就咱们两人；
哪知命运另有安排，
瞧吧，转眼我们变成
三个、四个、五个、六个；
他们围在餐桌旁坐定，
一个个慢慢长大起来，
看着看着高过了我们。

那边美丽的平野上，
白杨夹岸的小溪环绕，
一幢新盖的楼房显得
　如此舒适而又漂亮。
是何人在此建下了
　这么可爱的安乐窝？
难道不是咱们能干的
　弗里兹和他的小新娘？

那边深深的山涧中，
蜿蜒流着一条小河，
水花四溅涌出谷口，
推动山下边的水磨；
人说那儿的磨坊姑娘，
漂亮一个赛过一个；
然而她们终究要出嫁，
咱们的儿子早已等着。

还有围绕着教堂墓地，
绿影婆娑，树木繁密，
那儿有一株古老松树，
孤零零对着蓝天摇曳；
我们早早逝去的先人
　就在这个地方安息，
他们领我们把目光
　从人世间转向天宇。

武器的闪光像潮水，
漫过山岗，涌到跟前；
带给我们和平的军队
　正从远方的战场凯旋。
是谁身披勋章绶带，
骄傲地走在队伍前面？
他很像咱们的孩子！
真的是卡尔转回家园。

宾客中最殷勤的一位，
受到新娘亲自款待；
在庆祝和平的节日，
她与心上人喜结连理。
为在婚礼上翩翩起舞，
人们争先恐后地赶来；
这时你也用花冠打扮
　那三个最年幼的小孩。
一阵阵的笛声箫声
　唤起人对往昔的回忆，

我俩也曾风华正茂，
歌舞在欢乐的人群里。
岁月在慢慢地逝去，
我已感到无比的欢欣！
我们将陪着儿子孙子，
到教堂去接受洗礼。

五月之歌[①]

在小麦和黑麦之间，
在篱笆和荆棘之间，
在树林和草地之间，
告诉我啊，哪儿有
　　我的小心肝？！

在家里找不着
　　我的好人儿；
宝贝儿她一定
　　跑到了外面。
五月里已经是
　　叶绿花又艳；
她到郊外春游，
　　心中多舒坦。

① 约成于1810年，表现了诗人对春天和爱情的向往。由于节奏鲜明、变换有致，受到同时代众多作曲家的青睐。

在河岸的岩石旁边，
在她当初给我亲吻，
给我初吻的草丛间，
有什么已被我瞧见！
是她藏在里面？

花的问候[①]

用亲手采摘的花束，
我向你致意千百遍！
为摘花我弯下身去，
啊，同样有千百遍；
我把它紧贴在心上，
更何止是百遍千遍！

瑞士民谣[②]

我坐在
　小山顶上，
看见了

① 作于1810年8月。
② 诗成时间不详。系一首瑞士民谣的仿作。

　几只小鸟；
它们歌唱，
它们蹦跳，
它们把巢儿
　营造。

我站在
　花园当中，
看见了
　一群蜜蜂；
它们嘤嘤，
它们嗡嗡，
它们把蜂房
　建造。

我走过
　那片草地，
看见了
　一些蝴蝶，
它们吮蜜，
它们飞舞，
那情景真叫
　美丽。

这时候
　汉斯走来，
我欣然
　让他了解

自然之秘；
我们欢笑，
我们向它们
学习。

现　　形[1]

一切预示着你的出现！
辉煌的太阳既已升起，
你会接踵到来，我但愿。

只要你走进花园里面，
你就是玫瑰中的玫瑰，
百合中的百合，好鲜艳。

倘使你翩翩跳起舞来，
日月星辰将随之起舞，
将跟着你、围着你旋转。

夜晚！但愿真是夜晚！
这时月光尽管美丽迷人，
让你一比却变得暗淡。

---

① 1812年12月在一次家庭聚会上，女友恩格尔斯演奏吉他大受欢迎，歌德随手撕下面前桌上的半张废信签，即兴写成此诗。

你是如此迷人又美丽，
无论百花还是星星月亮，
都只倾心，哦，太阳你。

我的太阳啊！愿你做
　我辉煌日子的创造者，
给我永恒的生命活力。

发　　现[①]

在一片树林中，
　我信步往前行，
无意寻找什么，
全然漫不经心。

我见一朵小花
　开放在树之荫，
美丽如同明眸，
晶莹好似星星。

我欲将花采摘，
花儿发出怨声：
难道将我摘去，

① 诗成于1813年，附在歌德从伊尔美瑙寄给妻子克里斯蒂娜的信中。它回顾了二十五年前两人在魏玛公园中相识的情景。

任我枯萎凋零？

我将花儿刨出，
连带所有的根，
把它带回家中，
移进美丽园庭。

如今它生长在
　一个清幽环境，
依旧枝繁叶密，
依旧花朵茂盛。

天生一对儿[①]

一朵铃铛花
　早早冲出大地，
开放在原野上，
鲜艳又美丽；
飞来一只蜂儿，
轻轻吸吮花蜜——
它俩生来就为
　你爱我我爱你。

---

① 1814年4月22日，歌德寄此诗给友人采尔特，写作的时间当在此前不久。其成因可能和前边的《发现》一样。

给心上人

手拉着手，唇吻着唇！
亲爱的姑娘，你要忠诚！
再见了，他还要驶过
　重重礁石，你心爱的人！
可是风暴过后，当他
　又一次向着港口致敬，
让神们惩罚他吧，如果
　他抛弃你，独享人生。

勇敢进取等于成功一半，
我的工作一半已经完成！
星星像太阳一样照着我，
懦夫夜里才看不见光明。
我要无所事事在你身旁，
定会感到压抑和苦闷；
在这广袤无际的大海上，
我拼命工作，为你一人。

我已经发现一道幽谷，
我俩将在此携手同行，
看一条小河向那下游
　缓缓流去，在黄昏时分。
草地上长着这么多白杨！

林苑中有这么多榉树！
啊，在白杨和榉树后面，
该还有所小小的房屋。

第一次失恋①

唉，谁能唤回那美好的时日，
唤回那初恋的日子，
唉，谁能唤回那甜蜜岁月的
　哪怕仅仅一个小时！

孤独地，我滋养着我的创伤，
永远带着新的怨尤，
痛苦地将已失去的幸福追忆。

啊，谁能唤回那甜蜜的时光，
唤回那美好的日子。

致远去的爱人

我真的就这样失去你了吗？
啊，美人，你已与我远离？

① 此诗系一部未完成歌剧的插曲。

在我已经听惯你的耳中啊，
还响着你的声音，你的话语。

像漂泊者在清晨抬头仰望，
望不穿那漫天迷茫的云气，
每当在他头顶的碧空深处，
高飞的百灵唱起它的歌曲。

我的目光也同样战战兢兢，
巡行在丛莽、树林和野地，
亲爱的，回到我身边来吧，
我所有的歌啊都在呼唤你！

夜　　歌[①]

在你软和的床铺上，
请从梦中将我聆听！
聆听着我的琴声
　安睡吧！你还想啥事情？

聆听着我的琴声，
满天的星星祝福
　那永恒的感情；
安睡吧！你还想啥事情？

---

① 诗成于1802年，根据意大利民歌改作。

那永恒的感情
　高高托起我，使我
　远离扰攘的凡尘；
安睡吧！你还想啥事情？

远离扰攘的凡尘，
只可惜太遥远了啊，
我感到如此冷清；
　安睡吧！你还想啥事情？

我感到如此冷清，
你请在梦中聆听。
啊，在软和的床铺上
　安睡吧！你还想啥事情？

冷酷的牧羊女

在晴朗的春天早晨，
牧羊女边走边唱，
她年轻美丽又快活，
歌声在田野里荡漾，
　　　　索拉拉！勒拉拉！

蒂尔西斯想亲她的嘴，[①]
要送给她三只小羊，
她狡狯地望了他一眼，
照旧地欢笑和歌唱，
索拉拉！勒拉拉！

另一个要送她丝带，
第三个要送她一颗心，
她却对一切都无所谓，
管你羔羊、丝带还是心，
索拉拉，勒拉拉！

钟情的牧羊女

在明亮的晚霞中，
我静静走过树林，
达蒙坐着吹牧笛，[②]
山岩发出共鸣，
索拉拉！

他拉我坐在身旁，
给我温柔甜蜜的吻，
我说：再吹吧！他又

① 蒂尔西斯，牧人的名字。
② 达蒙，男人名字。

吹起笛儿，我那好人，
　　索拉拉！

如今我失去了安宁，
快乐也无踪无影，
在耳畔永远回荡着
　那亲切美妙的笛音，
　　　索拉拉！勒拉拉！

回　味

当葡萄重新饱满、成熟，
桶里的美酒便开始激荡；
当玫瑰重新炽烈地燃烧，
不知道我的心又将怎样。

泪珠儿顺脸颊滚滚流下，
我任随它们尽情地流淌；
只是有一种无名的渴慕，
我感觉燃烧在我的胸膛。

直到我终于明白过来，
我才不得不对自己讲：
曾经有过美好的日子，

多里斯已将我深深爱上。[①]

牧羊人的哀歌

在那高高的山顶，
我曾无数次伫立，
身子斜倚着牧杖，
低头俯瞰着谷底。

羊群由小狗守护，
我跟着羊群走去。
转眼已来到山下，
自己也不知怎的。

美丽鲜艳的花朵
开满面前的草地。
我顺手采下鲜花，
却不知给谁送去。

我站在大树底下，
躲避那疾风骤雨。
对面房门仍锁着，
美梦一场哦，可惜。

① 多里斯，假拟的人名。

真的有一道彩虹
　飞架在对面屋脊！
可她已离开家门，
去到遥远的异地。

她已经远走他乡，
不定还过海漂洋。
羊儿呵，一切都过去了！
叫牧羊人痛断肠。

成　　长

春晨，你随我奔向田野、牧场，
当你还是个乖巧小女孩的时候。①
“可爱的小女儿，善良又温柔，
我要像父亲，为她造幸福的小房！”

当你开始观察周围的世界，
你的快乐就是为家人操心。
“多好的姊妹！我真叫幸运：
啊，我与她可以相互信赖！”

---

① “你”指歌德的老友耶那书商弗洛曼的养女米娜·赫尔茨丽普。1807 年 12 月，年近六旬的诗人与这位十六岁的妙龄少女重逢，并对她产生了无望的恋情。由此便有了他著名的小说《亲和力》和一些十四行诗。

一切都限制不了美的成长；
我心中已汹涌着爱的狂澜。
我要拥抱你，为减轻苦愁？

唉，不，你只能是我的女王：
你亭立在我面前，那么傲岸；
只要你投来一瞥，我便低头。

离　别

吻过千百遍仍不觉厌倦，
临了还得以一个吻分手。
离别的苦涩味已然尝够，
才感到狠心抛弃的河岸

以及那住宅、山丘、溪流，
在我眼里永远是欢乐之源，
如今仅剩一片悦目的蔚蓝
　和远逝的光影为我消愁。

极目远望唯见大海茫茫，
心头又涌起热烈的渴慕；
无心将失去的欢乐寻觅。

突然天空像是大放光芒；
我仿佛并不曾失去什么，
仍将曾享有的握在手里。

西东合集[①]

希　吉　莱[②]

北方、西方和南方分崩离析，
宝座陷塌，王国战栗。
逃走吧，逃向纯净的东方，
去呼吸宗法社会的清新空气！
让爱情、美酒、歌唱陪伴你，
为恢复青春，在吉塞泉中沐浴。[③]

---

① 1814 年拿破仑战败，欧洲出现封建复辟，歌德对在此前后出现的社会动乱和历史倒退十分反感，于是作了新的“逃亡”，在精神上“逃向纯净的东方”。他积极阅读和学习东方文学，特别是阿拉伯文学和中国文学。这使他滞塞多时的诗泉又喷涌起来，产生了他老年乃至整个一生最辉煌的诗集《西东合集》（主要创作于 1814 和 1815 年）。《西东合集》的产生还有一个重要契机，就是六十五岁的老诗人歌德与三十岁的才女玛丽安娜·维勒美尔的相恋。这是歌德多恋的一生中少有的幸福际遇，虽说两人相处短暂，却心心相印，因此而写成的情诗特别的优美动人。就总体而言，《西东合集》以东方阿拉伯的形式表现了西方诗人的精神思想，将西方和东方的诗歌艺术、文化风貌、哲理智慧融合在了一起。表现手法的突出特点为：1. 阿拉伯式的近乎狂热的激情，神秘虔诚的宗教气氛；2. 语言夸张而又幽默、机智；3. 大量使用比喻和典故，等等。《西东合集》全诗分十二篇，关于丰富多彩的内容，可参阅本书总序。这儿选择的只是它的很小一部分

② 希吉莱（Hegire），阿拉伯语，意为“迁徙”。

③ 吉塞泉，阿拉伯传说中的生命之泉，饮者可返老还童。

在那纯朴而正义的国度，
我要深入一代代人心底，
去探寻本源古老的奥秘，
在那儿还能获得上天的训示，
从安拉口中，用今世的言语，[1]
不会疑惑不解，搔破头皮。

在那儿长者受到尊重，
没有人愿将他人奴役。
我乐于听从对青年的训诫：
信仰要广阔，思想要狭窄。
那儿语言的作用十分重要，
因为是实际说出的言语。

我要混迹在牧人中，
去绿洲上恢复生机，
随骆驼商队漫游四方，
做披巾、咖啡和麝香交易；
我要踏遍每一条小道，
从沙漠去到通都大邑。

为了唤醒沉睡的星辰，
为了令强人胆寒心悸，
向导高高坐在驼背上，
放声歌唱，如痴如醉；
这时，哈菲兹，你的诗抚慰我，

① 伊斯兰教义较单纯，不像基督教那样诠释很多。

将险峻山道化作平地。

在温泉中，在酒肆里，
神圣的哈菲兹，我都会想起你，
每当可爱的人儿掀开面纱，
从鬈发中散发出龙涎香的气息。[①]
是啊，诗人表白爱的窃窃私语
　天园处子听见也会心生情欲。[②]

不管你们对他心怀嫉妒，
或者甚至破坏他的兴致，
你们要知道，诗人的话语
　将围绕着天园之门飘荡，
为了求得他自己的永生，
它们会永远轻轻将门叩击。

自由精神

请让我得意地骑在马上！
你们只管守住茅屋和篷帐！
我却高高兴兴，驰向远方，
只有星星对我的头巾闪亮。

① 龙涎香（Ambra），一种阿拉伯香料。
② 天园处子（Huri），伊斯兰教信仰的天园中永远的处女。

现　　象[①]

当福玻斯和雨云
　交媾、拥抱，
五彩的虹霓就会
　把大地照耀。

我看见雾中升起
　同样的弧形；
它虽然颜色苍白，
却仍属天庭。

所以，快活的老人，
你也别灰心；
尽管你头发白了，
同样会有爱情。

① 1814年7月25日清晨，歌德动身到自己度过青年时代的地方旅行之际，望见天空中出现一道白色的虹霓，心里便产生出幸福的预感。

诗歌与雕塑[①]

尽管希腊人将黏土
　捏成众多形象，
对自己双手的孩子
　尽情赞美欣赏；

我们却乐于将手
　伸进幼发拉底河，
在流动的元素中
　来来回回地徜徉。

我如此消解内心之火，
歌啊，你便开始鸣响；
诗人纯洁的手掬水，
水也会凝聚成球一样。

---

① 此诗形象地说明阿拉伯东方和以希腊、罗马为代表的西方对诗艺的不同理解。

幸福的渴望①

别告诉他人，只告诉智者，
因为众人会热讽冷嘲：
我要赞美那样的生灵，
它渴望在火焰中死掉。

在爱之夜的清凉里，
你被创造，你也创造，
当静静的烛火吐放光明，
你又被奇异的感觉袭扰。

你不愿继续被包裹
　在那黑暗的阴影内，
新的渴望吸引着你
　去完成高一级的交配。

你全然不惧路途遥远，
翩翩飞来，如醉如痴。
渴求光明的飞蛾啊，
你终于被火焰吞噬。

---

① 这首诗表现了歌德“死与变”的不断更新自己、超越自己的一贯思想，只是借用了阿拉伯诗人哈菲兹诗中的飞蛾扑火这个意象，带上了东方的智慧色彩。

什么时候你还不解
　这“死与变”的道理，
你就只是个忧郁的过客，
在这黑暗的尘世。

无　　限

你不会结束，这是你的伟大，
你没有开端，这是你的造化，
你的诗歌像星空般循环回转，
开端和接尾放射同样的光华，
那处于中间地位的，显然，
在开端已存在，在结尾仍留下。

你是真正的诗人之泉，
涌出一个个欢乐的波浪。
你是时刻准备接吻的唇，
是发自肺腑的甜美歌唱，
你是永远渴望痛饮的喉，
是善良而又坦荡的心肠。

让整个世界尽管沉沦吧，
哈菲兹，我要同你竞争，
只有你与我是孪生兄弟，
让我们共享痛苦与欢欣！
像你一样地爱，一样地饮，

将成为我的骄傲和生命。

吟唱吧，歌，以你火热的感情！
因为你更古老，也更新颖。

公开的秘密

他们称你为神秘之舌，
神圣的哈菲兹，
那些咬文嚼字的学究，
他们不懂言语的价值。

你使他们觉得神秘，
因为他们心存妄想：
想用你那纯洁的名字，
去卖他们掺水的酒浆。

因为他们不理解你，
你确乎纯洁得神秘，
你不虔诚却享极乐！
他们不信你有此能力。

书　　本

众多书本中最奇妙的书，
是那爱情之书，
我曾专心致志将它阅读：
欢乐的篇幅不多，
却有整章整章的痛苦。
离别自成一节；
重逢，唉，断简残篇！
一卷一卷的苦闷，
再加上没完没了、
不知节制的长注。
啊，尼撒米！——你终于[①]
　找到了解脱之路；
可谁来解那解不开的结呢？
相爱者，当他们重聚一处。

不是机遇造就了盗贼……

不是机遇造就了盗贼，

① 此诗原为模仿土耳其诗人尼莎尼（Nischani）之作，歌德有意将原作者的名字隐去，改成了比他早许多个世纪的波斯诗人尼撒米（Nisami）。

机遇本身是最大的盗贼；
爱情在我心中残存无多，
它却将它们全部盗窃。

它把窃得的爱送给你，
我失去了生命的全部意义，
如今我已然一贫如洗，
能否活下去全得看你。

然而，在你的明眸中
我已感到对我的怜悯，
在你温柔的怀抱里
我已享受着新的生命。

你的爱使我幸福无比……

你的爱使我幸福无比，
叫我怎能诅咒机遇；
就算它曾将你偷窃，
这样的偷窃令我欣喜！

哪里还用得着偷窃啊！
你倾心于我是自愿选择；
我倒是十分乐于相信——
是我将你的爱情偷窃。

你自愿交付我的一切
将把美好报偿带给你，
我乐于献出我的宁静，
我的生命，请你拿去！

说什么已经一贫如洗！
爱情不使我们更加富裕？
能将你搂在我的怀中，
什么幸福可与此相比！

我泛舟在幼发拉底河……

我泛舟在幼发拉底河，
那枚你新近赠我的戒指，
它轻轻地从我指间滑落，
沉入到水下的深沟里。

原来是场梦。忽见晨曦
耀人眼目，射进树丛。
说吧，诗人，说吧，先知！
这梦是吉呢，还是凶？

这梦我乐于为你参详……

这梦我乐于为你参详！
我不是经常对你述说，
那位威尼斯的执政，
他如何与大海结合？①

同样，戒指从你指间
　落进了幼发拉底河。
甜蜜的梦啊，你激励我
　唱一千首天园的歌！

我从印度斯坦动身，
来到这大马士革城，
为了跟随新的商队，
一直去到红海之滨，

你使我与它们结合——
你的河流、山岗、森林，
我要把心灵献给你，
直至我最后的一个吻。

---

① 古时，威尼斯的执政官在每年的耶稣升天节都要乘画船驶出亚得里亚海，将一枚戒指投进海浪，举行“大海婚礼”，以表示威尼斯共和国拥有海上霸主的地位。

二裂银杏叶①

生着这种叶子的树木
　从东方移进我的园庭；
它给你一个神秘启示，
耐人寻味，令识者振奋。

它是一个有生命的物体，
在自己体内一分为二？
还是两个生命合而为一，
被我们看成一个整体？

也许我已找到正确答案，
来回答这样一个问题：
你难道不感觉在我诗中，
我既是我，又是我和你？

太阳出来了……

太阳出来了！辉煌又壮丽！
新月紧紧抱住太阳。

① 银杏即白果。在歌德与玛丽安娜相会的海德堡的王宫园林中，便生长有此树。

是谁成就了这么美好夫妻？
这谜怎样解？怎样？

苏丹有此能力……

苏丹有此能力，他能缔结
这至高无上的天庭的伉俪，
为了表彰百里挑一的英才，
以及他臣仆中的忠勇之士。

也让它做我们幸福的写照吧！
它使我重新看见了我和你，
你唤我做你的太阳，亲爱的，
来吧，明月，把我抱在怀里！

民众、奴隶和征服者……

民众、奴隶和征服者，
他们什么时候都承认：
世上凡人的最高幸福
　莫过于保持自身个性。

只要我们不丧失自我，
怎样的生活都可容忍；

我们尽可以失去一切，
只要我们依旧是我们。

就算这种说法正确……

就算这种说法正确，
我却有自己的看法：
我的全部幸福集中在
　你的身上，苏莱卡。

你把整个身心给我，
我才感到自身的价值；
一旦你离我他去，
我即刻将自我丧失。

如今哈台姆不复存在，
我已经改变了命运：
我已经高兴地化作
　受你爱抚的温柔情人。

我不愿变作拉比，
这太不称我的心意；
却愿变作菲尔多西、穆塔纳比，①

---

① 菲尔多西（Ferdousi，约904—1020或1026）和穆塔纳比（Motanabbi，905—965）都是中世纪阿拉伯著名诗人。"

或者至少做一个皇帝。

你用鬈发将我紧紧束缚……

你用鬈发将我紧紧束缚，
我醒里梦里都看见你！
这些魅人的褐色小蛇啊，
我毫无抗拒你们的能力。

只有这颗忠贞不变的心，
他澎湃汹涌，青春焕发；
即使现在还雪压雾锁，
仍将是冲向你的埃特纳。[①]

你像朝霞，给山峰的峭壁
　涂抹上了羞赧的红色，
又一次，哈台姆感受到
　春的嘘息，夏的火热。

斟吧，再斟上满满一瓶！
这一杯我要给她捎去！
如果她发现一撮灰烬，
会说：那人已为我烧死。

---

① 指意大利著名的埃特纳火山。

我永远不愿失去你……

我永远不愿失去你，
爱情将力量赋予爱情。
你能装点我的青春，
用你那火热的激情。
啊，当人家称赞我的诗人，
我是何等得意、高兴！
要知道爱情就是生命，
生命的生命就是精神。

在那些茂密的枝头……

在那些茂密的枝头，
你瞧瞧，亲爱的！
瞧那刺皮包裹着的
　果实，它们已青绿。

它们早结成小球，
独自静挂在叶丛里，
只有一根跳荡的枝条
　耐心地将它们摇曳。

褐色的果核在皮内
　不停地膨胀、成熟，
它渴望见到阳光，
他渴望把空气呼吸。

刺皮绽开，果实都
　高高兴兴落向大地；
同样，我堆积起来的歌
　也纷纷落进你的怀里。

领受你明眸的青睐……

领受你明眸的青睐，
亲近你的唇、你的胸，
聆听你美妙的嗓音，
在我真是其乐无穷。

昨天，唉，最后一次，
接下来便灯灭室空；
曾愉悦我的笑言戏语，
像债务无比地沉重。

要是安拉不发善心，
让我俩能够重新相逢，
太阳、月亮还有世界
　都只会令我更加悲痛。

致 东 风

我为什么这样激动？
是吹来了报喜的东风？
它轻柔地扇动双翅，
抚慰我深心的伤痛。

它亲昵地与尘埃嬉戏，
送它去天上的浮云中；
它让安全的葡萄荫下，
群集着欢舞的昆虫。

它吹凉我发烧的面颊，
它缓和烈日的热情，
它急匆匆掠过山野，
还将晶莹的葡萄亲吻。

它轻柔的絮语带给我
　来自友人的万千问讯，
不等群山变得幽暗，
他将以热吻将我相迎。

因此，你可以离开我了！
去为朋友和忧愁者效劳。
我很快会找到我亲爱的，

在那儿城垣像夕晖燃烧。

啊，我衷心渴望的喜讯，
新鲜的生命，爱的嘘息，
只能够得自他的口中，
只能够来自他的呼吸。

致 西 风

你那潮湿的翅膀啊，
西风，令我多么嫉妒：
你能给他捎去信息，
告诉他离别使我痛苦。

你翅膀的振动唤醒
我胸中静静的渴慕，
花朵、眸子、山岗、树林
　都让你吹拂得挂满泪珠。

然而，你温柔的吹拂
　凉爽了我伤痛的眼睑；
唉，我定会忧伤得死去，
没希望再与他相见。

快快飞到我爱人身旁，
轻轻地告慰他的心；

可别提我多么忧伤，
免得他烦恼、伤心。

告诉他，但要委婉谦逊，
他的爱情是我的生命；
只有在他身旁，我才能
　乐享这生命和爱情。

重　　逢[①]

竟然可能！明星中的明星，
我又将你紧抱在胸前！
那远离你的长夜啊，真是
　无底的深渊，无尽的苦难！
是的，你甜蜜而又可爱，
是我分享欢乐的伙伴；
想起昔日分离的痛苦，
现实也令我心惊胆战。

当世界还处于黑暗的深渊，
还偎在上帝永恒的怀抱里面，
他便带着崇高的创造之乐，

① 1815 年 9 月 24 日上午，玛丽安娜又突然出现在歌德面前，令老诗人喜出望外，诗思泉涌。这是一首气势磅礴、意蕴深邃的爱情哲理诗。它将男女之间的爱情与悲欢离合，放在宇宙形成的大框架中加以阐释和吟诵。

安排混沌初开的第一个钟点。
他说出了那个字：变！——
于是传来痛苦的呻吟，
随后便气势磅礴，雷霆万钧，
宇宙闯进了现实中间。

光明慢慢地扩展开来：
黑暗畏葸地离开它身边，
元素也立刻开始分解，①
向着四面八方逃逸、飞散。
迅速地，在蛮荒的梦中，
它们各自向远方伸展，
在无垠的空间凝固、僵化，
没有渴慕，黯然哑然！

一片荒凉，一派死寂，
上帝第一次感觉到孤单！
于是他创造出了朝霞，
让朝霞慰藉自己的寂寞；
朝霞撕开无边的混沌，
天空呈现出五色斑斓，
于是，那起初各奔东西的
又聚在一起，相爱相恋。

于是，那相依相属的，

① 元素，指构成宇宙的基本物质，即西方人认为的水、火、风（空气）、土，与我国的金、木、水、火、土五行说不同。

便急不可待地相互找寻；
于是，感情和目光一起
　转向那无穷无尽的生命。
攫取也罢，掠夺也罢，
只要能够把握和保持！
安拉无须再创造世界，
创作世界的已是我们。

就这样，驾着朝霞之翼，
我飞到了你的嘴唇边，
繁星之夜用千重封印
　巩固我们的美满良缘。
我俩在世上将要成为
　同甘苦共患难的典范，
我们不会又一次分离，
纵令上帝第二次说：变！——

月圆之夜[①]

夫人，你为何自言自语？
是什么令你轻启芳唇？
你不停柔声细语多可爱，

① 1815年9月18日，歌德与玛丽安娜在海德堡即将分别，两人相约将来在月圆时要彼此怀念、祝福。此诗系歌德假托玛丽安娜及其使女的口吻写成，作于1815年10月24日。

比饮美酒更令人开心！
你是想逗引另一对嘴唇
　再一次次与它们亲近？

　　　　　　“我要亲吻！我说。亲吻！”

瞧，在朦胧的夜色之中，
所有花枝都发出光明，
星群向人间眨动着眼睛；
从莽间，像绿色宝石，
浮游着万万千千点流萤：
可你对一切全然无心。

　　　　　　“我要亲吻！我说。亲吻！”

你的爱人，他在那远方
也同样将酸与甜尝尽，
感受着一种不幸的幸福；
你俩曾发过神圣誓言，
在月圆之夜要相互问讯，
现在不正好是那一瞬？

　　　　　　“我要亲吻！我说。亲吻！”

任随你千姿百态，藏形隐身……

任随你千姿百态，藏形隐身，①
最最可爱的，我立即认识你，
任随你蒙上那魔术的纱巾，
无所不在的，我立即认识你。

看青青的扁柏蓬勃生长，
最窈窕美好的，我立即认识你：
看河渠里清澈涟漪荡漾，
最妩媚动人的，我定能认识你。

当喷泉的水花欢跳向上，
最善嬉戏的，我多高兴认识你；
当云彩的形象变幻无常，
最丰富多彩的，我在此认识你。

看鲜花撒满如茵的草原，
灿如繁星的，多美啊我认识你；
看千条藤蔓伸臂向四野，
啊，拥抱一切的，我便认识你。

---

① 此诗以世间一切最美好的事物来比喻、歌唱自己的爱人，通篇却见不到一个“像”字或“是”字。其所表达的情感含蓄、丰富、热烈，作为《西东合集》中重要的《苏莱卡篇》的最后一首，也带有总结的意味。

当朝霞开始在山顶燃烧，
愉悦众生的，我立刻就认识你；
于是，晴朗的天空把大地笼罩，
心胸最开阔的，我随即呼吸你。

我内外感官的一切认知，
最启迪心智的，我获得通过你；
我用一百个尊名呼唤安拉，[①]
每个尊名都回响着一个名字，为了你。

让我哭吧……[②]

让我哭吧，在黑夜的包围中，
在无边的沙漠里。
驼群已经安息，赶驼人也已安息，
只有阿美尼人醒着在算账；
我也躺在他旁边，计算着
　将我与苏莱卡隔开的距离，反反复复，
那曲折艰险的长途出现在脑海里。
让我哭吧！哭并非羞耻。
能哭的男子是好样的。
阿喀琉斯曾经哭泣，

① 伊斯兰教的安拉另外有九十九个尊名。它们代表伊斯兰教所珍视的九十九种美德，如本诗对爱人的称呼一样，也都用了“最”和“一切”等表示最高级的词语。
② 约作于 1815 年秋。《西东合集》有不少未正式收入的佚诗，这是其中之一。

克塞尔克塞斯曾经哭泣，
为了那自杀身死的少年，
亚历山大大帝也曾哭泣。
让我哭吧！眼泪能滋润尘土。
它已涌进我眼眶里。

暮年的抒情诗

在经历了与玛丽安娜·维勒美尔的爱情以后，年近古稀的歌德在心理和生理上都渐渐进入了暮年，从此便很少外出远游。1816年歌德夫人去世，诗人更形孤独。可是他身在小小的、停滞的魏玛，精神却十分活跃，对自然、宇宙、社会、人生和人类的未来等一系列重大问题，一直进行着深入的思考。他思考的所得，都反映在他以后的重要著作《威廉·迈斯特的漫游时代》、《浮士德》第二部里，也记录在他与秘书艾克曼等人的谈话中。

到了暮年，歌德仍没有停止诗歌创作。他这时的诗思想更深沉，情感更含蓄，形式也更多样、更严谨。

春满四时①

花坛已经疏松，
已经膨胀，
吊钟花摇摆着，
白雪一样；
番红花开放得
　如同烈焰；
绿如玉红似血，
百花竞放。
樱草身材苗条，
趾高气扬；
调皮的紫罗兰
　东躲西藏；
所有花草全都
　欣欣向荣，
总之，已然是
　满园春光。

然而在园中
　开得最茂盛的，
是我爱人那

① 这首献给歌德夫人的诗成于1816年5月15日。其时她已病入膏肓，二十天后即离开了人世。

　可爱的心花。
它热烈的目光
　永远关注我，
激起我的诗情，
使我词顺意达。
这永远开放的
　心灵之花啊，
它严肃时亲切，
它嬉戏时纯洁。
即使夏天带来
　百合和蔷薇，
它仍然没法
　和我爱人媲美。

三　　月[①]

适才下了一场雪，
所以还不到时候，
还没有百花盛开，
还没有百花盛开，
让我们喜上心头。

太阳也虚情假意，
光照是又弱又柔，

① 诗成于 1817 年 3 月。

燕子同样在骗人，
燕子同样在骗人，
竟独个儿回来喽！

就算春天已近了，
我怎能独自消受？
只要我俩在一起，
只要我俩在一起，
便会将夏天享有。

目　　光[①]

每当你对镜梳妆的时候，
要想想我曾吻这双眼睛，
一当你的目光将我回避，
我的心必定分裂成两半：
须知啊我只活在你眼里，
我的目光必须有你回应，
不然我就不成其为我哟；
现在我时刻像刚刚诞生。

① 写作时间不详，估计在 1814 年至 1827 年之间。

在 夜 半①

当我还是个小小的男孩，
夜里不情愿走过教堂的墓园，
去到父亲做牧师的房子，
看满天的繁星美丽地眨着眼；
在夜半。

当我在人生的路上走完一程，
我又身不由己奔向爱人，
看群星与北斗在我头顶争辉，
我往来奔走，幸福销魂；
在夜半。

到最后是明亮皎洁的满月
照进我幽暗的心灵，
我回顾往昔，瞻望前程，
联翩遐想萦绕我的胸襟；
在夜半。

---

① 诗成于1818年，后经友人泽尔特谱曲。歌德常吟诵它，吟诵时充满感慨。

两个世界之间[1]

倾心唯一的一个女人，
敬重唯一的一个男人，
这多有益于心与脑的谐和！
莉达——近在身边的幸福，
威廉——天空最美的星辰，[2]
多亏了你们，我才成为我。
无数的岁月已经匆匆消逝；
然而我获得的全部的价值，
都来自和你们共处的时辰。

漫游者之福[3]

而今登上了漫游时代的旅程，
漫游者的每一步都小心谨慎。
虽说他不习惯唱圣歌和祈祷；

① 约作于 1802 年。

② 莉达指封·施泰因夫人，威廉指莎士比亚。歌德早年崇拜后者，到魏玛以后又深受前者的影响。此诗表达了他对这两位从许多方面看都判若两个世界的人的感激之情。

③ 歌德在 1821 年出版长篇小说《威廉·迈斯特的漫游时代》曾将此诗置于卷首，两年后再版则已删去。

可一当小路崎岖、迷雾环绕，
他就用严肃的目光回顾他的
　内心，并且把爱人的心观照。

威廉·梯施拜恩的风景画①

（五首）

一

倾倒在地的华屋广厦，
穹顶犹在，墙壁已经垮塌；
千年的世事变迁之后，
高门巨柱全不再显得高大。
以后却又有生命萌动，
地上处处见新的种子抽芽；
大自然再次获得成功，
但见废墟藤蔓丛生、垂挂。

---

① 威廉·梯施拜恩（1751—1829）与歌德同时代的德国杰出画家，《歌德在坎帕尼亚》这幅传世的著名油画便出自他的笔下。歌德本人也酷爱绘画，在旅居意大利期间和当时也在罗马的梯施拜恩过从甚密，两位大师经常就文艺问题进行切磋，思想上有不少共鸣。歌德回魏玛后，两人的关系逐渐疏远。1806 年起他们的交往又多了起来。1819 年至 1820 年间，梯施拜恩完成了一组田园牧歌风味的风景画，于次年寄给歌德，请歌德为其配诗。歌德遂于 7 月中旬命笔，加上序跋共成诗二十二首。这儿只选译其中五首。

二

指引我们来到野外的精灵，[1]
它心地美好而富于人性。
在这树林中，在这田野上，
还有那陡峭的悬崖绝顶，
日出复日落，日落复日出，
都是在赞颂大自然和神。

三

森林里树木挨着树木生长，
就像亲密无间的兄弟，
让我们在林中漫游、畅想，
自由自在，无忧无虑；
是啊，当朋友们手拉着手，
不再是分散的一个个，
而是努力结成美好的整体，
就有欢乐，就有生趣。

---

① 歌德一生热爱自然，早年便深受认为神性无所不在的自然神论影响。这首作于晚年的诗也明显地反映出诗人的自然观。

四

平明如镜的湖水中间，
橡树的倒影直插蓝天，
给这林中的绿色王国，
钤上威严的皇家印鉴；
它俯视着自己的脚下，
它把水中的天空仰望：
只要能这么享受生命，
孤独无异于最高奖赏。

五

高贵而严肃，半兽半人，[①]
伏在地上静观、沉思，
精神的钟摆无片刻停顿，
总想着建立伟大功勋。
唉，他真希望能逃避
　这种荣耀，这种使命；
要想调教出一位英雄，
对喀戎也是很难的事情。[②]

---

① 画上可以见到的是希腊神话里的半人半马怪肯陶洛斯。
② 喀戎是肯陶洛斯中的善类，是人类的朋友和神。希腊英雄阿喀琉斯受过他的帮助和教育。

风 鸣 琴[1]

对 话[2]

他

我曾想我不会痛苦，
谁知道却忧心如焚，
额头好像已被捆住，
脑子好像已成空心——

① 1822年夏天，歌德去风光如画的玛丽温泉疗养，碰见了美丽温柔的乌尔莉克·封·勒维佐夫。这位十七岁的少女对七十四岁的老诗人怀着像对父辈乃至祖父般的爱慕，不想却唤起了他心中的爱欲。结果可想而知：歌德再次经历了失恋的绝望和痛苦。组诗《风鸣琴》以及其后的《致乌尔莉克·封·勒维佐夫》和《爱欲三部曲》都记录和反映了诗人的这一段经历。在这些诗中，以《激情三部曲》最为有名。歌德在诗中不仅回忆和述说了他对乌尔莉克的爱慕以及失恋的痛苦，还对自己痛苦多于欢乐的感情生活作了总结，不仅为自己寻找战胜痛苦的办法，还对爱情这个充满矛盾的人生大问题作了深入的哲学思考。在艺术风格上，《爱欲三部曲》与《西东合集》迥然不同，失去了色彩的明朗欢快和语言的幽默讥诮，相当地严肃、沉郁乃至晦涩、朦胧。

② 风鸣琴是当时欧洲流行的一种借风力使琴弦振动而发出悦耳音响的乐器，多置于窗口和庭园中。有适当的风吹来，放置在不同地方的两把琴往往同时发出声响，因此常常被用来象征心心相印的恋人。组诗并非真正意义的“对话”，而只是相互呼应，因而像是在对话的独白。

直到后来我泪如雨下，
忍不住说出告别的话。——
她道别时虽泰然自若，
可眼下准也像你在哭。

她

他真走了，也不得不走！
亲人们啊，请都离开我；
要是我让你们觉得奇怪，
这情形它不会永远存在！
现在我不能没有他。
我只有哭泣，别无他法。

他

我没有心情独自伤感，
也不会感到什么快乐：
果实熟了任别人摘取，
哪棵树也不归我收获！
白昼我觉得漫长难熬，
夜晚的星空同样无聊；
给我留下的唯一安慰，
是反复回忆你可爱的容貌。
你要希望分享这幸福，
请到途中来与我一晤。

她

你伤心，因为我没露面，
也许怪我分手后变了心，
否则我的灵魂也会出现。
蓝天不是有彩虹装点吗？
下雨吧，雨后立刻有新的霓虹。
你哭泣，我便又出现在你眼前。

他

是的，你确实可以比作虹霓！①
作为象征，它可爱而又神奇。
如此变化自如，还七彩斑斓，
永远保有本相，又永远新鲜。

真希望我能逃避我自己……②

真希望我能逃避我自己！
实在已无法忍耐。
唉，不知为啥不该去的所在，
我总是拼命要去！

① 虹霓这个美不胜收的意象，在《西东合集》和歌德的其他一些爱情诗中也经常出现。
② 这首短诗和后面的两首写作时间不详，但从风格看显系晚年之作。

唉，谁要能再康复……

唉，谁要能再康复就好了！
多么难以忍受的痛苦！
犹如一条受了伤的蛇，
我的心疼得蟠卷蜷曲。

自然是同一些箭矢……

自然是同一些箭矢，
不时地嗖嗖嗖飞来，
那么的利，那么的急，
混合着千百种欲求。
不知该马上呢，还是该推迟？——
谁了解自己，谁才有爱的权利。

致乌尔莉克·封·勒维佐夫

（六首）

一

你早已使我对你着迷，
可眼下我见到新的生机；
只要你甜蜜的嘴儿一吻，
就表达出对我青睐之意。

二

人们谴责我俩相爱，
我们无须为此忧虑，
责骂只会白费气力。
对别的事或许管用，
反对也罢，漫骂也罢，
不能使爱情不合理。

三

你霍华德的弟子啊，清晨[①]
　你总环视四周，仰望天宇，
看雾幕垂下，看雾幕上升，
看有怎样的云象笼罩大地。

在遥远的阿尔卑斯山上，
像军队，有堆堆冻云聚集，
在那一个个云堆的上方，
随风飘荡着白色的云絮；
然而下边却越来越灰暗，
从云层中骤然降下急雨。

设若在一个宁静的傍晚，
在那可爱的人家的门边，
你与你忠诚的人儿相遇，
可知道她脸上是晴是雨？

① 诗人以气象学家霍华德的弟子自喻以及随后的晴雨表这个意象的使用，都绝妙地表现出一个恋人充满期待和焦躁不安的心情。

四

当水银柱迅速地下降，
便一定会下雪、下雨；
当水银重新升高升高，
便会有蓝色天幕张起。
痛苦和欢乐的水银柱
　　如果下降了升不上去，
你窄小的心田立刻会
　　感到相思的苦雨淋漓。

五

你过去了？怎么我竟未发现！
你回来了，我仍然没有看见——
失落的、不幸的一瞬啊！
怎么可能呢？难道我瞎了眼？

我自我安慰，你也乐于原谅我，
并且高高兴兴寻找原谅的理由；
我能见到你，却仍然不可企及！
你近在咫尺，却不能为我拥有。

六

你在温泉边消磨你的日子，
我因此激动得心肺欲裂；
须知我把你整个揣在心里，
不理解你为何不辞而别。

激情三部曲

致　维　特[①]

万人哀悼的亡灵啊，你又一次
　勇敢地来到了人世，
在撒满鲜花的草地上遇见我，
全不惧怕我的注视。
你像活着，在清晨，当朝霞
　覆盖田野，令我们心旷神怡，
在傍晚，一天的辛苦之后，
夕阳的余晖令我们心醉神迷。
我被选中留下，你被选中了去。
你先走了——却也损失无几。

人生似乎安排得十分美好：
白昼多么喜人，夜晚多么威严！
我们置身于天国般的欢乐中，

① 1824年3月末，为纪念《少年维特的烦恼》问世五十周年，歌德应约替莱比锡书商魏冈特即将印行的纪念版作序。此事勾起了诗人对往事的回忆，遂作此诗。它可以看作是歌德对自己多恋的一生的总结，本来产生得最晚，却被置于最前边，成了三部曲的“序曲”。

尚未曾享受那壮丽的太阳，
心中已产生出迷乱的追求，
对我们自身和环境感到不满；
没有什么能相互完善补充，
内心充满光明，外界一片黑暗，
外界的光明却被浑浊的目光遮掩，
幸福常被忽视——哪怕近在眼前。

如今我们总算明白了！
女性的魅力牢牢地抓住了我们：
年轻人，快活一如健康的儿童，
青春焕发一如春天自身，
惊讶欣喜，不知谁使他这么幸运？
环顾四周，只觉世界属于他个人。
迫不及待，他要奔向远方，
城垣和宫堡都不能将他拘禁；
像群鸟盘桓在高高的林梢，
他也飘飘然，围绕着爱人飞行，
他情愿离开天空，到下界寻找
　忠诚的目光，让它将他紧紧吸引。

可惜警觉得先是太早，后又太迟，
他很快感到飞行受阻，缧绁缠身。
重逢令人高兴，离别令人伤情，
再次重逢令人感到格外幸福，
多少年的相思一瞬间得到报偿，
然而阴险地，分别已窥视着我们。

朋友，你满怀深情，莞而一笑；
一次悲惨的离别使你遐迩闻名；
我们痛惜你那不幸的遭遇，
你留我们独自将苦乐担承。
我们重又感到莫名的渴慕，
再次坠入了爱河的迷津。[①]

反复地忍受痛苦的煎熬，
终将一别——分别等于死亡！
为了躲避分别带来的死亡，
诗人开始吟唱，嗓音多么感人！
深陷在痛苦中，自怨自艾，
愿神给他力量，述说他的苦情。

哀　歌[②]

世人在痛苦中默然无声；
神给我力量，让我倾诉苦情。[③]

在花蕾依然紧闭的时日；
我怎能希望与心上人再见？
天堂和地狱对你同时开放，

---

① 歌德想起了一年前与乌尔莉克不幸的恋爱，心情格外沉重。

② 亦名《玛丽温泉哀歌》；与《罗马哀歌》不同处在于确实述说诗人心中的哀痛，而没有严格采用古希腊的哀歌体。诗成于1823年9月5日至12日。

③ 此系歌德诗剧《托夸多·塔索》主人公的话，可视为歌德自己的心声。

狂躁的心儿不知该向哪面！——
别再狐疑！她会步向天门，
将你紧紧拥抱在她胸前。

就这样，你被天国接纳，
好似有福享受美好的永生；
你不再存任何希冀与渴求；
这儿实现了最衷心的憧憬。
只要能见到绝色的美人，
相思的泪泉便不再涌迸。

白昼飞快地振动着双翅；
驱赶着分分秒秒向前行进！
黄昏来到了，忠诚地一吻，
是又一个白昼的可靠保证。
一小时又一小时款步走来，
酷肖如姊妹，却仍可区分。

甜蜜而残忍啊，那最后一吻，
它割断了编织精美的爱情——
脚步匆匆，却踟蹰在门内；
好似火剑天使要赶他出天庭！[1]
眼儿死死盯着幽暗的小路，
猛回首：大门已经关紧。

---

① 火剑天使指天使长迦百列。在《圣经·创世纪》里，是他手执喷着火焰的宝剑，将亚当、夏娃赶出了伊甸园。

如今紧锁心扉，自怨自怜；
好似从未开启，将良辰分享，
好似从未与天上的群星争辉，
看谁在她身边更灿烂明亮；
烦恼、悔恨、自责和忧愁的
　重负，如今窒闷着我的胸膛。

难道世界不复存在；重重岩壁
　不再笼罩着神圣的阴影？
庄稼不再成熟？绿色的原野
　不再绵延在河边牧场与丛林？
世界不再覆盖着伟大的苍穹？
头顶不再有变化万千的白云？

恰似六翼天使飘出巍巍云山，①
多么轻盈而娇美，温柔而光明，
在碧空中，从明亮的雾帷里，
冉冉升起一个酷肖她的倩影；
于是，你见她在云天尽情欢舞，
那美妙的人儿中最美妙的人。

然而你只能暂时欺骗自己，
竟然想抓住白云当她替身；
返回内心吧！在心中你真会
　找到她，将发现她变换身形：
她一身将幻化出万千姿容，

① 六翼天使名撒拉弗，系最美的天使。

后一种定比前一种更加迷人。

就好像她又在大门边将我迎候；
随即便带领我登上幸福之顶，
已经吻别，她却又追赶上我；
在我唇上再印下最后的一吻：
于是，用燃烧的文字，清晰地
　在忠诚的心中写着爱人的身影。

这颗心从此有了坚固的高墙，
对她忠诚，同时也将她珍藏，
一生一世为了她而感到喜悦，
充满自信，当她显现出形象；
在温柔的羁绊中反觉更自由；
仍然跳动，只为了对她报偿。

要说爱的能力和被爱的需要
　都已经消失殆尽，无踪无影，
那就会立刻产生出新的欲望，
去欢乐地筹划、决断和实行！
要是爱情确能够激励恋爱者，
对于我它已将任务圆满完成；

就因为有了她！——想当初，
恐怖重压在我的精神和肉体，
举目四望，周遭景象多么怕人；
内心更觉压抑、凄凉、空虚。
这时希望闪现在熟悉的门边，

她身披着阳光，温暖而和煦。

《圣经》有言：不是理性而是
　神赐的安宁，给你们世人幸福；
我想说，在我最可爱的人身边，
我得到了安宁、快乐和幸福；
心儿平静，什么也不能破坏
　那深沉的信念：我乃她所属。

我们纯洁的心中激荡着渴望，
要对更崇高更纯洁的陌生者
　表达感激之情，将身心献上，
同时揭开那永远无名者之谜；[①]
这，我们叫作信仰！在她面前，
我便感到同样有崇高的信仰。

她的目光对我如灿烂的丽日，
她的呼吸在我似春风浩荡，
融化了我久已冻结的自我，
它在严冬的洞窟中深深潜藏。
自私自利、固执任性无以存身。
在她来到之前早已全部逃亡。

她仿佛说："我们可以享受
　人生之乐，一个又一个时辰。
昨日的事只给我们稀少记忆，

① 陌生者和无名者均指无所不在的万能博爱的上帝。

明天的事禁止我们预先打听！
就算我也曾害怕黑夜的到来，
面对落日，我仍然感到欣幸。

“因此也学习我，明智而快乐，
勇敢正视目前！及时乐享人生！
勇往直前，活泼而满怀善意，
你的行为才会博得爱人欢心！
无论何时都要像孩童般纯真，
你就会变得充实而不可战胜。”
说得倒好，我心想：神宠爱你，
时时刻刻都陪伴你，将你照应，
任何人来到你身旁，都立刻
　会感到自己成了命运的宠儿；
让我离开你的暗示令我恐惧——
对我何益，学习这高深的学问！

如今已远离她！这眼前的时光，
该怎样挨过？叫我有啥好说？
她赐给我许多美好的回忆，
如今已成重负，我必须摆脱。
难忍的渴慕逼得我坐立不安，
除了流泪不止，别无良策。

泪水不断地涌，不停地流——
却永不能将心里的火焰熄灭！
胸中感到狂暴的撕扯的剧痛，
是生与死在搏斗，残酷而惨烈。

为治肉体的创伤还有药可寻，
只是精神已缺少毅力与果决。

也不理解：怎么就该将她失去？
眼前还千百次地看见她的倩影，
时而姗姗而来，时而遽然消失，
时而朦胧缥缈，时而圣洁光明。
她来而复去，一似那潮涨潮落，
怎能稍稍地安慰我虔诚的心灵？

让我留下来吧，忠诚的旅伴，①
留在山崖和沼泽边，独自一人！
你们只管前进！对你们世界
　辽阔而广大，天空崇高而光明；
去观察、研究和搜集资料，
然后便可将自然的奥秘说清。

适才我还是诸神宠爱的骄子，
眼下却已将宇宙和自我失去；
神们试探我，赐我美女潘多拉，②
她带来无数珍宝，可灾祸更多些；
他们逼我去亲她多赐的嘴唇，
然后使我们离散，置我于死地。

---

① 指歌德的侍从施达德尔曼和秘书约翰。他们都有自然科学方面的爱好。

② 潘多拉，希腊神话中的美女，爱神赐给她魅力，赫尔美斯赐给她口才和谋略，宙斯却给了她一只装满灾祸的盒子。在此诗中，她是爱欲的象征。

抚　　慰[①]

情欲带来痛苦！——谁来抚慰
　这损失惨重的窘迫的心房？
现在何处啊，匆匆逝去的韶光？
徒劳，你为自己挑选了绝色美女！
如今你精神抑郁，行事迷茫；
那庄严的世界，已从意识中消亡！

蓦地，音乐驾着天使的翅膀飞来，
亿万种乐音在空中交织、回荡，
深深地渗透了人的灵魂，
让永恒的美在他的全身溢洋：
眼睛湿润了，憧憬在增长，
音乐与眼泪同样是神的犒赏。

宽慰的心儿只是战栗地感到
　它还活着，还在跳动，渴望跳动；
真诚地感激这丰厚的赏赐，
它乐意将自己奉献，一改初衷。
它感受到了——愿永远永远！——

① 这首诗1823年8月作于玛丽温泉，比《哀歌》和《致维特》都早。原本为著名波兰女钢琴家希玛诺夫斯卡而作。她曾以自己的琴声给老诗人以心灵上的抚慰。诗中发挥了歌德以艺术和诗歌战胜痛苦的思想。

双重的幸福，在音乐与爱之中。

致美利坚合众国①

你更加幸运，美利坚，
不像我们的古老大陆；
你没有倾圮的宫殿，
没有玄武岩。
在你的内部，
既没无用的回忆，
也没无谓的争吵
　干扰你，当你充满生气。

好好利用眼前的时光！
你的孩子们要是做诗人，
就愿他们交好运，千万
　别去写骑士、强盗和幽灵。

① 歌德对新独立的美国十分关注和羡慕；但这首诗所表现的主要是他对德国本身的一些现象的厌恶，诸如那关于玄武岩（Basalt）成因的没完没了以致演化为人身攻击的无谓争论，那醉心往古、脱离现实的伪浪漫文艺等等。

致拜伦爵士①

亲切的话语从南方，一次次，
给我们带来愉快的时辰，
召唤我们走向最高贵的人，
我们虽然渴望，可脚不由心。

我曾与他长时间相伴，如今
　他在远方，我怎样传送心声？
他已习惯承受最深沉的痛苦，
常在内心深处与自我抗争。

祝福他吧，要是他还有知觉！
他不妨自命为最最幸福的人，
只要缪斯的力量能战胜痛苦；
愿他能像我一样了解他自身。

*

巧于出谋划策，拳头结实有力，
他钟爱的是希腊的美女；

---

① 歌德十分器重天才的英国诗人拜伦，对拜伦的《曼弗雷德》发表过评论；拜伦反过来也十分敬仰歌德，尊他为“欧洲诗坛的君王”。前一首诗成于 1823 年，其时拜伦正要动身去参加希腊抗击土耳其的斗争；后一首诗成于 1825 年，拜伦已经病死在军中，是老诗人为夭逝的天才写的挽歌。

壮丽的事业，高贵的诗句
　让热泪充盈在他的眼里。

他喜爱长刀，喜爱宝剑，
也乐于用步枪射击；
他的心啊多么渴望，渴望
　在勇敢的大军中出人头地！

让他名垂青史吧，
克制住你们的思慕；
光荣永远属于他，
泪水永远属于你我。

未 婚 夫[①]

夜半我睡意蒙眬，多情的心
　却在胸中醒着，如同白日；
白昼到来，我却感觉似黄昏，
不管发生什么，于我何益！
只为她我才忍受烈日的暴晒，
只为她我一生辛劳，可她
　已经不在；凉爽的晚间多么

---

① 这首献给玛丽安妮·封·维勒美尔的诗作于1824年夏天（一说1828年），其时歌德已七十五岁高龄。诗中表现了感到来日无多的诗翁缅怀旧事、眷恋人生的复杂心境。至于诗题，却颇费解，只好仁者见仁，智者见智。

宜人！它算是很好的报答。

太阳落山，我们曾手拉着手，
向这幸福的最后余晖致意；
我们四目相视，用目光表白：
但愿它会重新在东方升起。

在夜半！星星做着甜蜜的梦，
轻轻将柔辉洒在她安息地。
但愿那儿也为我备好下榻处，
无论怎样，生命实在美丽。

乡　　趣①

夜莺啊，它已远去，
春天将会把它唤回；
它没学会什么新歌，
仍唱着古老的恋曲。

① 根据希腊民歌仿作，约成于1824年至1825年间。

中德四季晨昏杂咏[1]

（十四首）

一

疲于为政，倦于效命，
试问，我等为官之人，[2]
怎能辜负大好春光，
滞留在这北国帝京？[3]
怎能不去绿野之中，
怎能不临清流之滨，
把酒开怀，提笔赋诗，

---

① 歌德从小受到中国文化的熏陶，读过不少中国的和有关中国的书籍。特别是1827年，他于五六月间在伊尔姆河畔的庭园中写成《中德四季晨昏杂咏》之前，他不仅重读了《好逑传》，还新读了小说《玉娇梨》、《花笺记》以及附在它后边的《百美新咏》。歌德在组诗中将自己的经历、思想、情感，与他从上述中国作品里领略得来的情调、趣旨、意境、精神融汇在了一起，可称为他多年孜孜不倦地学习中国文化的一大收获，也是历史悠久的中德文化交流的光辉体现。因而从题目到格律、到意象、到内容和情调，组诗都显示出歌德所受中国文化、特别是古典诗歌的启迪和影响。其中尤以第八首为典型和成功，完全像一幅中国传统的水墨晚景画。它宁静、清明的气氛和境界，也正好可以作为诗人晚年思想情操的写照。

② “为官之人”的原文为 Mandarin。此词专用于清朝的官员，通常译为“满大人”。

③ “北国帝京”的原文为 Norden（北方，北国）。一般研究者认为指北京，也有人认为指处于歌德作诗的花园北边的魏玛宫廷。

一首一首，一樽一樽。[①]

二

白如百合，洁似银烛，
形同晓星，纤茎微曲，
蕊头镶着红红的边儿，
燃烧着一腔的爱慕。

早早开放的水仙花
　在园中已成行成排。
好心的人儿也许知晓，
它们列队等待谁来。

三

羊群离开了草地，
唯剩下一片青绿。
可很快会百花盛开，
眼前又天堂般美丽。

撩开轻雾般的纱幕，

① “樽”的原文为 Schale，意即碗，盏。

希望已展露端倪；
云破日出艳阳天，
我俩又得遂心意。

四

孔雀虽说叫声刺耳，
却还有辉煌的毛羽，
因此我不讨厌它的啼叫。
印度鹅可不能同日而语，
它们样子丑叫声也难听，
叫我简直无法容忍。

五

迎着落日的万道金光，
炫耀你情爱的辉煌吧，
勇敢地送去你的秋波，
展开你斑斓的尾屏吧。
在蓝天如盖的小园中，
在繁花似锦的绿野里，
何处能见到一对情侣，

它就视之为绝世珍奇。①

六

杜鹃一如夜莺，
欲把春光留住，
怎奈夏已催春离去，
用遍野的荨麻蓟草。
就连我的那株树
　如今也枝繁叶茂，
我不能含情脉脉
　再把美人儿偷瞩。
彩瓦、窗棂、廊柱
　都已被浓荫遮没；
可无论向何处窥望，
仍见我东方乐土。②

七

你美丽胜过最美的白昼，

① “它”指落日。在这首赞颂爱情的诗中，成双的孔雀成了情侣的象征。小说《花笺记》便有“孔雀双双游月下”句。
② 东方是太阳升起的地方。在欧洲文学中，情人常被比作太阳。

有谁还能责备我
不能够将她忘怀，
更何况在这宜人的野外。
同在一所花园中，
她向我走来，给我眷爱；
一切还历历在目，
萦绕于心，我只为她存在。

八

暮色徐徐下沉，
景物俱已远遁。
长庚最早升起，
光辉柔美晶莹！
万象摇曳无定，
夜雾冉冉上升，
一池静谧湖水，
映出深沉黑影。

此时在那东方，
该有朗朗月光。
秀发也似柳丝，
嬉戏清溪之上。
柳荫随风摆动，
月影轻盈跳荡。
透过人的眼帘，

凉意沁入心田。[1]

九

已过了蔷薇开花的季节，
始知道珍爱蔷薇的蓓蕾；
枝头还怒放着迟花一朵，
弥补这鲜花世界的欠缺。

十

世人公认你美艳绝伦，
把你奉为花国的女皇；
众口一词，不容抗辩，
一个造化神奇的表现！
可是你并非虚有其表，
你融汇了外观和信念。
不倦的探索定会找到
“何以”与“如何”的
法则和答案。

---

① 此诗上半阕写的是眼前的实景，下半阕写的是歌德想象中的中国的月夜。

十 一

我害怕那无谓的空谈，
喋喋不休，实在讨厌，
须知世事如烟，转瞬即逝，
哪怕一切刚刚还在眼前；
我因而坠入了
灰线织成的忧愁之网。——
“放心吧！世间还有
　常存的法则永恒不变，
循着它，蔷薇与百合
　　　开花繁衍。”

十 二

我沉溺于古时的梦想，
与花相亲，代替娇娘，
与树倾谈，代替贤哲，
倘使这还不值得称赏，
那就招来众多的童仆，
让他们站立一旁，
在绿野里将我等侍候，
捧来画笔、丹青、酒浆。

十　　三

为何破坏我宁静之乐？
还是请让我自斟自酌；
与人交游可以得到教益，
孤身独处却能诗兴旺勃。

十　　四

“好！在我们匆匆离去之前，
请问还有何金玉良言？”——
克制你对远方和未来的渴慕，
于此时此地发挥你的才干。

给升起的满月[①]

你就要离开我了吗？
适才你与我如此亲近！

① 1828年8月25日晚，即将七十九岁的歌德面对着天空中时现时隐的满月，回忆起了十三年前的往事（请参阅《月圆之夜》及注释），遂成此诗。

浓云遮暗了你的身影，
如今你已完全消隐。

你该感到我多么忧伤，
探头望我，像颗小星！
向我表明还有爱我者，
纵使远在天边，我的心上人。

升起吧，明亮而又皎洁！
循着你的轨道，放射光辉！
我的心儿痛苦地狂跳，
这夜啊，令人幸福陶醉。

清晨，山谷、群山和庭园……[①]

清晨，山谷、群山和庭园
　拉开了雾的帷幔，
为了慰藉难忍的渴慕，
斑斓的花朵已将露水盛满；

天空中飘荡着浮云，
将清冷的晨光阻拦，
为打开太阳的蓝色通道，
东风正在把浮云驱赶；

① 1828年9月作于道恩堡。

而你，在饱享眼福之余，
会感谢那博大仁慈的心田，
于是，夕阳也将吐放红光，
给周遭的地平线镶上金边。

遗　　嘱[①]

任何存在都不能化作乌有！
万有中活动着永恒的精神，
你要在存在中把握你的幸福！
存在永恒不灭：须知法则
　会将生命的宝藏维护贮存，
宇宙因而装点得美丽喜人。

真理早已经被发现。[②]
它联合了高贵的心灵；
快掌握那古老的真理！
为它，要感谢那位智者，
他给太阳的姊妹指出轨道，
让它们永远围绕它运行。

① 诗成于 1829 年，系歌德最后一首独立的诗作，且回顾总结了一生的经验，从这两重意义上讲，确实可视为歌德的“遗嘱”。
② 指哥白尼发现日心说。

如今你又很快反躬自省：
于身内会发现一个中心，
对此没有贤者存在怀疑。
任何法则都不会消隐：
独立的良心一如太阳，
给道德的白昼带来光明。
然后要信赖你的感官，
只要理智能保持清醒，
你就不惑于假意虚情。
你将兴致勃勃，目明神清，
沉着而又机智地，在世界
　欣欣向荣的沃野上行进。

有节制地享受富足和幸福；
让理性时时刻刻伴你同行，
生命它就会真正乐享生命。
于是逝去的将长久存在，
未来的预先已生机充盈，
一瞬间也会变成为永恒。

你要是终于获得了成功，
一种感觉将贯注你全身：
唯有劳作收获才算真实——
你要如此检验一切世情，
世事只遵循自己的规律，
你要亲近那少数的精英。

古往今来，哲学家和诗人，

都静静地，随心所欲地，
创造自己心爱的作品，
你同样获得最美的恩赐：
作高贵的人们的先知，
乃是最值得企慕的使命。

守塔人之歌[①]

生来为了观看，
瞭望是我使命，
矢志驻守高塔，
世界令我欣幸。
我遥望那远方，
我俯瞰这近景，
上有月亮星辰，
下有林莽鹿群。
我看大千世界，
永远欣欣向荣，
就像我爱世界，
我也爱我自身。
幸福的双眸啊，
你们所见一切，
尽管变化万千，
莫不美妙悦人！

---

① 选自《浮士德》第二部《深夜》一场。这节诗礼赞自然，礼赞生命，洋溢着乐观精神。

附录一

你知道吗，有支歌
唱出了整个意大利！

翻开人民文学出版社 1957 年版的《沫若译诗集》，读者不难发现有一首诗特别得到郭老的喜爱，被他用不同的格调译了两次。这便是德国大诗人歌德著名的抒情诗《迷娘歌》。

诗题中的迷娘，原是歌德长篇小说《威廉·迈斯特的学习时代》中的一个意大利姑娘。她早年被人拐带到德国，流落在一个马戏班里，备受虐待与摧残，十三岁时才为小说主人公威廉所搭救。在威廉的保护和养育下，迷娘慢慢长成了少女，但对自己朦胧记忆里的意大利祖国，仍怀着深深的思念与渴慕，因而郁郁寡欢，终致夭折。

在小说中，迷娘唱了四首述说自己不幸身世与忧伤心情的歌，郭老所译即其中最为脍炙人口的第一首。自从《威廉·迈斯特的学习时代》于 1796 年问世以来，特别是 1815 年歌德将小说插曲全部摘出来放进自己的诗集之后，这首《迷娘歌》便在德国国内外广为流传，译成了世界上的多种语言，并由贝多芬、舒伯特、舒曼、柴可夫斯基等大音乐家谱曲达百次以上，被誉为世界抒情诗宝库中一颗光彩夺目的明珠。

为了便于读者对这颗“明珠”进行观赏与研究，特将郭老的两种译文抄在下面：

迷 娘 歌

（译文之一）

有地有地香橼馨，
浓碧之中，橙子燃黄金，
和风吹自青天青，
香榴静，橄榄树高擎，
知否？我的爱人，
　　　行，行行，
　　我将偕汝行！

有屋有屋建高瓴，
华堂璀璨，幽室耀明晶，
大理石像向侬问：
可怜儿，受了谁欺凌？
知否？我的恩人，
　　　　行行，行行，
　　　　我将偕汝行。

有山有山云径深，
驴儿踽踽，常在雾中行，
幽壑中有蛟龙隐，
崖欲坠，瀑布正飞奔；
知否？我的父亲，
　　　　行行，行行，

向我故山行。

（译文之二）

你可知道吗，柠檬开花的地方，
葱茏的碧叶里，橘子金黄，
和风吹自晴碧的天上，
番石榴树静挺，月桂树儿高张，
你可知道吗？
　　去吧，去吧，
我愿相随呀，啊我的爱人，去吧！

你可知道吗，屋梁顶在圆柱上，
灿烂的广厦，辉煌华堂，
大理石的立像把我张望：
人们怎么你了，可怜的姑娘？
你可知道吗？
　　去吧，去吧，
　我愿相随呀，啊保卫者呀，去吧！

你可知道吗，那云径和山岗？
驴儿在雾里寻求路向，
洞窟中有古老的蛟龙潜藏，
岩头崩裂，瀑布乱奔忙。
你可知道吗？
　　去吧，去吧，
　登上路程，呵爸爸，让我们去吧！

诗就这么三节，但每节都是一幅色彩鲜明、形象生动而又富于浪漫情调的图画，读着读着，意大利这个美丽的南方古国便活现在我们面前。迷娘把对故国山川草木和人文风物的忆念，把自己的思乡之情吟唱得如此情词恳切、委婉动人，真使人忍不住想替威廉把她的请求一口答应下来。还有，由于事先已多少了解迷娘的不幸遭遇，我们从她对威廉“爱人”、“保卫者”和“父亲”这三个相互矛盾的称谓中，更体会到了她对自己的恩人怀有多么复杂而深厚的感情；她那唯一一句涉及自己身世的歌词——“人们怎么你了，可怜的姑娘?”——包含着多少自怨自怜的辛酸。读完全诗，我们心中油然产生一种悲凉之感，深深为迷娘的不幸命运和怀乡情怀所打动。

短短三节诗，要表达如此复杂的思想情感已属不易；然而，《迷娘歌》的内容与意义还远远不止这些。

乍看起来，诗的第一节只写了意大利的自然风物，第二节只写了迷娘童年时游玩过的一幢乡间别墅，第三节只写了她来德国时所走过的一段崎岖山径。可实际上，我们细细吟味之后，却发现这首短诗的内涵并不止于对这些具体事物的描绘，也写了古国意大利的灿烂文化和悠久历史。因为那圆柱并列的辉煌厅堂和大理石像，使人不由得联想到以建筑和雕塑艺术为代表的古代希腊、罗马文化以及后来的文艺复兴；那云径幽深、蛟龙隐藏的蛮荒山野，使人不由得联想到古希腊、罗马的神话，以及神话传说中意大利遥远而神秘的往昔。难怪海涅在《从慕尼黑到热那亚的旅行》一书中，要模仿《迷娘歌》的调子对它发出赞叹：“你知道吗，有支歌唱出了整个意大利……”

再者，诗里所抒发的，也远远不只是迷娘这个年轻姑娘的感情；其中还融进了歌德本人对意大利的热烈憧憬。

读过歌德传记的人都了解，他是从童年时代起便对意大利日思夜梦的。《迷娘歌》初作于 1784 年。其时这位“最伟大的德国人”

（恩格斯语）屈居小小的魏玛宫廷已近十年之久，他想把仅有十万人口的萨克森-魏玛公国改造成德国的样板的抱负业已破灭，除写了一些抒情诗外，文学创作也几乎陷于停顿。周围令人窒息的环境和迂腐傲慢的人们早叫他厌恶透顶，他多么渴望去呼吸呼吸意大利南国的清新空气啊。于是，诗人通过迷娘之口，唱出了自己内心酝酿已久的感情，所以诗里的背景才这么广阔，思想才这么深邃，情感才这么真挚。

1786 年，歌德终于不辞而别，一个人悄悄逃到意大利去了，在这个民风淳朴、风光秀丽、古迹遍地的国度里流连忘返，一住两年，精神与身体都得到了休息，艺术上更重获新生，开始了自己创作中硕果累累的古典主义时期。歌德说，他到意大利就感觉如在自己家里一样，而在德国和其他地方，他却只是一个“被放逐者”而已。恩格斯在论及歌德对当时德国社会的双重态度时指出：“在《伊菲姬尼亚》里和在意大利旅行的整个期间，他讨厌它，企图逃避它”；《迷娘歌》这首短诗，也可作为他讨厌和企图逃避当时德国社会的一个小小佐证。

此外还须说明，歌德对意大利的憧憬绝非出于无因；而且，对意大利怀有这种特殊情感的也远远不只歌德一人。撇开其他历史原因不讲，单单在 14 至 16 世纪的文艺复兴以后，意大利作为资产阶级文化的发祥地，便一直被德国人和欧洲人特别是知识阶层视为自己的精神故乡。作家、诗人、艺术家更是纷纷前往取经“朝圣”，获取创作灵感，并在近几个世纪里创作出了无数以此为题材或背景的作品。比歌德稍晚的资产阶级民主主义作家别尔内，在文章中就称意大利为“天国”、“梦寐以求的仙岛”、“给沙漠中的饥饿者撒下曼纳的抚慰女神”等等（见《烧炭党人和我的耳朵》）。所以歌德在《迷娘歌》中抒发的憧憬意大利之情，才能引起广泛而强烈的共鸣。对处于封建割据的黑暗落后状态中的德国来说，这无疑也间接反映了人们对现实的不满，对光明自由的向往。

以上是对《迷娘歌》内容和意义粗浅而概略的分析，下面再简单谈谈它的艺术性。

显而易见，如果没有高超的艺术手腕，一首短诗是断难传达如此丰富的思想情感，产生如此巨大感染力的。《迷娘歌》除具歌德抒情诗语言精练、形象鲜明、情感炽烈等共同特点外，突出的是还从民歌中汲取了营养，因而用语朴实而富于音乐性，读起来朗朗上口，谱上曲更娓娓动听。尤其是每节诗起首与结尾的询问和恳求，反复中又有变化，随内容的深化与情感的高涨而一次紧似一次地扣动读者心弦，使之发出强烈的共振，久久的回响。

最后，笔者还想就郭老的译文说几句。

总的看来，两种译文都出色地传达了原诗的意旨与情感，保留了这颗“明珠”的光彩与魅力。相较之下，译文之二更贴近原文，朴实无华而又诗意沛然；译文之一再创造的成分则多一些，大胆采用了近似我国古风的格调，收到了保持原著民歌风的效果，情韵也更浓烈，只可惜文字在今天已略显古雅，且把原诗中有特殊含意的“柠檬”、“圆柱”等词或译得不通俗，或省去了，在达意这方面留下了细小的瑕疵。此诗系郭老在1923年所译，半个多世纪后读来仍魅力不减，应该说十分的不易。像《迷娘歌》这样的名著名译实不可多得，加之又有两种译文以作比较，[①] 给后辈的写诗译诗者们提供了一个极好的学习样板，真是弥足珍贵。

---

① 这首诗迄今在我国有译文不下十种，但最早问世的并非郭译，而是出自清末民初的革命家、学者和诗人马君武笔下的《米丽容歌》（见1914年版《马君武诗稿》）。马君武的译文虽也近乎古诗体，且只分节不分行，没有新式标点，但却完整而忠实，同样很好地传达出了原诗的情调和意旨，恐怕乃是歌德作品乃至整个德语文学的第一篇有别于节述的真正中译（马君武译介歌德的详情和《米丽容歌》的全文，均见拙作《歌德与中国》）。

附录二

“西方向东方发出的问候”
——浅论《西东合集》

一、“这本书的魅力实在无法形容”

《西东合集》是歌德即将进入老年时完成的最后一部诗作。丰富、深邃的内涵，精湛、独特的风格，使它成为诗人一生中最成熟和最辉煌的作品，真正代表了他个人乃至整个德语诗歌的最高成就。但是与此同时，《西东合集》也是一部极耐咀嚼、很难消化的作品，因此在1819年问世后以至于整个19世纪，都未得到足够的理解，引起应有的重视；只有同为诗人的海涅独具慧眼，虽然他对曾经给自己冷遇的老歌德并无好感，却第一个在《论浪漫派》(1833)一书中对《西东合集》大加赞赏，说“这本书的魅力实在无法形容”[①]。

然而，“19世纪耽误了的事，20世纪给补起来了”，德国著名的歌德研究家特龙茨如是说。[②] 因为进入20世纪以后，《西东合集》越来越受到人们青睐，成了歌德除《浮士德》之外谈论和研究得最

---

① 海涅《论浪漫派》，张玉书译，人民文学出版社，1959年版，第59页。

② Erich Trunz：Goethe · Werke，Hamburger Ausgabe，Bd. 11（Hamburg 1949），S. 548.

多的一部作品。①

对于《西东合集》之费解和不易为人接受，歌德心中自然有数，因此才亲笔撰写了篇幅比原诗还长许多的《注释与论述》(Noten und Abhandlungen zur besserem Verständnis des West-östlichen Divans)，以帮助读者“更好地理解《西东合集》”。② 这即使不是他唯一一次专门为自己的作品写“导读”，肯定也是最详细、最认真的一次。《西东合集》多么为老诗人所珍视，由此可见一斑。

遗憾的是在我们译介歌德已有近百年历史的中国，《西东合集》这样一部杰作却很少引起注意，至今没出版过单行本，研究更是薄弱，③ 就难怪它在我国读书界影响微乎其微了。笔者撰写此文，意在多少弥补一下这个遗憾。

二、“逃走吧”，去东方“探寻本源古老的奥秘”！

《西东合集》主要创作于1814年至1815年。在此之前的将近十年，由于他视作“自身一半”的爱友席勒英年早逝，歌德没有了在创作上相互激励、相互竞争的伙伴，诗歌之泉随心泉一起几乎完全干涸了。除去十来首自己并不喜欢的十四行诗，除去为扑灭“短暂的冬日爱火”而写成的小说《亲和力》(1809)，他把主要精力都

---

① Edgar Lohner (hg.)：Studien zum West-östlichen Divan Goethes，Wissenschaftliche Buchgesellschaft，Darmstadt，1971，S. 3.

② Erich Trunz：Goethe · Werke，Hamburger Ausgabe，Bd. 2，S. 126～267.

③ 《西东合集》只在上海译文出版社1982年出版的《歌德诗集》中，收有钱春绮先生的全译。笔者同样也把《西东合集》全文译出来了，可是在收入安徽文艺出版社1998年版的四卷本的《歌德精品集》第一卷时，却被删节去了将近一半。研究方面只有冯至先生在1947年9月写过一篇《歌德的〈西东合集〉》（见冯至《论歌德》，上海文艺出版社，1986年版）。

放在回顾往事，撰写青年时期的回忆录《诗与真》上面了。曾几何时，一贯朝气蓬勃的诗人似乎已经老了。

然而这只是假象，诗人的生命中注定还有一些冰雪消融、春暖花开的时日。这带给他“又一个青春期”，使他的诗歌之泉比以往任何时候都更加激越、更加欢快地喷涌、流淌起来的，是光辉灿烂的东方文明，是他一生中唯一一次在心灵上得到了真正满足的爱情。其时歌德虽已六十五岁高龄，却仍要在生命力与创造力再度勃发以后，才真正进入夕暮之年。在这个意义上，《西东合集》犹如耸立在诗人的青壮年与暮年之间的一座分水岭，一座夕照映红了的高峰。极目远眺，已觉得那儿景色壮丽非凡；身临其间，更会感到心旷神怡。

对于古老的东方文化，歌德青少年时代已有所接触，并表现出了一定的兴趣。但是，他之特别属意于包括阿拉伯和中国在内的东方，积极地阅读和有意识地学习其哲学和文学，却始于 1813 年。这一年，歌德曾大量借阅有关中国的书籍，饶有兴致地练习中国的书法，翻译中国的诗歌，可以说先已到中央之国神游过一次。[①] 这一年，应该说并非巧合，正是欧洲历史上的一个重要转折点：波拿巴·拿破仑在莱比锡大会战中的失败，带来了封建复辟的黑暗时期。歌德是拿破仑的崇拜者，是资产阶级的诗人和思想家，尽管表面上与周围的封建势力相安无事，适应妥协，骨子里却仍然对封建制度不无反感。特别是眼下和在此前后欧洲大陆出现的动乱和历史倒退，更令他厌恶和失望。

怎么办？“逃走吧。”可这一次不能再逃往近旁他已有些讨厌的意大利，而是要逃往更加遥远的、神秘的东方：北方、西方和南方分崩离析，/宝座陷塌，王国战栗，/逃走吧，逃向纯净的东方，/去呼吸宗法社会的清新空气！/让爱情、美酒、歌唱陪伴你，/为恢

① 详见拙作《歌德与中国》，生活·读书·新知三联书店，1991 年版，第 36～37 页。

复青春，将吉赛泉饮汲！[①]

这是《西东合集》中题名《赫吉拉》的第一首诗的第一节。“赫吉拉”（Hegire），在阿拉伯语意即“逃亡”。正如歌德自己1816年在《晨报》刊出的“出版预告”所说，“这名为《赫吉拉》的第一首诗，已经足够清楚地道出了整个诗集的主旨和立意。”[②] 那就是为躲避眼前混乱的现实而前往东方，去过以爱情、美酒、歌唱为伴的健康生活，在现世人生的享乐中恢复自己的青春，在他以为仍然淳朴、宁静的阿拉伯世界里满足自己对“原始的宗教、原始的智慧、原始的人性”[③] 的向往，去“探寻本源古老的奥秘”。

读完这首在沙漠中行进着骆驼商队，从姑娘的面纱下飘散出龙涎香的气息，在温泉和酒肆里回荡着歌声的序诗，我们立刻明白，这一次歌德心目中的东方，只是他儿时已通过《一千零一夜》的故事和十字军东侵的传说所熟知的阿拉伯，确切地讲只是今天称作伊朗的波斯。在逃亡途中，我们还知道歌德还有一位“向导”，就是他“神圣的哈菲兹”。

三、精神向导和“孪生兄弟”哈菲兹

哈菲兹（Hafis，1320年前生，1389年卒），14世纪的波斯诗人，二十岁时已显露过人的才华却不肯应召去做为君主效犬马之劳的宫廷诗人，因为他生性酷爱自由，同时不愿离开自己美丽的故乡设拉子。诗人一生穷困潦倒，中年虽结婚生子，两个孩子和妻子不幸都先他而逝。他的祖国波斯14世纪正处于蒙古人的异族统治下，内忧外患，民不聊生。1387年，即他逝世之前两年，当帖木儿可

---

① 吉赛泉，阿拉伯传说中的生命之泉，据称饮了可以返老还童。

② Erich Trunz：Goethe · Werke，Hamburger Ausgabe，Bd. 11（Hamburg 1949），S. 268.

③ 冯至《论歌德》，上海文艺出版社，1986年版，第59页。

汗的大军占领设拉子时，诗人已沦落为一名贫贱的托钵僧。尽管一生坎坷，他仍“像小鸟似的歌唱”，不知疲倦地歌唱，歌唱春天和欢乐，歌唱鲜花和夜莺，歌唱美酒和爱情。诗人以此抒发对幸福光明，对真、善、美的热切向往，呼唤人性的自由、社会的公正和美好的生活，同时向黑暗的社会现实发出愤怒的抗议。哈菲兹富于浪漫色彩和激情的创作，不但表现出驾驭语言的惊人天赋，还大大拓展了原本纯粹为爱情诗的“加宰里”（Ghaselen）的题材范围，把这种波斯传统诗歌形式发展到了一个高峰，也使自己成了伊朗乃至世界诗坛一颗光耀千秋的巨星。①

1814 年，歌德通过友好的出版商科塔（Cotta）得到奥地利人约瑟夫·封·哈梅尔刚译成德文的哈菲兹诗集，一读之下立刻与波斯歌者产生强烈的共鸣，感到自己和哈菲兹简直就像是对“孪生兄弟”!

生活的时代相隔四百多年，一个在东方的阿拉伯，一个在西方的德意志，文化传统更是迥异，却产生了如此强烈的共鸣，不能不说是世界文化交流史上的一个奇迹。面对这个奇迹，我们自然会问：它产生的原因是什么？是两者与生俱来的相似的诗人秉性和气质，是他俩都热爱生活向往自由、欢乐、幸福，却同时又一样地身处乱世。

说到歌德的禀赋气质，不由得想起恩格斯在将他与席勒比较时的相关评价：“歌德过于博学，天性过于活跃，过于富有血肉，因此不能像席勒那样逃向康德的理想来摆脱鄙俗气……他的气质，他的精力，他的全部精神意向都把他推向实际生活，而他所接触的实际生活却是很可怜的。他的生活环境是他应该鄙视的，但是他又始终被困在这个他所能活动的唯一的生活环境里。”② 正因为太“过于

① 《哈菲兹抒情诗选》，邢秉顺译，外国文学出版社，1981 年版。

② 《马克思、恩格斯、列宁、斯大林论文艺》，人民文学出版社，1983 年版，第 40 页。

富有血肉”，正因为“全部精神意向都把他推向实际生活”而这实际生活又很可怜，所以一当听到哈菲兹对爱情、对美酒、对美好人生的热情歌唱，他便不禁心旌摇荡，便对诗中描写的阿拉伯世界产生出热烈的憧憬，便为了“摆脱鄙俗气”和“很可怜的”生活环境而开始了逃亡。在歌德心目中，东方原本就是“人类的故乡”(Urheimat der Menschheit)！他这次的东方之旅不仅是追求理想的人生之旅，也是还乡之旅；而这还乡之旅，在歌德有着精神与现实的双重意义。

四、“还乡之旅”——西方与东方、现实与幻想的交流易位、融合

1814年7月，歌德确实踏上了旅程，虽然是朝着相反的方向：在阔别故乡十七年之后他第一次西行，回到了莱茵河、美茵河和涅卡河地区，回到了自己出生和度过青少年时代的地方。时值万物兴荣的春季，旅途中所见所闻引发了诗人许多美好回忆。“他在眼前看见了过去，把近旁化为远方：于是麦因河变为伊发拉底河（Euphrat)，威斯巴登的温泉变为基色泉，韦蕾美尔夫人——即后文的玛丽安娜——变为哈菲兹诗中所歌咏的美女苏来卡，保鲁斯变为从诗人口中领受了人生智慧的酒童，困于莫斯科的拿破仑变为严冬中的帖木儿……”① 就是说，我们的诗人尽管并未真正长途跋涉前往阿拉伯，却去那儿作了神游。在同为“还乡”这点上，精神之旅和现实之旅统一起来了，而且都达到了目的，即帮助诗人恢复了青春活力。歌德称其为“又一个青春期”（eine wiederholte Pubertät，并在后来把

① 冯至《歌德集》，上海文艺出版社，1986年版，第61页。本引文中的保鲁斯，是歌德在旅途中结识的一位深得他好感的青年。

它视作识别天才人物的标志之一)。[①]

自从踏上以哈菲兹作向导的“还乡”旅程，诗人歌德真正叫青春焕发，创作力空前旺盛，有时一天便能完成好几首诗。在1814年夏天和次年秋天接着进行的两次旅行期间，他作诗多达二百多首，构成了《西东合集》的主要内容。[②]

歌德与生活在不同时代、不同国度、不同文化背景和出身、经历也很不一样的哈菲兹心心相印，视他为“孪生兄弟”并在诗中与他进行思想感情交流；歌德之将现实与幻想易位、融合，在幻想和诗歌创作中获得从现实无法得到的满足——所有这些，都给文艺心理学和比较文学提出了很有意义的研究课题。他在这交流、易位和融合的兴奋喜悦中写成的《西东合集》，更可作为东西文化交流的生动范例，“世界文学”构想的有力依据。

五、内容和格调看似丰富、庞杂，仍为统一、和谐的整体

《西东合集》分成十二篇，内容可以讲十分丰富甚至庞杂。但是依据主题，十二篇可以正好三篇一组分成四组：第一组《歌者篇》、《哈菲兹篇》和《爱情篇》，可统称“现世篇”，涉及哈菲兹诗作的主要题材，即赞颂爱情、美酒和歌唱；第二组《观察篇》、《郁愤篇》和《格言篇》，可统称“思辨篇”，都是对人生的种种问题作形而上的思考；第三组《帖木儿篇》、《苏莱卡篇》和《酒童篇》，可统称“人物篇”，每一篇都有一个诗人与之对话的中心人物；第四组《寓言篇》、《拜火教徒篇》和《天园篇》，可统称“信仰篇”，

① M. Kluge und R. Radler (hg.): Hauptwerke der deutschen Literatur, Kindler Verlag, 1974, S. 214.

② 仅仅在1819年出版后的次年补充了五首而已。

说的都是有关灵魂归宿的问题。[①]

上述四篇尽管内容和格调都差异明显，《西东合集》却仍是一个和谐的有机体。它之所以能于丰富、庞杂中做到统一、和谐，靠的是：1. 诗人歌德始终是贯穿全书的主体，尽管他有时乔装改扮成了旅行者和商人，骨子里仍然是个有情人和歌者；2. 全书都弥漫着浓郁的阿拉伯气氛，始终保持着淳朴的“加宰里”诗体格律[②]；3. 对一些重大的主题如诗艺、爱情、人生和信仰等等，在各部分反复抒写、咏唱，于循环和螺旋状的运行中一步步加深，一步步提高，逐渐结晶、升华，直到臻于佳境极致，例如序诗《赫吉拉》最后两节表现诗人的自信、自尊以及对诗艺的近乎神化的推崇，在其他各篇特别是最后的《天园篇》中，便得到了进一步的阐发。

可是，《西东合集》毕竟色彩斑驳，内容纷繁，加之包裹着阿拉伯的伪装，充满宗教的神秘，读起来仍然相当费解。冯至先生把它与歌德以前各个时期的诗作了比较后说：“但是到这里，却有些不同了，诗好像与读者发生了距离，读者若还是居于被动的地位而不肯多费一些力，他便会从诗的旁边走过，有如从墙外走过一座蕴藏丰富的宝殿。因为这里的语言可能比以前的诗里面的语言更为简练，文字也更为朴素，但是每一个字都越过了它一般的意义而得到更高的解释；这里的自然，一草一木，一道彩虹，以及一粒尘沙，都是诗人亲身经历的、亲眼看见的，但又无时不接触到宇宙的本体；这里的爱和憎，以及对生命种种的观察，都是诗人自己的，同时又是人类的：所以有些粗率的读者、眼界狭窄的读者、追求辞藻的读者，往往在朴素的文字前感到枯涩，在诗人所写的种种对象前

① Hans－J. Weitz（hg.）：Goethe，West-östlicher Divan，Insel Verlag 1981，S. 298.

② 在韵律方面，《西东合集》几乎完全保持了哈菲兹诗歌的风格，即严格如“加宰里”似的押 aabb 或 abab 韵；不同在于哈菲兹的诗歌都是四行一节，歌德则有了不少的变化。

觉得表面的描写不能满足他们的欲望，而里边所含的深意他们又无从领略。——更加以在这些诗里出现的人名、地名、风物、人情，多半是东方的，尤其是波斯的，这些生疏的名词更使一些对此感到陌生的读者望而生畏。”①

六、深邃的哲理之书，伟大的爱情之书

对令人“望而生畏”的《西东合集》，笔者不揣浅陋，在此做一点探讨的尝试——

就诗说诗，先谈《西东合集》有关诗歌的内容。

如上所述，通过到阿拉伯的神游和现实的还乡之旅，歌德迎来了精神和创作的又一个青春。他青春焕发的表现之一，就是勇敢地“拿来”，实现了诗歌风格和观念的更新。比较集中地探讨诗艺的为《歌者篇》和《哈菲兹篇》;《歌者篇》中有一首题名《诗歌与雕塑》的短诗，更形象地阐明了阿拉伯东方的诗歌与希腊罗马的古典艺术包括诗歌的本质区别：后者是坚硬凝固的、轮廓分明的、易于把握的，就像雕塑；前者是流动柔滑的、无定界的、无法把握的，就像幼发拉底河中的水。然而歌德在结尾唱道：诗人纯洁的手掬水，水会凝聚成球一样。这说明他相信水一样的东方诗艺并非不可把握；只要诗人有一颗赤诚火热的心，只要他用“纯洁的手掬水”，就会捧得一个圆匀、光洁、透明、晶亮的美丽球体。

歌德创作《西东合集》时已六十五岁，但仍不失赤子之心。他对东方的憧憬是那样热烈，对阿拉伯诗艺的追求是那样真诚，在《哈菲兹篇》的《无限》一诗中竟唱道：让整个世界尽管沉沦吧，/哈菲兹，我要同你竞争，/只有你与我是孪生兄弟。正像当年在与席勒的相互激励下完成了大量杰作，在与哈菲兹的竞争中歌德也写

---

① 冯至《歌德集》，上海文艺出版社，1986 年版，第 55～56 页。

成不少好诗，捧得了不少晶莹闪光、异彩纷呈的水晶球，使《西东合集》成了歌德乃至整个德语文学的诗中上品。

三十年前，意大利之行使歌德倾心于希腊古典主义，创作成功《罗马哀歌》等一批不朽诗作；眼下的东方之旅使他对诗艺有了新的追求，与意大利相联系的过去已如一张旧皮从诗人身上蜕掉了。因此也不妨讲，正是从《西东合集》起，歌德的诗歌创作完成了从古典主义到浪漫主义的转变。

再说《西东合集》丰富而深邃的哲理：它不只集中体现在极富思辨色彩的《格言篇》、《观察篇》，而是渗透了全书。例如《歌者篇》中的《幸福的渴望》，便是一首极为脍炙人口的哲理诗。诗中飞蛾奋不顾身地扑向火焰这个意象，显然从哈菲兹的以下诗句获得了启示：灵魂在爱情的火焰中燃烧，/像蜡烛一样光明，/我曾以纯洁的心情献身。/你不像飞蛾因渴慕而自焚，/你就永远不会得救，/摆脱爱的苦闷。然而，《幸福的渴望》表达的不断更新自己，超越自己，为了实现理想而不畏艰险、不惧牺牲，以及欲通过死而达到“变”的思想，却是歌德所固有的，是他那带有进化论特征和辩证色彩的自然哲学，以及以自强不息的浮士德精神为核心的人生观的表现。因此可以说，这首诗在借用阿拉伯的形式外壳，弥漫着伊斯兰教信仰的神秘气氛，满含东方哲理智慧的同时，也和谐地、圆融地吸纳进了西方诗人歌德的思想和精神，使两者结合在一起，成了一枚可以透视宇宙人生的水晶球，一篇形神兼备、玲珑剔透的艺术杰作。

脍炙人口的《幸福的渴望》，可算是《西东合集》最富典型意义的代表作。因为这整个诗集都是以东方的艺术形式表现东、西融合的思想精神，都成功地把东方和西方的文化精神、哲理智慧融溶在了一起。难怪奥地利著名象征主义诗人和戏剧家霍夫曼斯塔尔（Hugo von Hofmannsthal，1874—1929）谈《西东合集》的文章劈头就讲："此书整个儿都是精神。(Dieses Buch ist v? llig Geist)"[1]这儿的精神指智慧，指哲理。霍夫曼斯塔尔的意思是不管写什么题材，诗意诗情都完全为哲理渗透，都表现着智慧。

事实确乎如此，在歌德这个篇幅有限的诗集中，不论是东西方文明之间的对话，还是男女两性的对话，不论是咏叹人生的无常与来世的缥缈，还是赞颂现世的欢乐和信仰的诚笃，《西东合集》都无不蕴涵着神秘的玄想，深邃的哲思，堪称是一部"智者之书"。

《西东合集》的另一个重要内容，是男女之间的爱情。它同哲理一样贯穿全书，更构成了《爱情篇》和《苏莱卡篇》的核心；不同的是对于诗人来说，它更加地实在、具体。

1814 年 7 月 26 日一早，歌德乘着马车出了魏玛城门，在清晨的薄雾中看见一道奇异的乳白色虹霓，心中油然升起幸福的预感，当即吟成一首题为《现象》的诗。这诗的结尾道：所以，快活的老人，/你也别灰心；/尽管你头发花白，/还是会有爱情。

歌德的预感没有错。在法兰克福，他幸遇老熟人韦勒美尔的养女玛丽安娜。这位外秀慧中的女子对大诗人歌德怀有深深的景仰，在他面前表现得十分谦卑；对于温柔美貌的少妇，本来就渴望爱情的歌德自然也不会视而不见，无动于衷。两人尽管相处时间不长，心弦却已开始了轻柔微妙地振颤与应和；待到第二年春天歌德再去故乡旅行时，已如奔赴心上人的热恋者一般得激动，途中便写了一些诗献给玛丽安娜，还为她取了一个美丽的阿拉伯名字苏莱卡，而自己则变成了阿拉伯歌人哈台姆。这次在离法兰克福不远的一处乡下别墅里，歌德和玛丽安娜朝夕相处了四个星期。两人再也按捺不住内心的激动，开始了互诉衷肠的热烈唱和，身心完全沉湎在了由

---

① Hugo von Hofmannsthal：Goethes? West-östlicher Divan″，in Gesammelte Werke in Einzelausgaben，Prosa 3. Fischer Verlag 1964，S. 159.

爱情的陶醉和创作的亢奋混合成的绝妙境界中，可随之而来则是更加难堪的离别。只好在第二年 9 月，玛丽安娜又匆匆赶到风光明媚的古城海德堡，与逗留在那儿的歌德重温旧情。但由于她年前已嫁给韦勒美尔，歌德自己的妻子也还健在，两人便不得不再次忍痛分手。其间种种酸甜苦辣的况味，诸如相聚的幸福，相思的痛苦，重逢的欢乐，离别的感伤、绝望等等，统统都化作一首首富于真情实感的、优美动人的抒情诗。它们总共四十余首，全收在《苏莱卡篇》中。

值得一提的是，歌德甚至把玛丽安娜写的诗当作自己的收了，有的原封未动，有的只略加修改，但都未作说明。直到歌德死后三十多年的 1869 年，才有研究者以确凿的材料证实玛丽安娜乃是《苏莱卡篇》的共同作者，像其中著名的《致东风》、《致西风》等婉丽的佳作，都出自这位遭埋没的才女笔下。[①] 在一对爱侣心心相印的唱和中产生《苏莱卡篇》，于世界诗歌史不啻一段美妙悦耳的插曲，一则意味深长的轶话。

主要以对答形式写成的《苏莱卡篇》杰作比比皆是，不乏世界爱情诗中的瑰宝。特别是那首《重逢》，它把男女两性的爱情，把爱人之间的离合悲欢，放在世界形成的大背景和大框架中，以哲学的眼光进行观察和阐释，表现了一种近似新柏拉图主义的宇宙观，即认为光明与黑暗的一分一合两次行动，是宇宙万物产生的缘由。正像我们用阴代表女性，用阳代表男性，相信阴阳结合便形成太极，达到和谐圆满一样，歌德诗中也以光明与黑暗分别代表男和女，认为他们本来就“相依相属”；一当分开后“又聚在一起，相爱相恋”，便创造出美好的世界。因此，诗中说“世界的创造者是我们”，是热烈而真诚地相爱的人们，而不是上帝！

---

① 甚至有学者（如当代著名歌德研究家可尔夫）认为，歌德对她的诗的修改甚至有弄巧成拙之处。

真不知道中外古今，还有什么诗能以如此崇高的思想，如此恢宏的气势，来赞颂男女两性的爱情，抒写恋人之间的离合悲欢！《重逢》一诗表现的远远不只是歌德个人的情感和思想，而已具有了深沉的、涵盖宇宙人生的哲学意义。这样的诗，一位伟大的哲人在刻骨铭心的爱情体验中吟成的伟大爱情诗，毫不夸张地讲，只有老年歌德才能写得出来。

除了《重逢》，还有《二裂银杏叶》，还有《致东风》、《致西风》和《任随你千姿百态，藏形隐身》等等，都堪称世界爱情诗中的精华。只可惜囿于篇幅，不便再作介绍。

七、无穷的艺术魅力——“西方向东方发出的问候”

总观《西东合集》，除去前文指出的阿拉伯色彩和神秘气氛，这部诗集还有以下艺术特点：

一、阿拉伯式近乎狂热的激情。这激情时如喷发的火山，时如飞泻的瀑布，时如汹涌的狂潮，激荡和震撼着读者的心弦，引起读者的共鸣。这激情往往蕴含着宗教的虔诚和哲理的深沉，赋予《西东合集》以一种特殊的魅力。

二、与前述涉及内容的本质特征相适应，艺术表现也极尽夸张、渲染之能事，例如《重逢》以宇宙的产生比附男女的相爱与离合悲欢，就十分典型。

三、语言格外富于形象性，大量使用东、西方的典故，还有比喻更是新颖奇特，巧喻、妙喻、险喻层出不穷，于抒情中平添了机趣与智慧的光辉。

四、最后，十分重要但却极易忽视的是整个诗集明朗、欢快、戏谑的基调。不是吗，歌德乔装成阿拉伯商人和歌者，戴上缠头骑上骆驼，本身便有做戏的性质。他变作哈台姆与苏莱卡谈情说爱，明知梦想不能成真却假戏真做以至弄假成真，既享受到了欢乐也经历了痛苦，与上面讲的“激情”、“夸张”相结合便使其中的不少篇什带上了幽默、调侃的味道，可是在戏谑、调侃的背后又并不缺少严肃和深刻，正如舞台上的喜剧表演。老歌德的高超卓越就在于能以其娴熟的艺术手腕，在《西东合集》中把种种矛盾的因素成功地糅合在了一起。

笔者见识浅陋，笔力软弱，真是无法在一篇文章里把《西东合集》这部杰作谈透彻。只好摘引海涅《论浪漫派》的一段精彩论述，作为弥补：“全书香气馥郁，情绪火热，犹如一座东方的后宫，到处是浓妆艳抹、柔情脉脉的嫔妃宫娥，灵眸漆黑、纤臂如雪。读者会感到浑身战栗、心动神摇……歌德在此把最令人心荡神迷的人生享乐变成诗句，这些诗句是那样的欢快轻柔、那样的飘忽空灵，不由人感到惊讶，德国语言竟能写出这样的诗句……这本书的魅力实在无法形容，它是西方向东方发出的问候。”[①]

亲爱的读者，请翻开《西东合集》的中译本，接受来自西方诗哲歌德的问候吧！

① 海涅《论浪漫派》，张玉书译，人民文学出版社，1959年版，第58页。